Wolfram von Haugwitz

Kriminalroman

Tödliche Nordsee

Kommissar Brockmanns letzter Fall

Ein Hamburg Krimi

Für meine Kinder Ann-Christin, Philipp, Anna und Elias

Die Realität ist häufig noch schräger als alle Fiktion
- Doris Dörrie

1
NORDSCHOTTLAND

Chief Inspector Jack Grisham hatte schon mehrfach versucht, seine Fahrertür gegen den starken böigen Wind aufzudrücken. Drei lange Apriltage war ein Orkan über die äußerste Spitze Schottlands hinweggerast, hatte die Menschen in ihre niedrigen, geduckten Häuser eingesperrt und das Meer mit all seinem Treibgut gegen die harsche Nordküste geschoben. Zwar flaute der Sturm jetzt langsam ab, aber nach wie vor fegten heftige Böen ungebremst vom offenen Atlantik über die hügelige Strandküste und ruckelten noch immer mit beängstigender Restkraft gegen seine Autotür.

Als es ihm doch endlich gelang auszusteigen, verschlug ihm ein neuerlicher Windstoß den Atem, sodass er sich reflexartig mit dem Rücken gegen den Wind stellen musste, um Luft holen zu können. Feiner Sand wirbelte unangenehm herum und raspelte stechend in seinem Gesicht, und erst nach einer Weile konnte er sich langsam umdrehen und dem wartenden Polizeibeamten auf einem schmalen Trampelpfad zwischen den Dünen hindurch zum nahen Strand zu folgen.

Die Luft, die den beiden entgegenschlug, war eisig, denn die Sonne lugte nur gelegentlich zwischen jagenden, dunkelgrauen Wolkenfetzen hindurch und warf dann ein fahles Licht auf die mit langem Strandgras bedeckte Hügellandschaft, die sich zwischen der kleinen Straße und dem Meer erstreckte. Über Meilen konnte man die Wellenbewegungen des Windes in dem sich wiegenden Gras erkennen, jede Böe begleitet von einem dumpfen Grollen wie von einem weit entfernten Seeungeheuer.

»Da vorne ist es, Sir!«, rief der begleitende Beamte und wies mit ausgestrecktem Arm zum Strand, wo Grisham eine Handvoll Polizisten erkannte, die vor einem länglichen Gegenstand auf dem Boden herumstanden und rauchten.

Als die beiden bei der Gruppe angelangt waren, kam Bewegung in die Reihe der Männer.

»Guten Tag Inspektor!«, begrüßte ihn ein älterer unter ihnen und kam ihm einen Schritt entgegen, wobei er mit einer Hand seinen Bobby-Helm auf dem Kopf festhielt. »Der alte McMurdoch hat den Toten heute Morgen beim Spaziergang gefunden und uns angerufen. Ist ja immer nach 'nem Sturm am Wasser unterwegs auf der Suche nach angeschwemmtem Strandgut.«

Bei seinen Worten deutete er mit seiner freien Hand in Richtung auf den unförmigen Haufen hinter sich.

»Ist in einem üblen Zustand, Sir. Nicht jedermanns Sache, der Anblick. Ich habe dem Doktor in Thurso Bescheid gesagt. Er meinte, wir sollen ihm den Mann bringen, sobald wir fertig sind.«

Zögerlich spähte Grisham an dem Beamten vorbei zum Wasser. Der Toten lag auf dem Rücken, auflaufende Wellen umspülten gelegentlich den Leichnam und brachten mit jeder Bewegung Sand, braun-schwarze Seegrasreste und blasigen Schaum heran.

Als er nach einigen Schritten neben dem Toten stand musste er erkennen, dass der Polizist nicht übertrieben hatte.

Der Bauch der Wasserleiche war zu einem wabbeligen Ball aufgedunsen, ein Bein in absurder Stellung verdreht und ein Arm ebenfalls in einem widerlichen Winkel unter dem

Rücken verborgen. Reste der Kleidung hingen in Fetzen herunter, wodurch der Blick frei wurde auf eine weiße, wächserne Haut, die an einigen Stellen bereits großflächig aufgerissen und abgeschürft war. Die Haupthaare fehlten fast völlig, nur einige Büschel hingen noch wirr an der restlichen Kopfhaut, und der Schädel des Toten war nach hinten gekippt und derart zur Seite verdreht, dass den Inspektor nun zwei schwarze, leere Augenhöhlen drohend anstarrten.

Seetang hing aus dem offenen Mund, der wie zum letzten Schrei aufgerissen war.

Angewidert musste Grisham wegschauen. Die Stadt Inverness, wo er arbeitete, war in den vergangenen zehn Jahren freundlich gewesen und hatte ihm, bis auf wenige Ausnahmen, den Anblick toter Menschen erspart. Die Kriminalitätsrate in der nordschottischen Stadt lag auf einem für Polizisten berufsbedrohend niedrigen Niveau, und die wenigen Mordfällen, die das gewöhnliche Leben trotzdem noch in die Stadt spülte, geschahen wie überall auf der Welt oft aus niederen Beweggründen, die zu ermitteln dem Inspektor nie schwerfiel.

Grishams einziger unaufgeklärter Fall war der des Lehrers McGuire gewesen, dessen Frau eines Tages spurlos verschwand. Wochenlang suchte die Polizei erfolglos die Vermisste, und der Kommissar zermürbte sich den Kopf, stellte die Fakten und die sichergestellten Gegenstände aus dem Besitz des Ehemannes immer und immer wieder aufs Neue zusammen, konnte aber trotz aller Bemühungen nichts Auffälliges finden - obwohl sein Gefühl ihm etwas Gegenteiliges sagte. Alles wurde genauestens untersucht. Selbst die alten Videokassetten, in der Mehrzahl Pornos und Comicfilme, schauten sich die Polizisten an, ohne dass sich daraus irgendwelche Erkenntnisse ergaben. In einem Protokoll vermerkten die Kollegen damals nur lapidar, dass auf den Kassetten nichts Besonderes war und hoben einen der Filme sogar als *‚total langweiligen Unsinn‘* heraus, den anzusehen sich keiner noch einmal zumuten wollte, weil *‚er von Frauen und ihren Problemen handelte und einem Restaurant, in dem grüne Tomaten als Beilage für ein Barbecue zubereitet wurden‘* - die Leiche der Frau wurde nie gefunden, der Fall irgendwann zu den Akten gelegt.

Aufgrund mangelnder Praxis war Grisham also ungeübt im Betrachten von Leichen und im Besonderen von aufgedunsenen Wasserleichen. Er wendete daher angeekelt den Blick ab und inspizierte stattdessen die Umgebung, wobei seine Augen rastlos umherwanderten auf der Suche nach etwas, das ihn ablenken würde.

»Habt ihr die Gegend schon abgesucht nach Teilen oder Gegenständen, die noch dazugehören könnten?«, fragte er einen jungen Beamten zu seiner Linken.

Der schaute ihn verständnislos und mit großen Augen an.

»Nö, nicht richtig«, erwiderte der Mann fast unhörbar gegen den starken Wind.

»Habt ihr hier irgendetwas verändert oder angefasst? Hat der alte McMurdoch den Toten nach Wertsachen durchsucht?« Der Blick des Inspektors war doch auf die Leiche zurückgekehrt und auf der rechten Brusttasche des Overalls hängengeblieben, deren Innenfutter auffällig heraushing.

Die Polizeibeamten schauten sich gegenseitig an, aber keiner antwortete.

»Aber ihr seid hier schön alle Mann ‘rumgetrampelt«, raunzte Grisham deshalb missmutig einen anderen der Herumstehenden an, zeigte dabei mit seinem Finger auf die unzähligen Stiefelabdrücke im weichen Sand, die sich um den Fundort der Leiche verteilten, und rollte für alle erkennbar mit den Augen.

»Inspektor«, beschwichtigte ihn der ältere Polizist, »die

Leiche ist angeschwemmt worden. Sehr wahrscheinlich, dass der Mann bei dem Sturm der letzten Tage im Whiskysuff von irgendeinem verdammten Fischkutter gefallen ist. Wir werden hier nichts finden. Und offenkundig sucht den auch keiner, weil es keine Vermisstenmeldung gibt. Hab‘ ich nämlich schon nachgefragt.« Dabei hielt er dem Kommissar aufdringlich sein Notizbuch vor die Nase. »Auf den ersten Blick haben wir keine Schusswunden oder Messerstiche gesehen, aber der Doktor wird sich die Leiche genau anschauen, sobald er bei Bauer MacDuff mit dem kranken Kalb fertig ist.«

Unsicher blickte er den Kommissar von der Seite an.

Vielleicht stimmte es, dachte Grisham, aber eigentlich war es ihm auch ziemlich egal. Ihn fröstelte, denn mit den kalten Windböen kam immer auch etwas Gischt vom aufgewühlten Meer herüber, sodass sich Tropfen auf seiner Gesichtshaut sammelten und, zu kleinen Rinnsalen vereinigt, langsam seinen Hals hinunter und in den Mantelkragen liefen.

Und außerdem war er schlecht gelaunt. Sie hatten ihn an einem Freitagmorgen hundert Meilen über holperige Landstraßen und durch schlechtes Wetter aus Inverness herangerufen, nur damit er sich jetzt eine aufgeweichte, zerfledderte Wasserleiche am nördlichsten Ende der schottischen Welt ansah. Und dies war auch nicht der erste Fall eines ertrunkenen Seemanns in Nordschottland, den das Meer verschluckt und an irgendeiner anderen Stelle wieder ausgespuckt hatte. Den Toten hier vermisste offenkundig niemand, und da der schon einige Tage im Wasser lag, würde das wahrscheinlich auch in Zukunft keiner tun.

»Ok«, knurrte er gegen den Wind in Richtung des älteren Polizisten, »dann sorgen Sie dafür, dass die Leiche beim Doc auch ankommt und kümmern Sie sich darum, dass alle wieder an ihre Arbeit gehen!« Dabei deutete er mit einer Handbewegung auf die herumstehenden Beamten. Der Mann nickte und hielt dabei seinen Helm fest. Der Wind hatte wieder zugenommen.

»Und der Doc soll mir morgen Bescheid geben wegen der Todesursache«, rief Grisham dem Mann im Weggehen noch zu.

***

Der Arzt des beschaulichen Ortes Thurso hieß James Arthur MacDurmott und war ein kleiner untersetzter Mann mit dickem Bauch und weißen wirren Haaren, die seitlich in einen ungepflegten Backenbart übergingen. Seine dunkelgrüne Weste war im traditionellen schottischen Schnitt und Muster und mit einer Unzahl kleiner Taschen an beiden Seiten versehen, aus denen allerlei Gegenstände heraushingen, die ein Landarzt anscheinend brauchte: eine Pinzette, eine goldene Taschenuhr, eine alte übelriechende Tabakpfeife, ein silbrig-glänzender Metallspatel, um Patienten in den Mund zu schauen, und ein langer metallischer Stab mit einem kleinen runden Spiegel an seinem oberen Ende. Um den Hals hatte er das Stethoskop hängen, dessen kreisrundes Ende ebenfalls in einer der Westentaschen endete.

Trotz seiner geringen Größe stand MacDurmott majestätisch in der Mitte des Wartezimmers, als die Polizisten den schweren Leichensack umständlich durch die schmale Eingangstür seiner Praxis schoben und drückten.

»Legt den Kerl dort hin«, raunzte er die Männer an und deutete dabei mit seiner Hand auf die Behandlungsliege an der fensterlosen Stirnseite des Raumes, »aber passt auf, dass ihr nichts umreißt!«

Die Praxis des Landarztes bestand schlicht genommen

nur aus einem kleinen Wartezimmer, durch das man von der Straße aus eintrat, und dem davon abgehenden, größeren Behandlungsraum, der von einem dunklen Schreibtisch in seiner Mitte dominiert wurde. Eine kleine Seitenkammer beherbergte ein Röntgengerät, das MacDurmott vor Jahrzehnten günstig erworben hatte, und auch die Neonröhren an der Decke summten schon hörbar ihr betagtes Alter.

»Und schiebt die Sachen vorsichtig zur Seite! Und macht eure Schuhe sauber, sonst verdreckt ihr mir noch meine ganze Praxis!«

»Das würde auch nichts mehr ausmachen«, kommentierte einer der Träger kaum hörbar die Bedenken des Arztes.

Als die Männer wieder draußen waren, trat der ältere Polizist neben den Leichensack und deutete wichtig mit dem Zeigefinger auf den Inhalt.

»Du musst die Todesursache aufschreiben und einen Totenschein ausfüllen, hat der Inspektor aus Inverness gesagt. Wir haben keine Papiere bei dem Mann gefunden. Wahrscheinlich ist er bei dem Sturm irgendwo über Bord gegangen. Wenn wir Glück haben, wird ihn vielleicht ein Fischerboot als vermisst melden. Wenn nicht, kommt er hinten auf den Friedhof zu den anderen unbekannten Toten.«

Abfällig betrachtete der Arzt den schwarzen Sack.

»Wasserleiche«, knurrte er verächtlich, »da kann doch keiner mehr was d'ran untersuchen. Todesursache war sicherlich nicht Verdursten!«

MacDurmott lachte laut über seinen kleinen Wortwitz, sodass sich sein kugeliger Bauch ruckartig auf und ab bewegte. »Ich werde den Toten durchleuchten, dann können wir ja sehen, ob irgendwo ein Loch ist oder etwas fehlt. Sag' deinem Inspektor, dass ich mich melde, wenn ich fertig bin.«

Den letzten Satz untermauerte er mit einem ärgerlichen Unterton und öffnete dabei die Eingangstür im Rücken seines Besuchers. »Und er soll nicht anrufen und nachfragen, sonst dauert es nur noch länger. Sag' ihm das!«

Mit diesen Worten schob er den Beamten barsch durch die Tür hindurch aus seiner Praxis heraus und verschloss sie hinter ihm, so als wollte er damit sicherstellen, dass nicht noch mehr Arbeit an diesem Freitagnachmittag hereinkam.

MacDurmott war seit vierzig Jahren Arzt in Thurso, dieser kleinen Stadt am Nordende der schottischen Welt, wo die Nationalstraße Neun spurlos im graukalten Atlantik versank. Wer dort endete, so sagten die Alten, der kam nie wieder heraus – und das galt gleichermaßen für das Meer wie für den Ort. Geduckte Häuser hatten über Jahrhunderte den Stürmen genauso widerstanden wie die Menschen selber, deren Vorfahren sich an der Mündung des gleichnamigen Flusses vor fast tausend Jahren niedergelassen hatten. Seitdem trotzten sie dem Meer Fische und Krebse ab und bauten auf dem kargen Boden Getreide an, dessen Großteil sie in langen Winternächten zu Whisky veredelten.

Aber eine Burgruine an dem schmalen Strand der Stadt zeugte davon, dass es schon bessere Zeiten in Thurso gab, als man noch mit Stolz nach Norden auf die Weite des Ozeans geschaut hatte. Jetzt duckte sich der Ort eher vor der Gegenwart und wartete auf eine bessere Zukunft.

Für MacDurmott war der kleine kalte Ort nach seinem Studium zur Zufluchtsstätte geworden, nachdem Alkohol und Frauen die finanzielle Grundlage zerstört hatten, die ihm sein Vater einst vererbte. Die Gemeinde von Thurso stellte dem jungen Arzt damals ein Haus zur Verfügung mit der Auflage, die medizinische Versorgung der Stadt und der ländlichen Umgebung zu gewährleisten, und gaben ihm dafür Ansehen und Würde zurück. Die ärztliche Fürsorgepflicht beinhaltete Menschen wie Tiere gleichermaßen, und in der Tat hatte sich in all den Jahrzehnten nie jemand über MacDurmotts Kompetenz beklagt. Es gab kein Leiden, welches er nicht erst einmal mit seinen Patienten bei einem Schluck Whisky erörterte, und in aller Regel verflogen viele Schmerzen bereits nach einer derartigen, intensiven ersten *Behandlung*.

Für alle anderen Fälle besaß der Arzt eine großkalibrige Pferdespritze, ein paar vergilbte Tabletten und einige farblose Tinkturen, die allesamt durcheinander und übereinander hinter der milchig-schmutzigen Scheibe seines Medikamentenschranks lagerten. Darin befand sich auch ein abgegriffenes Buch mit dem verblichenen Titel *Der Körper*, welches sich gegen einen Stapel gelblicher Mullbinden lehnte, und auf einem der unteren Glasregale standen zwei große braune Flaschen ohne erkennbare Etiketten, von denen nur auf einer der zerrissene Aufkleber mit der Aufschrift *‚brennbar'* zur Vorsicht mahnte. Im Ort munkelte man aber, dass MacDurmott vor schwierigen Behandlungen auch schon mal einen tiefen Schluck aus genau diesem Gefäß genommen haben soll, um erst danach die Wunde des Patienten vorsichtig mit einem kleinen Tropfen aus selbiger zu reinigen.

»So, und nun zu dir«, murmelte MacDurmott mit dem Blick auf den schwarzen Plastiksack auf der Behandlungsliege. Denn so barsch er die Polizisten, die ihm die Leiche gebracht hatten, vorhin auch abgefertigt hatte, er freute sich doch auf die Obduktion des Toten, weil sie Abwechslung in seinen ärztlichen Alltag brachte. In seiner gesamten Zeit in Thurso hatte es erst zwei Opfer gegeben, die er auf ihre Todesursache hin untersuchen durfte, nämlich Aengus Cunningham und Logan Abercrombie.

Aengus war der erste, der gewaltsam zu Tode kam, das erinnerte er noch genau. Wie sich nach der Obduktion herausgestellt hatte, war der Bauer von seinem Bullen niedergetrampelt worden, nachdem er sich im Alkoholrausch zum Schlafen in den Stall verirrt hatte.

Der zweite Tote, den die Polizei bei ihm ablieferte, war der Stadtrat Sir Logan Fitzgerald Abercrombie gewesen, dem bei der Fuchsjagd der Kopf abgeschossen worden war. Wie das aus nächster Nähe *versehentlich* geschehen konnte, fand MacDurmott damals zwar seltsam, war aber für die Todesursache unerheblich und wurde von der lokalen Polizei nie aufgeklärt.

Unsicher stand der Arzt aus Thurso deshalb nun vor seiner dritten Leiche.

Wasser tropfte unablässig aus Rissen und Löchern des Sacks, sodass sich bereits kleine schmutzige Pfützen unter der Behandlungsliege gebildet hatten. Nur widerwillig näherten sich MacDurmotts fleischige Hände dem Reißverschluss, denn von Fotos und Bildern aus seinem Lehrbuch wusste er ungefähr, was ihn unter dem Plastik erwarten würde. Es aber jetzt wirklich vor sich zu haben, lähmte seine Arme und drückte ihm auf den Magen.

Mit einem Ruck öffnete er den Verschluss, so wie man ein Pflaster jäh entfernt, damit es nicht so schmerzt.

Der Anblick, der sich ihm bot, war ekelerregend und der Gestank nach fauligem Seetang verschlug ihm fast augenblicklich den Atem. Es war noch widerlicher, als er sich das vorgestellt hatte, denn infolge des unsachgemäßen Transports durch die Polizisten war die ohnehin schon fragile Wasserleiche noch mehr deformiert worden, sodass sich weitere Teile der Haut und Reste der Haare abgelöst hatten.

MacDurmott musste sich würgend abwenden. Reflexartig griff er dabei in seine rechte Gesäßtasche und zog eine kleine, flache Flasche heraus, die er in Vorahnung auf das, was ihn erwarten würde, eingesteckt hatte. Schwer atmend und am ganzen Körper schwitzend führte er sie mit zittriger Hand zum Mund und nahm einen tiefen Schluck von dem bräunlichen Inhalt, der sich brennend den Weg in seinen Magen suchte.

Wohltuende Wärme breitete sich innerhalb von Sekunden in ihm aus.

Derart gestärkt verschwand er nach einer kurzen Erholungspause in dem dunklen Seitenraum neben dem Untersuchungszimmer und drückte den Stromschalter an dem betagten Röntgengerät. Er wollte diesen unförmigen Leichnam damit erst einmal durchleuchten in der Hoffnung, dass sich vielleicht so schon Anhaltspunkte über die Todesursache ergeben könnten.

Danach schob der Arzt die Behandlungsliege mit dem Toten in den Röntgenraum und begann dann, den aufgeweichten, zerfledderten und stinkenden Leichnam für seine Aufnahmen vorzubereiten. Er konnte dem Toten nicht den Overall ausziehen, ohne den Körper dadurch noch weiter zu zerteilen, weshalb er den Leichnam in der Kleidung und alles zusammen in dem Leichensack beließ. Dadurch war es für den dicken kleinen Mann aber mühselig, die weichen, verdrehten Gliedmaßen zusammen mit den Kleidungsfetzen in die richtige anatomische Lage zu bringen und alles auf der schmalen Behandlungsliege zu halten. Mehr als einmal war er deshalb gezwungen, selber stützend die Gliedmaßen festzuhalten, so zum Beispiel, als er an dem Brustbereich angekommen war und das schwachleuchtende Lichtkreuz des Röntgengerätes justieren wollte, mit dessen Hilfe er den Aufnahmebereich einstellen konnte. Genervt erkannte er, dass sich die Kamera nicht so weit hochschieben ließ, damit sie auch die Arme links und rechts vom Körper gleichermaßen miterfassen konnte, sodass er sich über die Leiche beugen musste, um nach dem glitschigen Arm greifen zu können und ihn dichter neben den Oberkörper des Toten zu ziehen.

Die Arbeit strengte ihn sehr an, sodass schon nach kurzer Zeit Schweißperlen seinen Nacken herunterliefen und seine Haare ihm wirr ins Gesicht fielen, die er mit den Händen zu bändigen versuchte.

Erschwerend war auch, dass bei jeder Drehung des Leichnams aus den Taschen von dem, was einmal ein dunkelgrüner Overall war, Glasstückchen und Sandkörner aller Form und Größe herausfielen, welche zusammen mit Muscheln und Seetang die Unterlage und den Boden schon nach kurzer Zeit total verschmutzt hatten. Immer wieder musste MacDurmott diese Reste auch von der Liege wischen, weil insbesondere die Glasbrösel scharfkantig waren und ihn unangenehm piekten, wenn er sich mit den Händen auf dem Behandlungstisch abstützte.

Als er daher erst Stunden später mit den Aufnahmen fertig war und aus dem Röntgenzimmer in den großen Praxisraum trat, hatte es draußen bereits zu dämmern begonnen.

Für einen Freitagnachmittag soll das reichen, sagte er zu sich, hängte die Plastikschürze über einen Haken und legte die Latexhandschuhe darüber. Die bewegliche Behandlungsliege mit dem Leichensack hatte er kurzentschlossen in sein Gartenhäuschen geschoben und wartete jetzt darauf, dass das Entwicklungsgerät beizeiten die Aufnahmen des Röntgengerätes ausspuckte.

Der Landarzt wollte sich gerade auf seinem Stuhl hinter dem Schreibtisch niederlassen, um sich mit einem großen Glas Whisky auf den bevorstehenden Abend in seinem Pub vorzubereiten, als das Telefon die angenehme Stille unvermittelt und laut durchbrach.

Miesmutig beugte er sich vor und nahm ab.

»Ja?«, knurrte er unfreundlich in den Hörer.

»Doktor MacDurmott?«

»Am Apparat!«

»Mein Name ist Kate Grosworth von X-Ray Corporation aus Inverness. Entschuldigen sie bitte die nachmittägliche Störung, Doktor.«

Die freundliche Frauenstimme am anderen Ende der Telefonleitung hellte seine Stimmung schlagartig auf.

»Sir, Sie waren doch gestern bei unserem Workshop hier in Inverness, aber leider hatten Sie wohl vergessen, uns ihr Namensschild zurückzugeben, und das ist der Grund meines späten Anrufes.«

Irritiert schaute MacDurmott an sich herunter und fummelte dann an dem Schildchen mit seinem Namen herum, welches er immer noch an seiner Weste trug. Mit dem Daumen kratzte er beiläufig über ein paar Speisereste, die auf dem Stoff seiner Weste eingetrocknet waren.

»Denn wie Sie sich vielleicht erinnern, ist das Namensschild auch ein kleines Dosimeter mit dem wir zeigen wollten, wie unbedenklich unsere Röntgengeräte in Bezug auf die Strahlenbelastung für den Arzt sind.«

Eine kurze Pause entstand.

»Bitte, Doktor, seien Sie so nett und schicken uns ihr Schild noch heute zurück. Ich muss diese ganze Auswertung alleine machen und sie können sich nicht vorstellen, wie viel Arbeit das ist«, klagte die nette Stimme am anderen Ende der Leitung.

MacDurmott überlegte eine Sekunde, denn es lag ihm auf der Zunge, sie nach einer Kompensation für die Rückgabe zu fragen, errötete dabei aber und verwarf den Gedanken sofort wieder.

»Schon gut«, entgegnete er stattdessen, »ich werde es noch heute in einen Umschlag stecken und zum Postamt bringen. Am Montagmorgen sollten sie es in Inverness haben.«

Nach einer kurzen Abfolge von Höflichkeitsfloskeln legte er auf und genoss die erneute Ruhe. Er zog eine Schublade seines Schreibtisches auf, entnahm einen länglichen Briefumschlag und steckte das Namensschild kommentarlos in den Umschlag. Auf dem Weg zum Pub würde er den Brief noch bei Marge im Postladen vorbeibringen.

Draußen war es mittlerweile dunkel geworden. Zufrieden stellte er fest, dass der Wind sich gelegt hatte. Er würde besser schlafen können als die Nächte zuvor.

Als MacDurmott am folgenden Nachmittag erneut mit dem Telefonhörer in der Hand neben seinem Schreibtisch stand, hatte er den ganzen Tag damit verbracht, die Obduktion der Leiche abzuschließen. Die Plastikschürze noch über dem dicken Bauch, fuchtelte er mit seinen Latexhandschuhen wild gestikulierend in der Luft herum.

»Wie ich ihnen sagte, Inspektor, der Tote ist etwa ein Meter fünfundneunzig groß und männlich, nach dem Zahnersatzbild sehr wahrscheinlich Osteuropäer. Ich konnte bei der Obduktion keine äußeren Gewalteinwirkungen feststellen. Es gibt keine Einschusslöcher, keinerlei ungewöhnliche Brüche und es fehlen keine Gliedmaßen. Nur seine Lunge ist voller Wasser. Der Mann ist nach meiner Überzeugung sehr wahrscheinlich einfach ertrunken!«

Nach dem letzten Wort atmete er hörbar ein.

»Und entschuldigen Sie bitte meine Wortwahl, aber mehr konnte ich in der Kürze der Zeit aus den Resten dieser deformierten Wasserleiche nicht herausfinden. Mein Röntgengerät hat augenscheinlich manchmal gesponnen, denn einige Stellen bei den Aufnahmen sind fleckenhaft überbelichtet, aber das ist nicht entscheidend. Es ist alles dran und drin, wenn sie wissen, was ich meine.«

Er kicherte leise über seinen Witz.

»Der Vollständigkeit halber habe ich noch eine Blutprobe entnommen, die ich auf Alkohol untersuchen werde, um zu testen, ob der Mann betrunken ertrunken ist, aber an dem Ergebnis wird das nichts ändern«, schloss der Arzt seinen Monolog.

Schlechtgelaunt beendete MacDurmott kurz darauf das Gespräch und schlurfte nachdenklich in seinen Hauspantoffeln zurück an die Behandlungsliege, auf der die Wasserleiche in dem geöffneten Plastiksack lag. Das mit den Röntgenaufnahmen ärgerte ihn. Er hatte bestimmt alles richtiggemacht, und trotzdem waren die Aufnahmen der Hände und von Bereichen der Hüften gepunktet und fleckig, wodurch dahinterliegende Organe und Knochen zum Teil maskiert wurden. Er hatte die kritischen Bereiche mehrfach mit dem Röntgengerät fotografiert, aber immer waren die gleichen Phänomene aufgetreten. Und auch nachdem er den alten Apparat auseinandergenommen und kontrolliert hatte, war das Problem geblieben.

Genervt raufte er sich deshalb erneut die Haare. Er wollte die Untersuchung heute abschließen, denn morgen war Sonntag und das bedeutete Kirche, dann Pub und Bier mit seinen Freunden und nachmittags Kaffee und Kuchen bei Marge. Bei aller Begeisterung wollte MacDurmott auch nicht mehr allzu viel Arbeit mit der pathologischen Untersuchung haben. Das öffentliche Interesse an diesem Toten würde, anders als bei den beiden vorausgegangenen Fällen, nur gering sein, weil in dem kleinen Ort selber niemand vermisst wurde. Wahrscheinlich war der Mann irgendwo auf dem Atlantik von Bord eines Schiffes gefallen, vielleicht auch noch von einem ausländischen, und dafür würde sich hier in Thurso niemand interessieren. Denn was die Welt hinter dem Horizont anbetraf, so war die allen im Ort eigentlich ziemlich egal. Zudem würde er am Montag wieder lebende Patienten mit echten Leiden haben, und auch deshalb musste er beizeiten mit dem Aufräumen seiner Praxis beginnen. Heute Abend wollte er dem Inspektor einen einseitigen Brief über seine Beobachtungen schreiben, daraus konnte der dann ableiten was er wollte.

Und dann musste er noch den Bestatter anrufen, weil die Leiche dort im Kühlraum bis zur Freigabe durch die Polizei in Inverness aufbewahrt werden sollte.

2

»Doktor MacDurmott? Hier ist noch einmal X-Ray Corporation. Entschuldigen Sie bitte die erneute Störung, Sir, aber wir haben doch noch ein paar Fragen bezüglich ihres Namensschildes. Ich verbinde Sie deshalb mit unserer technischen Leiterin. Einen Augenblick bitte!«

»Ja, aber es ist Montag, ich habe Praxis und eigentlich keine Zeit …«, protestierte der Arzt noch, aber da knackte und rauschte es bereits in der Leitung. Die freundliche Dame hatte nicht auf eine Antwort gewartet, stattdessen fiepte Beethovens *Für-Elise* metallisch aus dem Telefon.

»Guten Tag, Doktor MacDurmott«, klang es nach einer Weile aus dem Hörer, eine andere weibliche Stimme, noch etwas entzückender als die erste. »Mein Name ist Irene Dunhill, ich bin die technische Leiterin hier bei X-Ray Corporation und ich werde Sie auch nicht länger als notwendig aufhalten, Sir, denn ich weiß, dass Sie sehr beschäftigt sind. Es wird nur ein paar Minuten dauern. Ok?«

Das war entwaffnend. MacDurmott ließ sich auf seinen Schreibtischstuhl sinken und ergab sich seinem Schicksal. Im Wartezimmer saß nur noch der alte Greg McIntyre und nach diesem letzten Patienten wollte er sowieso zum Pub hinübergehen, um etwas zu Mittag zu essen.

»Ja, na gut. Fünf Minuten habe ich«, log er.

»Sie hatten uns ja freundlicherweise ihr Namensschild zurückgeschickt«, fuhr die nette Dame deshalb fort, »und wie Sie wissen, Doktor, war das auch ein Dosimeter, welches wir ihnen bei der Vorführung gegeben hatten.«

»Ja und?«, fragte MacDurmott mit einem unsicheren Unterton.

Sie räusperte sich.

»Es ist so: Aus irgendeinem unerfindlichen Grund gab es bei ihrem Dosimeter anscheinend einen technischen Defekt. Die Messgeräte ihrer Kollegen bei diesem Workshop waren unauffällig, nur bei ihrem fanden wir sehr erhöhte Strahlungswerte.«

Eine kurze Pause entstand.

»Wie gesagt, wir gehen von einem technischen Defekt aus und es wird sich bestimmt aufklären lassen, aber es wäre schon sehr wichtig, dass wir den Fehler verifizieren. Und um sicher zu gehen, müssen wir Sie bitten, zu uns nach Inverness zu kommen, damit wir Sie hier noch einmal umfassend befragen können, um die Werte ihres Dosimeters technisch einzuschätzen. Wie gesagt, nur Routine. Sie brauchen sich keine Gedanken zu machen. Wir sind etwas ratlos und gehen davon aus, dass es ein technischer Fehler war.«

»Das glaube ich allerdings auch«, knurrte MacDurmott ins Telefon. »Aber was ist mit meinen Patienten? Ich kann doch hier nicht einfach wegfahren«, fügte er hinzu und raschelte geschäftig mit einem Blatt Papier, das auf seinem Schreibtisch lag. Ach ja, stutzte er und zog erstaunt die Augenbrauen hoch, das Schreiben an den Kommissar mit dem Befund seiner Untersuchung an der Wasserleiche, welches er noch wegschicken wollte.

»Wir entschuldigen uns vielmals für die Unannehmlichkeiten und würden Ihnen natürlich die Reisekosten und eine Übernachtung in dem Hotel, in dem Sie beim letzten Mal waren, erstatten, damit Sie hinterher nicht wieder den ganzen weiten Weg zurückfahren müssen, aber es wäre, wie gesagt, schon sehr wichtig, wenn wir das noch heute klären könnten«, sagte die Frau am anderen Ende freundlich aber bestimmt.

Bei diesen Worten huschte ein kurzes Lächeln über MacDurmotts Mund. Es war prächtig gewesen in dem Hotel in Inverness und er sah vor seinem geistigen Auge wieder diese nette Dame, die ihm letzte Woche den Abend so lebhaft versüßt hatte.

Ich werde sie gleich anrufen, sagte er zu sich selber und dann zu der technischen Leiterin ins Telefon: »Na gut. Ich werde meinen Patienten absagen. Ich könnte dann heute Nachmittag bei Ihnen sein.«

»Das wäre sehr freundlich, Doktor. Wir werden das klären und alles wird gut!« Sie seufzte hörbar am anderen Ende der Leitung. »Ich werde alles veranlassen. Melden Sie sich bitte an der Rezeption an, dort wird man sich dann weiter um Sie kümmern.«

Er legte auf und lehnte sich in seinem Schreibtischstuhl genussvoll zurück. Inverness war herrlich gewesen. Jetzt musste er nur noch schnell die Telefonnummer von dieser Dame finden und für den heutigen Abend einen Termin bei ihr buchen. Und das Zimmer reservieren. Waschen konnte er sich später im Hotel, als Vorbereitung auf den Abend.

Summend ging er ins Wartezimmer hinüber, um dem alten Greg zu sagen, dass er heute keine Zeit mehr für ihn haben würde. Dabei schaute er beiläufig aus dem Fenster. Der heftige Regen, der am Morgen noch alles grau gefärbt und die Wege und Straßen in weitflächige Seen verwandelt hatte, war weitergezogen. Es war trocken geworden, und bei diesen Verhältnissen würde er nur etwa zwei Stunden bis Inverness an der Ostküste brauchen.

Ein wunderbarer Tag.

***

»Ich hoffe Sie hatten eine angenehme Fahrt«, begrüßte ihn eine junge Dame freundlich am Empfang von X-Ray Corporation, nachdem sie seinen Namen auf dem Anmeldebogen gelesen hatte. »Sie werden bereits erwartet. Bitte gehen Sie in den fünften Stock, Zimmer 513, das ist dort mit dem Fahrstuhl hinauf und dann den Flur runter, auf der linken Seite. Mister Bradley wird Sie empfangen.«

MacDurmott schaute suchend nach oben.

»Da hinten bitte mit dem Fahrstuhl hoch«, dirigierte ihn die Empfangsdame mit ausgestreckter Hand in Richtung auf eine silbrig glänzende Schiebetür. »Und dann oben links!«, wiederholte sie noch einmal etwas lauter.

Denkt wohl ich bin schwerhörig, grummelte der Landarzt aus Thurso, während sich die Fahrstuhltür geräuschlos hinter ihm schloss. Im fünften Stock angekommen bog er wie geheißen ab in einen weiten, hell erleuchteten Flur, von dem unzählige Türen zu beiden Seiten abgingen.

Kein Geräusch war zu hören.

Bei Zimmer 513 klopfte er zaghaft an die Türe. *Robert Bradley* stand auf dem Namensschild an der Wand. Und darunter: *Strahlenschutz Extern*.

»Herein!«, hörte der Arzt gedämpft. Er öffnete die Tür und trat in einen hellen, industriell eingerichteten, weiß gestrichenen Raum, in dessen Mitte ein hellgrauer, schmuckloser Schreibtisch stand.

Ein junger Mann um die Dreißig erhob sich elegant von seinem Stuhl, um dem Besucher mit einem freundlichen Lächeln die Hand entgegenzustrecken.

»Doktor MacDurmott, nehme ich an. Sehr angenehm. Ich bin Robert Bradley!«

Bradleys kurzes, dunkles Haar war elegant frisiert, sein Teint sonnengebräunt und die drahtige Figur verriet, dass er sportlich und durchtrainiert war.

»Bitte setzen Sie sich«, sagte er und deutete dabei auf einen Stuhl vor dem Schreibtisch. Umständlich schob sich MacDurmott mit seinem dicken Bauch zwischen die beiden Möbel. Beeindruckt blickte er an Bradley vorbei aus dem großen Fenster vor ihm, dass dem Landarzt einen atemberaubenden Blick auf die Dächer von Inverness mit seinen Hochhäusern und eleganten Glasfassaden bot.

»Ich bin Ingenieur und Strahlenschutz-Experte bei X-Ray«, begann Bradley, »und ich möchte mich für die ihnen entstandenen Mühen entschuldigen, aber wir haben leider ein Problem mit ihrem Dosimeter.«

Bei diesen Worten griff er in einen roten Pappordner neben sich und zog das kleine Plastikschild mit MacDurmotts Namen darauf hervor.

»Wie wir Ihnen bereits gesagt hatten, überprüfen wir hier bei X-Ray Corporation routinemäßig alle Dosimeter von Workshops oder Vorführungen, um zu demonstrieren, dass die Röntgenbelastung, insbesondere die der neusten Geräte, minimal ist und weit unterhalb der Gefährdungsschwelle für den Benutzer, also Sie, liegt.«

MacDurmott nickte zustimmend.

»Das war bisher auch immer der Fall«, fuhr Bradley routiniert fort, »nur eben bei ihrem Dosimeter war die gemessene Strahlenbelastung signifikant erhöht. Deshalb müssen wir, muss ich als Beauftragter der Firma, mit Ihnen einen Fragebogen durcharbeiten, damit wir nachvollziehen können, wie und wodurch ihr Dosimeter mit Strahlung belastet wurde.«

Der Ingenieur zog mehrere engbedruckte Blätter Papier aus dem roten Pappordner und begann, dem Arzt der Reihe nach Fragen zu stellen darüber, wie dieser mit dem Dosimeter umgegangen war, wo er es hatte liegen lassen und ob er es beispielsweise versehentlich direkt unter sein Röntgengerät gelegt hatte.

Aber eine halbe Stunde und Dutzende Neins später kratzte sich der Fachmann ratlos am Kopf.

»Wie es aussieht, Doktor, haben Sie selber offenkundig nichts mit dem Dosimeter angestellt, was die Menge der von dem kleinen Gerät aufgenommenen Strahlung erklären kann. Ich denke, dass wir damit einen guten Beleg dafür haben, dass dieses Ding einfach defekt ist. Das ist zwar merkwürdig, kann aber passieren.«

Er zuckte bei den letzten Worten mit den Schultern. Dann erhob er sich von seinem Stuhl und ging um den Schreibtisch herum auf MacDurmott zu.

»Zum Abschluss und zur Bestätigung dieser These werde ich ihren Körper mit einem Gerät noch einmal routinemäßig übermessen, damit wir abschließend die Bestätigung haben, dass Sie selber auch nicht strahlend sind. Damit tun wir dieser Sicherheitsprüfung genüge und können belegen, dass das Dosimeter, aus welchen Gründen auch immer, nicht korrekt funktionierte.«

Beschwichtigend wedelte er bei den Worten mit seinen Handflächen.

»Und danach könne Sie natürlich gehen«, freute er sich und schaute erwartungsvoll auf MacDurmott.

»Und dafür den ganzen Aufstand?«

»Wie gesagt, alles nur Routine, um dieses Problem aus der Welt zu schaffen!«

Dabei betonte Bradley das Wort ‚*Problem*' und rollte abfällig mit den Augen, wohl um die Banalität der Angelegenheit zu unterstreichen. Dann verschwand er durch eine Seitentür in einem Raum, in dem MacDurmott Regale und Kisten erkennen konnte, nachdem die Neonbeleuchtung mit ihrem typischen *tack-tack-tack-bzzzz* angesprungen war.

Während er hörte, wie die Tür eines Metallschrankes mit einem blechernen Quietschen geöffnet wurde, schweifte der Blick des Landarztes wieder durch die großen Fenster hinaus auf die Berge im Westen der Stadt. Tiefhängende Wolken trieben über die Klippen und Grate der Felsen, rieben sich an ihnen und verloren einzelne Fetzen in den schroffen Kuppen. Gelegentlich wurden die Spitzen der Bergkette unvermittelt durch Wolkenlöcher wie von einem Taschenlampenkegel angestrahlt, welcher dann die Landschaft darunter in grell-grüne Farben tauchte, um im nächsten Moment wieder im Nassgrau zu versinken, wenn das Spotlicht hinter dunklen dicken Wolken verschwand.

Nach ein paar Minuten kam Bradley zurück und hielt in seiner Hand einen gelben Apparat von der Größe eines Bügeleisens. Als der Strahlenschutzexperte keinen Meter mehr von dem Landarzt entfernt war, begann der Apparat leise, aber deutlich hörbar, zu knisterten.

Tick-tick-tick-tick

Bradley schaute mit geweiteten, erstaunten Augen auf das Display des Gerätes.

»Was zum Teufel …?«

MacDurmott wollte sich gerade erheben, um selber einen Blick auf das tickernde Ding zu werfen, als Bradley ihn ziemlich unwirsch aufforderte, sitzend zu bleiben. Der Ingenieur kam mit kleinen Schritten langsam weiter auf den Arzt zu und schwenkte dabei den Apparat in seiner Hand vor sich fortgesetzt von links nach rechts. Bei jeder Bewegung knisterte das Gerät laut, wenn es auf den Arzt zeigte und verfiel in Ruhe, wenn Bradley es von ihm wegbewegte.

»Strecken Sie bitte ihre Hände vom Körper weg!«, befahl Bradley barsch, als er neben MacDurmott stand. Der Apparat tickte leise weiter, aber als er ihn auf dessen Hände richtete, gab es ein lautes, knisterndes Dauerfeuer.

Erschrocken wich Bradley einen Schritt zurück. Dann tastete er mit dem Gerät seine eigene Hand ab – kein Ton aus dem Gerät. Als er aber die Hände des Landarztes wieder überstrich, knisterte es erneut heftig aus dem Apparat. Daraufhin fuhr er damit über MacDurmotts Arme hinauf zu dessen Kopf und Haaren.

Tick-tick-tick-tick.

Wieder das Dauerfeuer. Bradleys Miene war jetzt ernst, seine Jungendlichkeit und die sportliche Dynamik waren aus seinem Gesicht gewichen.

»Sir, Doktor! Was zum Teufel haben Sie gemacht? Ihre Hände! Sie sind radioaktiv kontaminiert und ihre Haare ebenfalls.«

MacDurmott schaute wechselweise erst auf seine Hände, dann auf den Apparat, dann fuhr er sich durch die Haare.

»Und was ist das?«, fragte er und deutete mit den Augen auf das Gerät in Bradleys Hand.

»Das ist der Geigerzähler. Damit misst man radioaktive Strahlung. Je lauter und anhaltender es daraus knistert, desto größer ist die Strahlung, die der Apparat misst«, antwortete der Ingenieur technisch kühl. Dabei wich er noch einen Schritt mehr von dem Arzt zurück.

»Wir beide haben damit jetzt ein echtes Problem«, sagte er stirnrunzelnd, »denn Sie, Sir«, und damit deutete er mit dem knisternden Geigerzähler in MacDurmotts Richtung, »sind ein Strahlenproblem, das dekontaminiert werden muss, und ich habe das Problem, dass ich darüber die Behörden informieren muss.«

Langsam und nachdenklich ging er um den Schreibtisch herum und setzte sich nur zögerlich in den breiten Stuhl.

»Irgendeine Idee, was Sie angefasst haben?«, fragte der Ingenieur nach einer kurzen Pause.

MacDurmott begann zu schwitzen. Dann schaute er Bradley ungläubig und mit angstgeweiteten Augen an und stotterte mit heiserer Stimme: »Ich habe am Wochenende eine Wasserleiche obduziert, die mir die Polizei von Thurso letzten Freitag gebracht hat.« Und nach einer Weile fügte er hinzu: »Sonst habe ich nichts angefasst, wirklich. Ich habe keine andere Erklärung.«

»Und wo ist diese Leiche jetzt?«, fragte Bradley.

»In meiner Gartenlaube. Das Bestattungsinstitut von Thurso hatte keinen Platz mehr im Kühlschrank«, antwortete MacDurmott. »Ich habe einen pathologischen Befund geschrieben und die Kriminalpolizei von Inverness muss die Leiche jetzt noch zur Bestattung freigeben. Und wenn es keine Vermisstenmeldung gibt, kommt der Tote in ein anonymes Grab.«

»Nun definitiv nicht mehr!«, entgegnete Bradley hart. Er nahm bei den Worten den Telefonhörer auf und wählte gedankenverloren eine Nummer.

»Doktor, setzen Sie sich bitte in dem Nebenraum da hinten links auf den Stuhl«, sagte der Strahlenschutzexperte während er dem Freizeichen lauschte. »Wir werden Sie in eine Spezialeinrichtung bringen müssen, die erst einmal feststellen wird, wie und womit Sie verstrahlt wurden, um dann eine Prozedur zu erarbeiten, wie Sie dekontaminiert werden können.« Mit den Worten bedeutete er ihm mit der Hand, sich in den Nebenraum zu begeben.

Im Rausgehen hörte der Landarzt noch, wie Bradley das Telefongespräch begann mit den Worten *‚Dick? Hier ist Bob. Wir haben ein Problem!‘*, als ihm ein stechender

Schmerz ein Loch in seine Brust brennen wollte. MacDurmott fasste sich instinktiv an sein Herz und spürte noch, wie ein starkes Rauschen in seinen Ohren einsetzte und sich ein Tunnel in seinem Blick schnell und unbarmherzig zuzog.

Den darauffolgenden Sturz bekam er nicht mehr mit. Der Landarzt aus Thurso wurde nur vierundsechzig Jahre alt.

3

»Was ist die Wasserleiche aus Thurso? Radioaktiv? Das glaube ich jetzt nicht!«

Inspektor Grisham lehnte sich fast über den Telefonapparat, so als könne er dadurch seinen Gesprächspartner besser hören.

Dann sackte er in seinen Schreibtischstuhl zurück und raufte sich mit einer Hand durch sein schütteres Haar. Diese Nachricht bedeutete Arbeit, sehr viel Arbeit, und schon deshalb war sie nicht gut. Eine simple Wasserleiche am Strand war in Ordnung solange es nur ein Ertrunkener war, aber eine *radioaktive* Leiche würde jede Menge Probleme und Erklärungsbedarf mit sich bringen, vor allem dann, wenn die sensationsgierige Presse von dem Fall erfahren würde.

»Ok, Mr. Bradley«, knurrte der Kommissar deshalb in den Hörer, »wir werden diesen Leichnam aus der Praxis des Landarztes in Thurso abholen und dann in unser kriminaltechnisches Labor bringen, sobald die Jungs dort grünes Licht geben, dass sie so eine Leiche auch verarbeiten können.« Er lachte trotz seines Wutanfalls hörbar ins Telefon. »Dort wird eine angemessene, weitere Obduktion durchgeführt und dann sehen wir weiter.«

»So ein Mist!«, entfuhr es ihm mit einem Stoßseufzer,

nachdem er schnaufend aufgelegt hatte. In einem Nebensatz hatte Bradley ihm auch vom Herztod des Landarztes erzählt. Der alte Mann hatte es nicht verdient, für einen drittklassigen Seemann zu sterben, der irgendwo auf dem Meer von Bord gefallen war, dachte Grisham. Nur, fragte er sich, wenn die Theorie von dem Röntgenfachmann stimmte und die Verstrahlung des Arztes von der Wasserleiche herrührte, *wie* konnte dann dieser Tote radioaktiv verseucht werden?

Ratlos drehte er seinen Stuhl langsam in Richtung auf die große bunte Landkarte, welche die Küste von Inverness bis hinüber nach Thurso zeigte, und sein Blick schweifte über die Ansammlung kleiner Orte auf der Karte. Keine Industrieansiedlungen im Umkreis von hunderten von Kilometern, überall nur Fischerdörfer und Bauernhöfe und grüne Hügel mit Schafen darauf. Grüne, gelbe und braune Farben deuteten Landflächen auf der Karte an, blaue Farben markierten das Meer. Das Blau überwog bei Weitem.

Grisham legte die Stirn in Falten. »Was zum Teufel sollte es da draußen geben, das einen Seemann radioaktiv verstrahlt?«, sinnierte er.

***

»Inspektor Grisham? Hier ist Steve MacGregor von der Pathologie.«

Die Stimme am Telefon klang freundlich und für einen grauen Morgen ungewohnt heiter und klar. Grisham dagegen fühlte noch den ausgedehnten Besuch im Pub von gestern nach, weshalb ihm eigentlich weder nach Plaudern noch nach einem Austausch von Freundlichkeiten zumute war.

»Morgen Doktor«, versuchte er seinem Zustand entsprechend kurz und neutral zurückzugeben. »Haben Sie Neuigkeiten über unsere radioaktive Wasserleiche?«

In Reichweite von Grishams Arms stand ein halbvolles Wasserglas auf dem Schreibtisch, in dem sich sprudelnd zwei Aspirintabletten lösten, die, wie das aufsteigende Perlenmuster im Wasser, hoffentlich auch seine Kopfschmerzen ausgasen wollten.

»Wir haben sie gestern aus der Praxis des Arztes in Thurso geholt und eingehend untersucht«, antwortete der Pathologe. »Der Kollege, Gott hab‘ ihn selig, hat nichts Gravierendes übersehen. Ihre Wasserleiche war ein Mann von circa vierzig bis fünfzig Jahren und stammt, oder besser stammte, sehr wahrscheinlich aus dem Osten Europas, vielleicht Russland oder Balkan. Indiz dafür ist sein schlechtes Gebiss und ältere Blechreparaturen über zwei abgebrochenen Zähnen, die, so vermute ich, ausgeschlagen wurden.«

Grisham betrachtete gelangweilt die aufsteigenden Blasen in dem Glas. Diesen Teil kannte er ja schon von dem telefonischen Bericht des Landarztes, als der noch lebte.

»Bemerkenswert in dem Zusammenhang ist«, fuhr der Pathologe fort, »dass zwei andere Zähne durch moderne Kronen repariert wurden, was darauf hindeuten könnte, dass der Mann schon länger in Westeuropa gelebt haben musste. Ich habe deshalb einen Gebissstatus angefertigt für einen zahnärztlichen Vergleich. Das hatte der Kollege in Thurso nicht gemacht.«

Eine kleine Pause entstand, weil er Luft holen musste.

»Aber der Mann ist definitiv ertrunken, und auch nicht betrunken ertrunken, wie der Kollege vermutete, obwohl man mitrechnen muss, dass der Tote schon einige Tage im Meer lag. Er hatte Salzwasser bis tief in seine Lungenflügel, aber keinerlei äußere und innere Anzeichen von körperlicher Gewalt. Absolut keine. Wir haben sehr genau geschaut.«

Er betonte das *‚sehr‘*, wahrscheinlich, um seiner Arbeit die noch ausstehende Anerkennung zu garantieren. Grisham sagte aber nichts.

Nach einer weiteren Kunstpause fuhr der Pathologe deshalb deutlich frostiger fort: »Auffällig waren zwei größere, dunkel verfärbte Hautpartien, die rechts und links im Bereich der Hüften erhalten sind, sowie vergleichbare Verfärbungen an den Resten der Hände. Wenn ich es nicht besser wüsste, würde ich sagen, dass es sich dabei um Verbrennungen handelt, aber der Erhaltungsgrad bei einer Leiche, die so lange im Wasser gelegen hat, lässt leider keine konkreteren Rückschlüsse mehr zu. Aber das können Sie in meinen Bericht selber nachlesen.«

»Und was ist mit der Radioaktivität an der Leiche?«, unterbrach ihn Grisham. Er hatte in der Zwischenzeit das Glas mit den Tabletten gelehrt und sich in seinem Stuhl zurückgelehnt mit der Bitte an das Universum, die Kopfschmerzen zu beenden.

»Ich wollte gerade darauf zu sprechen kommen«, entgegnete MacGregor schnippisch.

Grisham schloss die Augen und rollte sie unter den Lidern, wobei jede Bewegung Schmerzen im Frontlappen seines Gehirns auslöste. Er hatte keine Lust auf Eitelkeitsspielchen. Er musste dringend an die frische Luft.

»Das ist nämlich so eine Sache«, fuhr der Pathologe vielsagend fort. »Diese Hautflecken, die der Arzt aus Thurso zwar fotografiert, aber in seinem Bericht nicht erwähnt hatte, also diese Verbrennungen, sind radioaktiv strahlend. Wir haben Sandpartikel aus diesen Hautstellen extrahiert, von denen einige radioaktiv sind, andere wiederum nicht. Wir konnten allerdings nicht herausfinden, um welche Substanzen es sich dabei handelt. Das Kleidungsstück, also dieser Overall, ist auch radioaktiv und ebenfalls voller kleiner Sand- und Glasbrösel.«

Eine Pause entstand, in der er wohl noch einmal auf einen

anerkennenden Kommentar Grishams hoffte.

»Diese Verstrahlung war jedoch nicht die Todesursache. Auch beide Hände, oder besser das, was davon übriggeblieben ist, zeigen diese Art von Verbrennungen, allerdings wesentlich stärker als die Oberschenkel und Hüften. Aber noch einmal: das war nicht die Todesursache!«

»Und wieso sind dann die Hände so stark betroffen?«, fragte Grisham nach.

»Das ist eine gute Frage, die ich nicht beantworten kann«, entgegnete der Pathologe frostig. »Ich wollte ihnen das nur schon einmal mündlich vorab erläutern. Den Bericht werden Sie morgen von mir erhalten«, schloss er unterkühlt das Gespräch und legte dann grußlos auf.

Radioaktive Strahlung, Overall, Sandbrösel! In Grishams Kopf drehte sich die Welt im aspirinangetriebenen Bierstrudel. Zum Teufel mit diesem Seemann!

Er war gerade im Begriff, seinem Drang nach frischer Luft zu folgen, als das Telefon erneut klingelte.

»Kommen Sie ‘mal kurz vorbei, Grisham, wir müssen uns unterhalten.«

»Sir, ich wollte gerade …«

»Jetzt!«

Der Chief Superintendent saß hinter einem gewaltigen Schreibtisch aus schwarzer Eiche, der so wirkte, als stünde er auf seinen geschwungenen kurzen Beinen schon seit der Errichtung des Gebäudes vor hundert Jahren dort. Einige wenige Sonnenstrahlen fielen durch ein milchiges Fenster an zwei dunklen schweren Vorhängen vorbei auf die Oberfläche des Tisches, deren unzählige Kratzer und Gebrauchsspuren sein ehrwürdiges Alter noch unterstrichen. Und Staub und Glasränder deuteten mit der gleichen Unbarmherzigkeit an, dass die letzte Reinigung der Platte auch schon vor Urzeiten stattgefunden hatte.

Alles in dem Raum wirkte alt und muffig.

Vor dem Superintendenten lag nur ein Blatt Papier auf dem ansonsten leeren Schreibtisch.

Es gab keinen Stuhl für Besucher.

»Ich habe den Vorabbericht der Pathologie zu ihrer Wasserleiche von letzter Woche erhalten«, begann er ohne Begrüßung und deutete dabei auf das vor ihm liegende Blatt. »Also Grisham, wenn ich diesen zusammen mit ihrem kurzen Bericht von gestern richtig verstehe, haben wir am Strand bei Thurso einen toten Osteuropäer gefunden, der *irgendwie* auf dem weiten Atlantik mit radioaktivem Material in Berührung gekommen und dann *irgendwo* ins Wasser gefallen und ertrunken ist. Stimmt das so?«

Der Kommissar nickte wortlos. Die Kopfschmerzen nickten mit.

»Ha!«, rief der Chief Superintendent laut aus und schlug sich dabei mit der flachen Hand auf den dicken Oberschenkel. »Das ist ja toll! Ganz wunderbar. Sie haben nichts außer einem vagen ‚Irgendwie' und ‚Irgendwo' herausgefunden und wollen trotzdem an dem *Fall*, wie sie es in ihrem Bericht nennen, weiterarbeiten, weil sie es verdächtig finden, dass der Tote nicht vermisst wird. Und sie wollen zudem unser teures Kriminallabor einbinden, um Untersuchungen an irgendwelchen Sandbröseln durchführen zu lassen. Dürfte ich auch vielleicht erfahren, warum?«

Sein Gesicht war sichtlich erheitert, aber die kleinen Augen in seinem runden kahlen Kopf blickten Grisham feindselig an.

Grisham räusperte sich, um den Kloß im Hals zu beseitigen.

»Sir, es bleiben vor allem die Fragen, warum den Toten niemand sucht oder vermisst und warum der Tote radioaktiv verstrahlt ist. Das ist nach meinem Dafürhalten durchaus verdächtig …«

»Hören Sie, Grisham!«, unterbrach ihn der Polizeichef kopfschüttelnd. »Wir haben viel zu tun, vor allem Wichtigeres. Und wir müssen die Leiche zügig loswerden, denn der Chef der Pathologie sitzt mir schon im Nacken, weil da dieses strahlende Ding liegt, was entsorgt werden muss.«

Knarzend rückte er sich in seinem Ledersessel zurecht.

»Aber ich finde es nicht normal, und …«

»Unterbrechen Sie mich nicht!« herrschte ihn der Chef an. »Ich fasse also noch einmal zusammen: Die Leiche wurde eingehend untersucht …«, wobei er zu Grisham schaute, der ihm mit einem müden Augenaufschlag Zustimmung signalisierten, »… und alles ist in dem Bericht des Arztes und dem Vorabbericht der Pathologie, den ich heute Morgen erhalten habe, korrekt festgehalten worden.«

Grisham nickte.

»Und genau dieser Bericht schlussfolgert«, fuhr der Polizeichef deshalb fort, »dass der Mann ertrunken ist. Irrtum ausgeschlossen!«

Grisham ließ den schmerzenden Kopf hängen.

»Und daraus folgere *ich*«, fuhr der Superintendent nach einer Kunstpause fort, »dass wir es nicht mit einem Mord zu tun haben, den Sie in Ihrer Abteilung bearbeiten müssten. Der Tote ist offenkundig ein Unfallopfer, Vermisstenanzeige hin oder her. Und ich sage Ihnen deshalb, was wir tun werden: *Ich* werde die Leiche als Sondermüll nach Sellafield schicken lassen, wo sie neben Fässern mit radioaktivem Müll bis zum Ende des Monats aufbewahrt wird. Wenn es ihnen, Grisham, so wichtig ist, einen Angehörigen zu finden, dann nur zu. Sie haben einen Monat Zeit, dieses neben ihren anderen Fällen zu erledigen«, wobei er das ‚*neben*‘ deutlich betonte, »und zudem einen Fall zu konstruieren, der aus dem

Unfalltoten ein Mordopfer macht.«

»Aber wenn sich keiner meldet, der den Mann vermisst, wird die Leiche entsorgt. Und dann …«, fuhr er fort, wobei er mit der flachen Hand eine schneidende Bewegung über seine Kehle beschrieb, »ist der Fall der Wasserleiche gestorben!«

Mit den letzten Worten lehnte er sich knarzend wieder zurück und lachte dabei herzhaft über sein Wortspiel.

Grisham ließ sich entnervt auf seinem Schreibtischstuhl nieder und blätterte ratlos durch den Autopsiebericht des Pathologen und den Bericht des Landarztes. Dann nahm er den Stapel Papier und ging hinüber in das Zimmer seiner Sekretärin.

»Ann, tun Sie mir bitte den Gefallen und stellen diese Unterlagen von dem unbekannten Toten aus Thurso ins Intranet von Europol. Auch alle Fotos von dieser Tätowierung auf dem Ellenbogen. Ist ein letzter Versuch, um auf breiterer Basis herauszufinden, ob ihn nicht doch irgendjemand kennt oder vermisst!«

4
HAMBURG
Zwei Tage Später

Das Hamburger Polizeipräsidium glänzte silbrig in den Frühlingsstrahlen der Maisonne, und ein für die Stadt selten wolkenloser Himmel wölbte sich über das kreisrunde Gebäude aus Stahl und Glas in dem mondänen Vorstadtbezirk Winterhude. Weißlich spiegelte sich die Sonne in den unzähligen Fensterscheiben als Vorbote dafür, dass der Sommer in der Hansestadt Einzug halten wollte, und wie zur Bestätigung hatten einige Frauen sogar bereits mutig ihre Röcke aus den Schränken geholt und genossen die wohltuende Wärme.

Im vierten Stock des Gebäudes aber saß Kriminalhauptkommissar Peter Brockmann mürrisch hinter seinem Schreibtisch in einem ergonometrisch eingerichteten, vollklimatisierten Büro mit selbsttönenden Fensterscheiben und blätterte gelangweilt durch die Intranetseiten des Polizeinetzwerkes. Ein paar miesmutige Klicks mit der Maus, und eine weitere Seite öffnete sich auf der er lesen konnte, dass es am Nachmittag im *Recreation Center* des Präsidiums neben *Be-Fit* auch *Wellness for Beginners* gab. Etwas weiter unten tauchte das Angebot der Kantine für einen *Coffee flavoured* auf.

‚*Heute nur ein Euro*' stand daneben in großen Buchstaben.

«Immerhin ist *das* auf Deutsch», brummte er.

Darunter fanden sich die Angebote für belegte Brötchen aus der Küche.

‚*To go*'.

Ungläubig schüttelte er den Kopf.

Brockmann ging auf die Sechzig zu, hatte volles, dunkles

Haar, war großgewachsen, schlank und sportlich und Vater zweier erwachsener Söhne, nur für diese neumodische Art der Kommunikation war er offenkundig einfach schon zu alt.

Mitte der Siebziger Jahre war er in seiner Heimatstadt Hamburg Polizist aus Überzeugung geworden – Ordnungshüter eben. Und die Ordnung war zu dieser Zeit noch klar und für jedermann erkennbar, sie hatte physikalische Räume in der Hafenstadt, genauso wie die Unordnung. Und jeder bekam es mit, wenn er von der einen in die andere wechselte: es gab die Reeperbahn, wo ‚*alleen blot Verbrekers un lichte Deerns husen*', wie seine Mutter immer zu sagen pflegte, und den weitläufigen, ordentlichen Teil der Stadt, wo die guten Bürger zu Hause waren, ‚*de rieken Lüüd*'.

Gut und Böse waren sichtbar, das war einfach.

Aber diese Welt und ihre Ordnung veränderte sich seit vierzig Jahren und Peter Brockmann, der Ordnungshüter bei der Polizei, hatte große Probleme, dies zu begreifen, den Änderungen zu folgen. Und mit dem Umzug der Polizeibehörde aus dem altehrwürdigen Gebäude am Berliner Tor in den futuristischen, präsidialen Neubau in Winterhude hatte er sich nicht nur räumlich von Reeperbahn, Rotlicht und organisierter Kriminalität entfernte, sondern es hatte sich auch seine *Arbeit* bei der Polizei veränderte. Sichtbar für Brockmann zog diese Umformung ein in Gestalt neuer Mitarbeiter, vornehmlich jung-dynamischer Karrieristen, die neuerdings von der Universität kamen und nicht mehr aus dem aktiven Polizeidienst rekrutiert wurden.

Seine Chefs wurden immer jünger, waren nicht mehr Altgediente mit vertrauten Gesichtern, sondern Unbekannte, die unvermittelt aus dem Nebel der Zukunft auftauchten und ihm zu erzählen begannen, wie er seine Arbeit machen sollte.

In ihren schicken, dünnen Designeraktentaschen war aber kein Platz mehr für dicke Aktenordner, wie man sie früher mit nach Hause nahm, stattdessen hatten sie Computerprogramme dabei, die über Jahre angewendete Ermittlungsmethoden verdrängten, um Platz zu machen für *Polizei 3.0* mit *Predictive Policing* oder *Precrime Assessment via Facebook.*

In der Folge wurden Brockmanns Arbeitsweisen, die ihm vertraut waren, quasi über Nacht ungültig und sein kriminalistischer Instinkt, so erschien es ihm, von einem Augenblick zum anderen genau so wenig mehr gefragt wie seine Kontakte, Mittelsmänner und Informanten.

Darüber hinaus wurde er von den Krawattenträgern und Jungchefs immer wieder milde belächelt, wenn er bei den in Mode gekommenen *brainstormings* die Abkehr von den herkömmlichen kriminalistischen Methoden als zu computergläubig kritisierte. Man belehrte ihn mehr als einmal, dass moderne Kriminalität heutzutage im *Cyberraum* stattfände, digital, ohne Schatten und ohne physikalische Spuren. Verbrechen im Rotlichtviertel der Reeperbahn oder in Hamburgs sozialen Brennpunkten wie Wilhelmsburg oder Billstedt, antworteten sie ihm damals, seien zwar tragisch und immer schon berüchtigt gewesen, wären aber unscheinbar klein gegen das, was die Großstadt heutzutage wirklich bedrohte.

‚Um diese kleinen Dinge kümmern sich die kleinen Lichter' hatte ihm ein Chef einmal zugeflüstert, nachdem Brockmann nicht müde wurde, seine Einwände zu wiederholen. Vielleicht auch deshalb hatte sich nach dem Umzug in das neue Präsidium sein Aufgabengebiet verändert: *Wirtschafts- und Betrugsdelikte* stand jetzt auf dem Türschild zu seinem Büro in einem der lichtdurchfluteten Flure.

Für organisierte Kriminalität und Kapitalverbrechen waren jüngere verantwortlich geworden.

Er seufzte, schloss die Webseite mit den Angeboten der Kantine und wechselte lustlos auf das Portal von Europol, zu dem er erst *Access* erhielt, nachdem er handschriftlich gefühlte einhundert Formulare ausgefüllt hatte.

Eine Weile klickte er planlos auf verschiedenen Europol-Webseiten herum.

»Heinz, weißt du, dass es in Westeuropa zurzeit sechshundert tote Leichen gibt, die noch nicht identifiziert werden konnten?«, fragte er mit einem Blick in Richtung seines Kollegen an dem Schreibtisch gegenüber.

»Leichen sind meistens tot«, knurrte dieser unsichtbar hinter zwei großen Computerbildschirmen zurück.

Mit seinem Kollegen Heinz Grabowski hatte Brockmann schon im altehrwürdigen Polizeihochhaus am Berliner Tor das Büro geteilt. Heinz war zwar über zehn Jahre jünger, aber beide Männer verband eine lange Freundschaft, gereift durch gemeinsame Jahre im Polizeidienst, bevor Heinz vor knapp zwanzig Jahren bei einem Autounfall schwer verletzt wurde, als er auf einer Landstraße bei Nebel mit einem rumänischen LKW zusammengestoßen war, der auf der unbeleuchteten Straße wenden wollte. Seitdem saß er im Rollstuhl.

»Ja, ja, aber mehr als sechshundert! Das hätte ich nicht gedacht.«

Brockmann blätterte weiter durch die Liste der ungeklärten Todesfälle. Fotos von grausam zugerichteten Leichen waren dort zu sehen, auf denen Köpfe mit glasigen, verdrehten Augen hohl und ziellos ins Bild schauten, eingerahmt von nüchternen Fakten und Beschreibungen aus den Ermittlungsakten. Auf den beiliegenden Dokumenten konnte sich der Betrachter auch einen Eindruck über den Fundort der Leichen und etwaige Besonderheiten machen.

»Überwiegend männliche Leichen«, sagte er zu dem immer noch unsichtbaren Kollegen, ohne auf dessen Vorbemerkung einzugehen. »Wahrscheinlich alles Mafiatote!«

Brockmann war bereits im Begriff, die Europol-Webseite über die unbekannten Toten zu verlassen, als sein Blick auf dem Foto von einer Wasserleiche aus Schottland hängen blieb, das die Vergrößerung des tätowierten Ellenbogens des Unbekannten zeigte. Auf einem zweiten Foto war diese Tätowierung noch einmal digital abfotografiert und dann per Computer auf eine ebene Fläche gestreckt worden.

Fast unbewusst rückte er näher an den Bildschirm heran und rieb sich die Augen, so als wollte er seine Sehfähigkeit dadurch noch einmal schärfen. Ein abstraktes, filigranes Tattoo-Gemälde, eine Art Vogel aus ungezählten dünnen Linien vermengt mit Grauschattierungen, die sich vom Ellenbogengelenk weg verzweigten. Die Augen und der Schnabel, oder Mund, der Kreatur lagen genau auf dem Gelenkknochen, wo die Haut dünn ist. Das ganze Kunstwerk war nicht sonderlich groß, aber überaus eindrucksvoll.

Brockmann stutzte und schluckte.

Er kannte diese Tätowierung!

Und sofort begann sein Gehirn zu arbeiten. Bilder huschten vorbei, flüchtige Erinnerungen klappten vor seinem inneren Auge hoch und verschwanden in Bruchteilen einer Sekunde wieder. Handlungen, Musik, Gerüche und Gefühle rauschten vorbei und wurden auf diese einzigartige Weise, mit der das Gehirn Sinneseindrücke verknüpfte und zu Erinnerungen verwob, nun in unzusammenhängenden Fragmenten abgerufen.

Der Kommissar schaute noch einmal auf das Foto. Diese Tätowierung hatte er schon gesehen, Irrtum ausgeschlossen!

»Das war …?« Er schloss die Augen und drückte mit den Fingerkuppen auf seine Schläfen.

Das war dieser Russe, oder Jugo! Oder Albaner oder so. Aber egal, er kannte ihn. Aber woher? Brockmann las auf der Webseite weiter in englischer Sprache: *‚... an der Nordküste von Schottland bei dem kleinen Ort Thurso angeschwemmte Leiche, keine Identität, wahrscheinlich Seemann. Ertrunken. Leiche stark verwest.‘*

Wo wurde der angeschwemmt? Nordschottland? Nein, Brockmann kannte diesen Mann aus Hamburg! Er war sicher. Ein alter Fall, Jahre her, sehr viele Jahre. Und plötzlich spürte der Kommissar wieder diese vibrierende Erregung, diese Neugierde auf den noch hinter dem Horizont verborgenen Zug, dessen Rauschen und Rattern stetig lauter wird lange bevor man ihn sehen kann. Aber sein Gehirn versagte ihm die Mitarbeit, es brauchte mehr Anhaltspunkte, mehr Verknüpfungen. Es benötigte Jahreszahlen, alte Kriminalfälle, mehr Eindrücke, dann erst würde es den Namen des Toten preisgeben.

Und dafür brauchte er Zugang zu alten Akten.

»Hören Sie, Herr Brockmann«, entgegnete sein Chef, »das ist nicht ihr Zuständigkeitsbereich. Und wo wurde die Leiche gefunden? In Schottland? Wie viele Tage wollen Sie denn im Archiv verbringen, um diesem Phantomnamen hinterherzujagen? Es gab kein Kapitalverbrechen, haben Sie selber den Unterlagen im Internet entnommen, also auch kein gesteigertes öffentliches Interesse. Ein Seemann ist, wahrscheinlich betrunken, im Atlantik über Bord gefallen, *so what*!«

Der neue Chef war einer von den Smarten, gut gekleidet, immer in einem perfekt sitzenden Anzug, moderner Drei-Tage-Bart auf dem sportlichen Teint seiner Gesichtshaut. Er hatte studiert, trug Krawatte und ein Einstecktuch, und war aus dem Stand bereits auf die oberen Sprossen der Karriereleiter gesprungen, was früher nur Verdienten und Altgedienten vorbehalten war.

»Ich glaube, dass ich vielleicht der Einzigste bin …«

»Der *Einzige*, Herr Brockmann, es heißt: *der Einzige*. Nicht *Einzigste*!«, korrigierte der Chef mit erhobenem Zeigefinger.

»… der Einzigste bin«, fuhr Brockmann unbeirrt fort, »der einen Namen zu dieser Wasserleiche finden kann. Und es wird mich nicht *Tage* kosten, das herauszufinden, denn ich muss nur im Archiv etwas herumsuchen. Und Sie sähen doch gut aus, wenn Sie einen Fall in Schottland mit etwas Arbeit unterstützen würden. Internationale Zusammenarbeit, das bringt Sie und Ihre Abteilung ins Gespräch.«

Brockmann schaute ihm mit etwas schräg gestelltem Kopf in die Augen. Eitelkeit zu schüren funktioniert immer, das hatte er durch Erfahrung gelernt.

Sein Gegenüber rutschte verlegen in seinem Sessel herum.

»Sie konzentrieren sich auf Ihre Arbeit, und dabei bleibt es!« Mit diesen Worten drehte sich sein Chef in Richtung auf den Computerbildschirm, der überdimensioniert rechts neben ihm thronte, als Zeichen dafür, dass das Gespräch beendet war.

Brockmann erhob sich und war schon fast an der Tür, als er vom Schreibtisch in seinem Rücken hörte: »Wenn dann noch ein paar Minuten am Tag für diese Recherche über die schottische Wasserleiche übrigbleiben, dann in Herrgotts Namen, suchen Sie. Aber halten Sie mich auf dem Laufenden!«

Am Ende des Korridors zu seinem Büro, als sich Brockmann unbeobachtet fühlte, hielt er für einen Moment inne und machte die Becker-Faust. Er hatte einen eigenen Fall! Nach vielen Jahren wieder, in denen er von seinen jungen

Chefs zum Schreibtisch-Beamten und Verwalter von Tabellen und Berichten verändert worden war, ohne Realitätsbezug und vor allem ohne Verbindung zum Rotlichtmilieu, welches er dreißig Jahre lang zu ordnen versucht hatte.

Und genau dahin führte jetzt die Spur der namenlosen Wasserleiche!

5

Brockmann war schon früh aufgewacht, fühlte sich nach langer Zeit zum ersten Mal wieder richtig ausgeschlafen und saß bereits mit einem Kaffee am Tisch, als seine Frau Moni schlaftrunken in die Küche geschlurft kam.

»Wieso bist du denn schon so früh wach? Ist alles ok?«, fragte sie überrascht zwischen zwei ausgedehnten Gähnern.

Sie schaute ihn auch weiter misstrauisch aus den Augenwinkeln an, als sie auf Zehenspitzen stehend im Hängeschrank nach der Packung Knäckebrot fischte. Aber eine Antwort wollte sie aufgrund der frühen Stunde nicht abwarten und begann stattdessen, sich mit dem Brot und der Zeitung unter dem Arm wieder nach oben zurückzuziehen, um wie üblich im Bett zu frühstücken. Brockmann folgte ihr mit seinem Blick.

»Ich weiß genau, wo du hinschaust!«, kicherte sie zärtlich und wackelte etwas mit ihrem Po, bevor sie am Ende des Flurs auf die Treppe nach oben abbog.

»Geiler Hintern!«

»Hab‘ ich gehört.«

Dann vernahm er das leise Knarren der Treppenstufen und das Klacken der Schlafzimmertür.

Brockmann ging es bestens. Der tote Seemann hatte seine kriminalistische Neugierde wieder geweckt und ihm die Existenzberechtigung in dem präsidialen Glasbau zurückgegeben. Keiner außer ihm kannte die Verbindung zwischen dem digitalen Foto der Tätowierung aus dem Internet und einer analogen Erinnerung in seinem Kopf an jemanden, den er früher gesehen hatte. *Das* war jetzt seine Aufgabe.

Zum ersten Mal dieses Jahr wollte er wieder die wenigen Kilometer bis zum Büro mit dem Rad fahren.

Die frühe Morgensonne wärmte seinen Rücken auf angenehme Art, er lauschte dem Zwitschern der Vögel und sog die wohlriechende, noch kühle Luft eines neuen Tages ein. Erste Blätter schimmerten zart an den Ästen und bald würde das Grün der Bäume und Büsche wieder dominieren – ein erfrischender Anblick nach einem langen, kalten und matschigen Winter.

Beim Präsidium angekommen war Brockmann mit seinen Gedanken bereits bei dem unbekannten Toten und begann sie zu sortieren, eine Art Vorbereitung auf den Tag, die er schon lange nicht mehr gemacht hatte *bevor* er in seinem Büro angekommen war. Und noch *bevor* er einige Minuten später am Schreibtisch Platz nahm, hatte er den Computer eingeschaltet und erst dann seine Jacke auf den Bügel und in den Schrank gehängt.

»Ist alles ok mit dir?«, fragte eine Stimme besorgt hinter zwei großen Monitoren von dem gegenüberliegenden Schreibtisch. Sein Kollege Heinz Grabowski war immer der Erste im Büro, und dessen kahler Kopf tauchte nun zwischen den Bildschirmen mit einem kritischen, fragenden Blick in Brockmanns Richtung auf. Ihm war sofort aufgefallen, dass die Reihenfolge des morgendlichen Rituals verändert worden war.

»Ja, ja, alles prima«, murmelte Brockmann abwesend, während er unruhig auf den Startbildschirm seines Computers wartete. Gestern war es ihm nicht mehr gelungen, seinem PC ein Ausdruck des Fotos der Tätowierung abzuringen. ‚*Standarddrucker nicht definiert*' war irgendwann in einem kleinen Fenster aufgetaucht, aber die Telefonnummer der *Helpline*, die man bei solchen Fällen anrufen sollte, war offenkundig nur für Probleme bis drei Uhr nachmittags zuständig und deshalb gestern Abend nicht mehr zu erreichen gewesen. Heute wollte Brockmann zuerst einmal das Druckerproblem lösen, denn er freute sich trotz dieser Widrigkeiten fast diebisch darauf, das Foto wieder auf seinem Bildschirm zu sehen.

Die Installation gelang problemlos.

»Wir sind immer schon sehr früh hier«, entschuldigte sich eine junge Frau am anderen Ende der Leitung. Stimmt, dachte Brockmann, aber Computerprobleme beeindruckt das in der Regel nicht. Sie treten auf, wenn Leute während der normalen Bürozeiten mit dem PC arbeiten.

Danach schaffte er es auch auf Anhieb wieder, die richtige Internetseite bei Europol anzusteuern. Interessiert betrachtete Brockmann eine Weile die Fotos der Wasserleiche aus Schottland, dann die Vergrößerung der Tätowierung. Seine Augen folgten den Streifen in dem feinen Ornament über dem Ellenbogenknochen, so als wollte er sich jeden einzelnen davon einprägen. Die Erinnerung eines menschlichen Gehirns arbeitet mit Muster- und Bilderkennung, darüber konnten sich trainierte Denker hunderte Spielkarten oder andere Gegenstände in ihrer Reihenfolge merken oder sonst irgendwelche geistigen Kunststücke vollbringen. Brockmanns Gehirn war zwar nicht trainiert, aber es funktionierte nach dem gleichen Prinzip, und während er sich die Tätowierung wieder und wieder anschaute, tauchten in den Tiefen seiner grauen Gehirnwindungen erneut Bauteile und Bruchstücke von Erinnerungen auf, die auf die absonderlichsten Weisen in seinem Kopf miteinander verknüpft waren.

Zuerst war da ein Geruch nach abgestandener, verrauchter Luft, so wie in einer Kneipe. Holzgeruch kombinierte sich dazu, dann erschien in der Erinnerungswolke ein altes Metallschild hinter einem Bartresen, das ein Holsten-Bier Emblem zeigte, sehr alt, abgeblättert. Brockmann hatte sich immer schon für alte Werbeschilder interessiert.

Aber *wo* zum Teufel war das?

Keine Ahnung, fluchte er in sich hinein und rang weiter mit Vergessen und Erinnerung.

Er versuchte einen anderen Suchpfad: *Wann* mag das gewesen sein? War er noch junger Schutzpolizist, oder schon bei der Kriminalpolizei? Waren die Kinder schon auf der Welt? Meilensteine im Leben, die Erinnerungen eine Orientierung gaben.

Kurz blieben seine Gedanken bei den Kindern hängen. Niedlich, als die noch so klein waren, lächelte er versonnen in sich hinein und erinnerte sich an den Sommer, nachdem sein ältester Sohn im Oktober geboren wurde. Dessen erstes Krabbeln in ihrem Garten und der Ekel des Kleinen vor dem langen, feuchten Gras.

Ein Kneipenbesuch nach der Geburt des ersten Kindes? Konnte er sich nicht vorstellen – diese Arten von Aktivitäten waren normalerweise die ersten, die gestrichen wurden. Also war die Erinnerung an den vermeintlichen Kneipenbesuch vor der Geburt des ersten Kindes!

Ein Wegpunkt für die Erinnerungen! Brockmann klatschte vor Freude in die Hände, sodass sein Kollege gegenüber hochfuhr.

»Mensch! hab‘ ich einen Schreck gekriegt«, polterte Heinz los und hielt sich dabei mit der rechten Hand das Herz. »Was hast du denn?«

Brockmann hatte sich dem Namen zu der Wasserleiche

einen großen Schritt genähert.

***

»Was willst du, Peter? Alle Akten von 1990 sehen? Du spinnst wohl! Da komm‘ mal schön ins Archiv! Und bring dir einen alten Kittel und ein altes Hemd mit, denn hinterher wirst du selber wie eine alte Akte riechen und dreckig ohne Ende sein.« Der Mann am Telefon lachte laut.

»Und wo seid ihr mit dem Archiv?«, fragte Brockmann unsicher.

»Na immer noch da, wo wir schon immer waren: im alten Polizeihochhaus, deiner alten Heimat! Das Archiv ist damals nicht mit umgezogen worden. Kommt alles irgendwann sowieso weg!«

Der Mann am anderen Ende der Leitung war Georg Wohlgefahrt, der Archivar, etwa so alt wie Brockmann und Vertreter einer aussterbenden Art. Der Direktor hatte ihm schon vor einem Jahr gesagt, dass die Stelle nach seinem Ausscheiden nicht mehr nachbesetzt würde. Das Archiv sollte digitalisiert werden und Akten dann nur noch am PC verfügbar sein. Und ganz alte Akten würden gleich vernichtet, weil sogar deren einfache Lagerung für die Polizei zu teuer war.

»Da musst du schon herkommen, wenn du etwas finden willst«, mahnte Wohlgefahrt.

Als Peter Brockmann eine Stunde später den langen Flur im Keller des alten Polizeigebäudes am Berliner Tor entlangging, kam Wehmut in ihm auf. Wie viele Male war er hier unten in dem Archiv gewesen, hatte sich immer wieder durch verstaubte Akten gewühlt und die Ausdünstungen des alten Papiers verflucht. Und auch jetzt bemerkte er diesen zunehmend muffigen Geruch, je weiter er auf die graue, zweiflügelige Stahltür am Ende des Korridors zuschritt.

Aber irgendwo dort hinter den Türen war der Name der Wasserleiche verborgen.

»Ich finde da rein gar nichts. Mist!«

Frustriert warf Brockmann die letzte Akte zurück auf den Stapel, der sich vor ihm auf dem kleinen Behelfstisch schon ziemlich wackelig auftürmte. Seit Stunden hatte er Ordner geschleppt und Unterlagen durchgeblättert, neue gesucht und alte zurück in die Regale gewuchtet.

»Was suchst du denn so verzweifelt im Jahr 1990?«, fragte Wohlgefahrt vom anderen Ende des kleinen Raumes, der dem riesigen Archiv als Exklave diente, mit Kaffeemaschine, einem kleinen Tisch mit Plastiktischdecke, ein paar Fotos aus einem alten Pirelli-Kalender an einer Wand und verblichenen Postkarten von Kollegen, die sich an den ‚*Maulwurf in den Katakomben*' aus irgendeinem sonnigen Ferienort erinnerten.

Brockmann reckte sich vorsichtig auf dem klapprigen alten Schreibtischstuhl.

»Ich habe ein Foto von einer Tätowierung, die an einer namenlosen Wasserleiche das einzige noch verwertbare Erkennungsmerkmal ist. Und ich weiß, dass ich diese Tätowierung schon einmal gesehen habe!«, antwortete er patzig und schlug mit der flachen Hand noch einmal klatschend auf den Aktenstapel. »Also habe ich versucht, mich zu erinnern und bin sicher, dass es zu einem Mann gehörte, den ich um 1990 gesehen oder verhaftet hatte.«

Er beugte sich vor und betrachtete frustriert die leere Schreibtischfläche vor dem Aktenstapel.

»Ich habe alle Unterlagen der fraglichen Jahrgänge bis zurück ins Jahr 1988 durchgesehen, aber keiner der Täter von damals kommt in Frage!«

»Lass mich doch mal dieses Tattoo sehen«, sagte Wohlgefahrt neugierig, während er vom anderen Ende des Raumes zu ihm herangeschlurft kam. Als er vor dem Behelfsschreibtisch stand, riss er Brockmanns das ausgedruckte Foto unsanft aus den Händen.

»Mensch pass doch auf, Georg, das habe ich vorhin erst ausgedruckt. War schwierig genug, das blöde Ding aus dem Computer herauszubekommen!«

»Dann druckst du es eben noch einmal aus, wenn's kaputtgeht«, grinste Wohlgefahrt zurück. »Das ist doch das Nette an diesem digitalen Kram: du hast es überall, wo immer du bist, kannst es vergrößern, umdrehen, ausdrucken. Eben alles!« Seine Augen leuchteten, als er das so sagte.

»Echt? Auch hier unten bei dir?«, fragte Brockmann erstaunt.

»Sag mal Peter, wo lebst du eigentlich? Mit deinem Login und Passwort kannst du dich hier an den PC setzen, so sagt man heute dazu, und nicht *Computer*, wie du immer sagst, und dir diese Seite mit dem Foto und allem anderen Kram ansehen. Dazu brauchst du nichts auszudrucken.«

Brockmann war sprachlos. Das musste er sich von dem gleichaltrigen Archivar anhören.

Wohlgefahrt schaute sich das Bild mit der Tätowierung erneut an.

»Wann, sagst du, hast du den Typ gesehen?«, fragte er nach einer kurzen Bedenkzeit.

»1990 oder so, dachte ich.«

»Hmm«, knurrte Wohlgefahrt in sich rein. Das grellweiße Neonlicht von der Decke betonte die ausgeprägten Denkfalten auf dessen Stirn noch mehr.

»Was heißt das denn jetzt: Hmm?«, fragte Brockmann gereizt.

»Diese Tattoo-Arbeit auf dem Foto ist fein, wunderschön ziseliert und sehr detailreich. Wenn du den Typ 1990 gesehen haben willst, dann war das vor jetzt …«, er rechnete leise, »… fast dreißig Jahren. Damals gab es natürlich schon Tattoos, aber die waren eher grob, insbesondere, weil sie wirklich mit Nadeln unter die Haut gestochen, oder besser, gebohrt wurden.«

Der Archivar drehte das Foto etwas hin und her.

»Heute dagegen«, und dabei schob er mit der anderen, freien Hand sein Hemd hoch, das er modern über die Hose trug, »heute werden Tattoos mit hochgenauen Präzisionsnadeln gemacht, die tausendmal pro Sekunde stechen und dadurch sehr feine Bilder möglich machen. So wie dieses hier.«

Er entblößte das Bild einer nackten Frau über seiner seitlichen Hüfte.

Brockmann sah ihn mit offenem Mund staunend an.

»*Du* hast so'n Ding?«

»Hab‘ ich mir vor zwei Jahren zum Hochzeitstag mit Greta machen lassen. Toll, nicht?«

Wohlgefahrt ließ das Hemd wieder fallen. »Hat heute fast jeder. Von den Jugendlichen sowieso. Alles voll bei denen.« Dabei wischte er mit seiner flachen Hand über seinen Oberarm und seinen Bauch. »Vor allem bei den Ladies. Ich finde das echt geil!«

Brockmann schüttelte den Kopf und fragte sich gleichzeitig, ob er seine beiden Söhne mal genauer ansehen sollte.

»Also, was ich sagen will«, fuhr der Archivar fort, »ist, dass diese Arbeit hier«, und dabei tippte er auf das Foto, welches Brockmann mitgebracht hatte, »meiner Meinung nach moderner ist als 1990. Ich würde sagen: vielleicht Anfang dieses Jahrtausends.«

Mit diesen Worten ging er zu seinem Schreibtisch und

tippte auf der PC-Tastatur herum.

»Was ist denn dein Login und dein Passwort für Europol?«, fragte er aus der Ferne.

»Das darf ich dir doch nicht sagen«, knurrte Brockmann, stand dann aber auf und ging um Wohlgefahrts Schreibtisch herum. »Guck aber weg, wenn ich das eintippe! Haben die mich extra gewarnt, weil das sonst gefährlich ist, wenn jemand mein Passwort kennt.«

Brockmann stellte sich schützend vor die Tastatur und tippte etwas ein. Der abschließende Hieb auf die Return-Taste verriet, dass die Eingabe erfolgt war.

Wohlgefahrt lächelte mitleidig.

»Wahrscheinlich ist dein Passwort ...«, er dachte einen Augenblick nach, »... Peter2807!«

»Du hast geschummelt und doch geguckt«, beschwerte sich Brockmann.

»Nee«, grinste der Kollege, »nur geraten. Dein Vorname plus dein Geburtsdatum, funktioniert eigentlich immer, weil Leute sich sonst die Flut der Passwörter nicht merken können. So viel also zu deiner IT-Sicherheit!«

Nach einer Weile fanden sie die Seite wieder, auf der Brockmann das Foto der Leiche und alle Details am Tag zuvor gesehen hatte. Wohlgefahrt studierte die aufgelisteten Dokumente.

»Da!«, platzte er plötzlich heraus und deutete mit seinem Zeigefinger auf den Bildschirm. »Steht hier ja auch: Leiche, männlich, Alter 40-45 Jahre. Folglich war der hier fast noch ein Kind, wenn du ihn 1990 verhaftet oder gesprochen haben willst. Ein Kind mit einer Tätowierung!« Wohlgefahrt lachte herzhaft und blickte Brockmann dabei triumphierend an. »Dein imaginäres Treffen mit diesem tätowierten Toten muss also deutlich später als 1990 gewesen sein, nämlich«, wobei er mit dem Finger auf Brockmanns Brust deutete und ihm dabei fragend in die Augen schaute, »so vielleicht zehn oder sogar fünfzehn Jahre später, damit dein Toter hier aus …? Wo war das?«

Er blickte auf den Bildschirm.

»Nordschottland?« Wohlgefahrt sah Brockmann erstaunt an. »Was machst du denn mit einem Toten aus Nordschottland?«

»Ich habe das im Internet gesehen und die Schotten fragen ja an, ob irgendjemand den Mann kennt. Und ich kenne diese Tätowierung! Ganz sicher!«, rechtfertigte sich Brockmann. Dabei sprang er vom Stuhl auf, so als wollte er seinen Worten dadurch mehr Nachdruck verleihen.

Wohlgefahrt sah ihn immer noch verwundert an.

»Hast du sonst nichts zu tun, Peter?« Mitleid schwang in seinen Worten mit.

»Na egal!«, fügte er nach einer kurzen Pause hinzu und schaute dann gedankenvoll wieder auf den Bildschirm des Computers. »Diese Tätowierung ist moderner als 1990, keine Frage. Vielleicht gehst du mal zu dem Tattoo-Studio, wo ich meines hier hab' machen lassen. Es ist nämlich so: die Tätowierung an dem Ellenbogen dieser Leiche ist ein Kunstwerk. Und jeder Tätowierer hat seinen eigenen Stil und vielleicht, nur als eine vage Möglichkeit, ist an diesem Tattoo etwas Besonderes dran, was wir beide nicht erkennen, aber einem Fachmann sofort auffällt.«

»Ist nur so 'ne Idee«, fügte er noch hinzu.

»Und wo hast du deines machen lassen?«, fragte Brockmann etwas widerspenstig.

»Die richtig Guten sitzen in Sankt Pauli. Hamburger Berg, Talstraße und so. Meines stammt von ‚Ulli', einfach Ulli!«

Brockmann wandte sich zum Gehen.

»Aber, wenn du an der ‚*Ritze*' vorbeikommst, geh' nicht

‘rein, sonst kriegst du noch einmal ‘was auf die Fresse, so wie damals, und läufst dann wieder wochenlang mit Gipsverband herum!« Wohlgefahrt deutete bei den Worten mit einer Faust auf sein eigenes Kinn.

Peng! machte es urplötzlich in Brockmanns Kopf.

Mit einem Knall tauchte alles wieder in seinem Kopf auf: Die Kneipe, der Geruch, das Holz, ein schmieriger dickbäuchiger Wirt, der die Polizei gerufen hatte, weil einer der Gäste die Zeche nicht bezahlen wollte und randaliert hatte. Es war nicht *irgendeine* Hafenkneipe, es war die ‚*Ritze*‘, zu der damaligen Zeit die verruchteste Zuhälterkneipe Hamburgs!

Peng!

Das Ereignis sortierte sich in seinem Kopf. Ein Verletzter auf dem Gehweg vor der Kneipe, als Brockmann dort eintraf, der Mann zusammengeschlagen, schwer zugerichtet, in dem Lokal ein Hüne, der schützend vor einer Gruppe von Männern stand, die sorglos an einem der hinteren Tische saßen. Augenzeugen konnten zwar einen der Vier als Täter beschreiben, aber die Gruppe schwor, auch der Hüne, dass sich keiner von ihnen vom Fleck gerührt hatte. Als Brockmann, aufgeheizt von so viel Dreistigkeit, zu dem Tisch durchdringen wollte, bekam er einen Fausthieb ins Gesicht und wurde dann von eben jenem Riesen unsanft aus dem Lokal geworfen, wobei er sich einen Arm und das Schlüsselbein brach, sodass er wochenlang einen Gips mit einem nervigen Verband tragen musste und nur unter Schmerzen schlafen konnte.

Auch derart waren Erinnerungen im Gehirn verkoppelt.

»Bruno!«, platzte es urplötzlich aus Brockmann heraus.

Er nahm Wohlgefahrts Kopf zwischen die Hände und drückte ihm einen feuchten Kuss auf die Stirn. »So hieß der Hüne. Wir luden ihn daraufhin wegen Körperverletzung an einem Polizisten vor, aber wundersamer Weise konnten wir später keinen der Zeugen, die ja den Angriff auf mich gesehen hatten, mehr ausfindig machen. Wir mussten Bruno und auch die anderen vier laufen lassen.«

Brockmann dachte einige Sekunden nach.

»Das war das Jahr bevor der Euro eingeführt wurde. 1999, ich weiß es genau! Ich konnte wochenlang keinen Sex mit Moni machen.« Brockmann war über seine Kombinationsgabe außer sich vor Freude.

»Dann war das 2001, denn der Euro ist im Januar 2002 eingeführt worden«, dämpfte Wohlgefahrt emotionslos.

»Na, wie auch immer, dann lass‘ uns mal suchen«, freute sich Brockmann ungetrübt weiter und huschte leichtfüßig auf die Regale mit der Jahreszahl 2001 zu.

»Sergej Brunisewicz, genannt *Bruno*!« Brockmann hielt die Akte mit dem Foto der markanten Tätowierung triumphierend in die Höhe. Er und Wohlgefahrt standen in einem Stapel von Akten, die sie in weiteren Stunden aus den Regalen herausgesucht hatten.

»2002 war es also dann doch eher und *nachdem* der Euro eingeführt wurde«, bemerkte der Archivar zynisch. »So viel zu der Präzision von Erinnerung an Zeit. Aber jetzt, wo du den Namen weißt, kannst du ja auch wieder die digitale Welt anzapfen.«

Er tippte den Namen in die Tastatur, das System suchte und fand den Eintrag dazu.

»Wenn du weißt, *was* du suchst, ist so eine Datenbank unschlagbar«, witzelte Wohlgefahrt ironisch, »hast du aber nur eine grobe Ahnung oder gar keine, ist das Ding sinnlos«, fuhr er fort und zeigte dabei auf die schöne Bildschirmmaske, mit der die Datenbank des Polizeicomputers das Gesicht von Sergej Brunisewicz und alle seine polizeilich erfassten Straftaten auflistete.

»Schon mit fünfzehn Jahren das erste Mal wegen Körperverletzung aufgefallen! Das System erinnert sich an alles.«

»Steht auch in der Akte, dafür brauchst du keinen Computer«, entgegnete Brockmann versonnen, während er in der Akte blätterte und sich Notizen machte. Dann sprang er auf und rollte sich die Akte in der Hand zusammen.

»Ich habe alles. Ich geh‘ dann mal!«

Wohlgefahrt schaute ihn erstaunt an. »Nichts da, Peter! Du wirst jetzt schön deine tausend Akten in die Regale zurückräumen, bevor du hier rausgehst«, wies er ihn barsch an, »und wenn du mich nett bittest, helfe ich dir vielleicht dabei.«

»Komm Georg, ich habe jetzt viel zu tun mit dem Fall«, maulte Brockmann zurück.

»Du wolltest suchen, du hast gefunden, aber eben in der analogen Papierwelt. Willkommen im Archiv! Einen PC könntest du jetzt einfach ausmachen«, wobei er auf *logout* drückte und dann den Computer ausschaltete, »aber die Papierwelt muss weggeräumt werden, Akte für Akte zurück in die Regale!« Dabei schaute er Brockmann sehr bestimmt an. »Also komm‘, Peter, los geht's!«

***

»Du bringst wieder Akten mit nach Hause?«

Seine Frau Moni stand mit fragendem Blick neben ihm und fingerte an dem Aktendeckel auf dem Küchentisch herum. Brockmann saß an dem großen Fenster, vor sich die

Akte, die er am Nachmittag aus dem Archiv mitgenommen hatte, und einem Glas Rotwein und genoss nach langen Jahren wieder den Geruch alten Papiers. Es war Freitagabend. Die frühsommerliche Dämmerung hatte die Küche in ein rötliches Licht getaucht, in deren einfallenden Sonnenstrahlen kleine Staubkörner träge umherschwebten. Entspannung lag in der Luft.

Moni griff nach seinem Rotweinglas und nahm nachdenklich einen kleinen Schluck.

»Ist wirklich alles ok bei dir? Heute Morgen als Erster auf, dann sogar mit dem Fahrrad ins Büro und jetzt wieder Akten zu Hause?«

Fragend schielte sie in seine Richtung.

»Ja, Moni, alles ist gut. Ich hatte einen schönen Tag und freue mich auf das Wochenende.«

Er lehnte sich genüsslich im Stuhl nach hinten und reckte sich. »Ich habe einen neuen Fall, um den ich mich kümmern muss.«

Sie stand sehr dicht neben ihm. Im Augenwinkel blickte er auf ihren Hosenschlitz, der in seiner Augenhöhe war.

»Das hast du ja schon lange nicht mehr gemacht.«

»Was?«, fragte er gedankenversunken.

Ihre Augen folgten seinem Blick.

»Ich meine, Akten mit nach Hause bringen«, log sie.

»Ach ja?«, fragte er und schaute hoch in ihre braunen Augen. Dabei langte er mit einem Arm um ihre Hüfte und zog ihr Becken an seinen Kopf. Es fühlte sich wunderbar weich und rund an. Sie drehte sich ganz zu ihm hin, nahm seinen Kopf zwischen ihre Hände und drückte ihr Becken gegen sein Gesicht. Mit beiden Armen konnte er jetzt ihren Hintern umfassen und streichelte genussvoll atmend mit seinen Händen über ihre Pobacken.

»Die sehen ja richtig wichtig aus, deine Akten!«, sagte

sie lächelnd und fuhr ihm mit den Händen durch seine Haare.

»Und wenn mir die Akten jetzt gerade nicht so wichtig sind?«

Mit seiner Nase drückte er heftiger gegen ihr Becken.

»Was ist passiert, Peter? Du bist heute irgendwie ... anders!«, sinnierte sie amüsiert und angeregt zugleich.

»Moni, es geht mir ausgezeichnet. Ich habe wieder einen *eigenen* Fall! Ich habe den ganzen Tag in unserem verstaubten Archiv verbracht und schließlich gefunden, was ich gesucht habe. Es war ein wunderbares Gefühl, endlich mal *nach*denken und kombinieren zu dürfen und damit besser zu sein als ein Computer oder eine Datenbank.«

Seine Augen leuchteten. Er fingerte hinter ihrem Körper nach dem Rotweinglas auf dem Tisch und nahm umständlich einen Schluck, denn sein Gesicht lag noch immer dicht an ihren Hüften. Ihre Fingerspitzen glitten langsam durch seine Haare.

»Du fühlst dich wunderbar an«, raunte er in ihre Hose.

Moni beugte sich herunter und küsste ihn auf den Kopf.

»Es fühlt sich schön an, dich lächeln zu sehen«, antwortete sie leise und presste ihr Becken wieder gegen seinen Kopf. »Du warst schon lange nicht mehr so entspannt!«

Wortlos zog er sie zu sich auf den Schoß.

»Wir haben es noch nie in der Küche gemacht, Schatz!«, wehrte sie sich halbherzig und wenig überzeugend, als seine warmen Hände langsam suchend unter ihre Bluse glitten.

»Dann wird es Zeit, dass wir mit etwas Neuem anfangen«, hauchte er, während er ihre wundervollen Rundungen liebkoste.

Als sie später auf dem Sofa unter der Wolldecke lagen und sich sinnig streichelten, war es draußen bereits dunkel geworden. Von der Seite betrachtete er verstohlen ihre Silhouette. Sie hatte ein schmales Gesicht, auch noch nach den vielen Jahren, und eine schön geformte Nase, die sich über ihren verführerischen Lippen erhob. Ihr war wohl warm, weshalb sie die Decke etwas weggeschoben hatte, sodass sich schemenhaft ihre vollen Brüste abzeichneten. Moni war seit über dreißig Jahren seine Frau, sie war großgewachsen und hatte über all die Jahrzehnte ihre sportliche, schlanke Figur bewahrt. Er hatte sich nie etwas anders vorstellen können, als mit ihr zusammen zu sein.

»Das war wunderschön«, hörte er im Dunkeln ihre rauchige Stimme neben seinem Ohr. »Du warst so herrlich verlangend«, hauchte sie.

Der Mann sog die Stimmung mit einem genießenden Seufzer auf.

»Und was genau ist nun in deinem neuen Fall passiert?«, fragte sie unvermittelt, während sie sich zu ihm hindrehte und dann auf ihre Unterarme stützte.

»Na, du bist ja multitaskingfähig!«, lachte Brockmann und schaute seine nackte Frau erstaunt und verlangend an. »Aber egal!« Er zog ihren Kopf zu sich heran und wuschelte durch ihre langen, rotbraunen Haare, die wunderbar nach Parfüm rochen und weich um seine Arme fielen. »Ich habe etwas über einen bis heute unbekannten Toten herausgefunden, etwas, was nur ich wusste.«

»Es fühlt sich wunderbar an, was immer es ist, das du gefunden hast«, sagte sie leise und gefühlvoll, richtete sich dabei auf, sodass Brockmann ihre Silhouette gegen das Fenster erkennen konnte, und küsste ihn auf den Mund.

Dann erhob sie sich, und als sie aus der Küche zurückkehrte, hatte sie sein Rotweinglas dabei und die Erdnussflips aus dem Schrank, setzte sich nackt und im Schneidersitz auf den Sessel neben dem Sofa und begann, geräuschvoll in der Tüte zu graben. Beide brachen fast zeitgleich in Gekicher aus.

»Weißt du wie lange es her ist, dass wir solchen Sex hatten …?«

»*Wilden* Sex!«, rief Brockmann dazwischen.

».. dass wir *wilden* Sex hatten und dann Flips aus der Tüte gegessen und abgestandenen, warmen Rotwein getrunken haben?«, fragte Moni und kicherte leise weiter.

Brockmann drehte sich raschelnd und klebrig auf dem Lederimitat des alten Sofas um.

»Wenn meine Erinnerungen mich nicht trügen, wurden unsere beiden Jungs nicht im Bett gezeugt, und wenn ich noch richtigliege, dann diente mein Schreibtisch im alten Polizeihochhaus mehrmals als Grundlage für unseren Spaß. Erinnerst du dich noch, als die alte Putzfrau einmal hereinkam und wir uns schnell an den Schreibtisch setzen mussten, ich ohne Hose und du mit deiner Bluse notdürftig vorne in den Rock geschoben?«

Beide mussten laut lachen. Die Situation von damals fühlte sich auch Jahrzehnte später noch immer verführerisch an.

Brockmann setzte sich im Sofa auf und griff beherzt in die Flipstüte, die seine Frau zwischen ihren Beinen abgelegt hatte. Für einen Augenblick verharrte seine Hand in der Tüte.

»Peter!«, rief sie mit gespielter Entrüstung, umfasste seine Hand zusammen mit der Tüte und legte beide auf sein Bein. Dann rückte sie sich auf dem Sessel zurecht. »Jetzt erzähle mal bitte, was denn diese neue Entdeckung ist. Ich liebe Geschichten, dass weißt du doch!«

Er hatte Moni früher immer von seinen Fällen erzählt, hatte Dinge dazu erfunden, gruselige Details weggelassen und sie so in sein Berufsleben einbezogen. Aber irgendwann hatte das aufgehört, ohne dass er sich genau erinnerte, warum. Als er jetzt anfing zu erzählen, war die Geschichte über den Toten aus Schottland zwar dürftig, aber er erzählte es ihr ausschmückend, und nachdem sie weit nach Mitternacht ins Bett gegangen waren, hatte Brockmann nicht nur wegen des Sex das tiefe Gefühl von Entspannung gefunden, das ihm schon fast fremd geworden war.

Peter Brockmann war Anfang der fünfziger Jahre auf einem alten Holztisch in der Küche der elterlichen Zwei-Zimmerwohnung im Hamburger Stadtteil *Sankt Georg* zur Welt gekommen war. Später, als Kinder, stromerten sie, auf sich alleine gestellt, zwischen zerbombten Häuserruinen herum oder spielten Fußball auf den Freiflächen riesiger Baulücken, die der Krieg wie gigantische Narben in der Hafenstadt hinterlassen hatte, und die trotz Wirtschaftswunderzeiten in *diesem* Stadtviertel nur langsam verheilen wollten. Für die Jungen war es das Paradies, wo in dunklen Hinterhöfen verrostete Autowracks herumstanden und rußgeschwärzte Männer Kohle und Feuerholz verkauften und selbstgedrehte Zigaretten rauchten.

Ihren Vater sahen Peter und seine beiden älteren Geschwister nur selten. Gelegentlich erschien ihre Mutter unerwartet in einem neuen Kleid oder trug plötzlich eine glänzende Goldkette um den Hals, aber an anderen Tagen fiel das abendliche Essen kommentarlos aus und die Wohnung blieb wochenlang dunkel und kalt.

Trotzdem erinnerte sich Brockmann, dass er als Kind ein zwar einfaches, aber behütetes Leben geführt hatte.

Bis zu dem Tag, als er, knapp sechs Jahre alt, auf der Suche nach dem alten Fußball im Halbdunkel des Dachbodens ihres Hauses seinen Vater an einem langen Seil aufgehängt fand. Anfangs konnte er es nicht verstehen und zog und rüttelte sanft an den nackten Füssen, die schlaff und kalt herunterhingen, aber der Vater blieb wortlos und stumm, und erst nach einer Weile hatte der kleine Peter, von Panik gepackt, seine Mutter geholt mit den kindlichen Worten, ‚*dass der Papa da oben ohne Schuhe hinge*'. Kurz darauf standen die beide wortlos zusammen vor dem baumelnden dunklen Sack mit Armen und Beinen, und die Mutter weinte leise und strich dem Kind dabei unentwegt über den Kopf.

Etwas später an diesem Tag kamen dann zwei stattliche Männer im schwarzen Frack und Zylinder mit einer langen dunklen Kiste schnaufend die Treppen herauf, schnitten wortlos das Seil durch, legten den leblosen Vater hinein und klappten mürrisch den Deckel darauf, um daraufhin den Sarg schwerfällig und schwitzend wieder die vielen Treppen nach unten zu tragen. Als sie sich an dem kleinen Peter vorbeischoben, murmelte der eine von den beiden noch etwas von ‚*mein Beileid, Junge*' und ‚*ja, ja, die Spielerei*'.

Unten angekommen schoben sie die längliche Holzkiste in das schwarze Auto, das vor dem Haus geparkt stand, und verschwanden damit nach einem langen, lauten Streit mit seiner Mutter um die nächste Straßenecke. Das war das letzte, was er von seinem Vater sah.

Von diesem Tag an wurde Peter Brockmanns Leben schwer. Sie mussten die Wohnung verlassen und seine Mutter versuchte, die Familie mit Gelegenheitsarbeiten über Wasser zu halten, wozu täglich wechselnde Männer gehörten, die zum Glück nie länger als eine Stunde blieben und immer Geld auf dem Küchentisch der kleinen Dachgeschosswohnung liegen ließen. Aber für die drei Brockmann-Kinder blieb trotzdem wenig zum Leben über, es musste an Kleidung und Schuhen gespart werden, um die Familie über die Runden zu bringen. In der Schule lachten seine Klassenkameraden oft über Peter, weil er dick und seine aufgetragene Kleidung von den Brüdern viel zu klein war, sodass sie ihn unter Anspielung auf seinen Nachnamen abfällig ‚*Bro-*

cken' nannten.

Peters Mutter kümmerte sich jedoch liebevoll um ihren Jüngsten und sorgte mit Lob und Ohrfeigen dafür, dass er täglich seine Schularbeiten erledigte und für den Unterricht lernte, sodass er nach der Grundschule sogar die Aufnahmeprüfung für das Gymnasium schaffte, während seine beiden älteren Brüder es vorgezogen hatten, sich nach der Volksschule mit Hilfsarbeiten in den Hinterhöfen oder im Hafen durchzuschlagen. Der kleine Peter saß dann nachmittags artig in einer Ecke der Küche und lernte Rechnen und Schreiben, während er dem monotonen Quietschen der Bettmatratze lauschte, wenn seine Mutter *berufstätig* war.

Aber nach der elften Klasse musste auch er die Schule beenden, weil seine Mutter infolge einer Infektionskrankheit immer seltener arbeiten konnte. Der jugendliche Peter Brockmann versuchte daraufhin nach Kräften, beide mit allen Arten von Arbeiten durchzubringen und bediente in Kneipen wie ‚*Max und Consorten'*, wo das Leben der betuchten Geschäftsleute Hamburgs mit dem der Bewohner des heruntergekommenen Viertels hinter dem Hauptbahnhof der Millionenstadt kollidierte.

Dieser Stadtteil *Sankt Georg*, in dem er geboren wurde und wo er lebte, verkam immer mehr, und zwischen verfallenden viktorianischen Altbauten und grauen Betonhäusern breitete sich Anfang der siebziger Jahre in fast baumlosen, engen Straßen der illegale Straßenstrich und das Drogenmilieu der Hansestadt unaufhaltsam aus.

Peter versuchte mit dem Geld, das er als Servierhilfe und Putzfrau in einem nahen Bordell verdiente, seine Mutter nach Kräften zu unterstützen. Für die Gäste des Puffs war er unsichtbar, ein pickeliges Nichts mit langen Haaren, und für die Prostituierten stellte er ein unbedeutendes Neutrum ohne Geld dar.

Dennoch vertrauten sie sich ihm unbekümmert an, die Gäste wie die Nutten, und gestatteten ihm unfreiwillig den Blick in die Abgründe der feinen hanseatischen Gesellschaft. Er sah Mädchen am Heroin verrecken, welches ihnen von zwielichtigen Zuhältern aufgezwungen wurde, und beobachtete gutgekleidete dickliche Herren, die sich diese Kinder zur Befriedigung nahmen wie Meterware im Stoffladen.

Und die Polizisten der nahen Wache schauten bei dem Höllenspiel weg, um im Gegenzug die Hand aufzuhalten und sich an dem Leid und Siechtum zu bereichern.

Die pubertierende Lethargie des mittlerweile Achtzehnjährigen wurde jedoch jäh zerrissen, als ein chinesisch aussehendes Mädchen in dem Bordell auftauchte und seine erste große, heimliche Liebe wurde. Ma Kim Ai hatte pechschwarze lange Haare, dunkle, traurige Augen und kam aus einem Land, das Peter nur aus den Nachrichten kannte: Vietnam. Keiner wusste genau, wo das lag, denn Ma redete kaum über ihre Heimat, die sie im fortgesetzten Bombenhagel der Amerikaner und den Angriffen des Vietkongs verlassen musste. Das Mädchen war zart, von fast kindlicher Statur, hatte kaum Brüste und einen scheuen Blick aus Augen, die die Hölle bereits gesehen hatten.

In ihrer wenigen freien Zeit lebte Ma in einem winzigen Raum unter dem Dach des baufälligen Bordells. Wenn sie dort oben war, schlich sich Peter gelegentlich mit den Resten eines noch fast vollen Tellers, den ein dickleibiger Freier in seiner Zeitnot zwischen schnellem Fick und Familienfeier nicht aufessen konnte, nach oben auf den Dachboden, und viele Male davon fand er das Mädchen schlafend auf der Matratze vor, neben sich auf dem Fußboden noch die Reste des Fixerbestecks. Dann entfernte er vorsichtig den Gürtel am Oberarm, deckte sie mit der dünnen Decke zu oder wartete neben ihr auf der Matratze um aufzupassen, falls sie sich übergab.

An anderen, besseren Tagen, wenn die beiden alleine in der Bar saßen, sprach er mit Ma, erzählte ihr von der fremden Stadt da draußen vor der Tür, die sie nicht kannte, und von seiner kranken Mutter, die sie nie kennenlernen würde. Ma zuckte gelegentlich mit den Schultern, denn sie konnte nur wenige Worte Deutsch und Peter kaum Englisch, aber ihre Stimme war betörend und fein, trotz der unbekannten Worte und Laute, und sie verströmte exotische Träume von fernen, unbekannten Ländern und fremden Menschen. Und wenn sie seine Hand berührte mit ihren zarten, kleinen Fingern, verschwand die Welt um Peter herum.

Aber eines Tages, als er wieder mit einem Teller auf den Dachboden kam, war der kleine Raum leer. Die Matratze und die Kommode waren weg, der Stuhl fehlte, und nichts erinnerte mehr daran, dass dort jemand über Monate hindurch gewohnt hatte. Als Peter nach unten stürmte und die anderen Mädchen fragte, wo Ma sei, wichen die aus. Nur eine zischte ihm zu: »Frag‘ besser nie wieder, Kleiner!«

Der junge Mann musste feststellen, dass Drogengeschäfte, Prostitution und Menschenhandel vor der Tür, wo er arbeitete, unbehelligt stattfinden konnten, weil offenkundig niemand etwas dagegen unternehmen wollte.

Ma blieb für immer verschwunden.

Der Verlust festigte Brockmanns Entschluss. Er bewarb sich bei der Schutzpolizei und wurde trotz seiner hageren Erscheinung angenommen, nachdem sich einer der dicken Männer, die seine Mutter stundenweise besuchten, für den Jungen eingesetzt hatte.

Nach zehn Jahren Streifendienst ergab sich dann Mitte der achtziger Jahre für ihn die Gelegenheit, zur Kriminalpolizei zu wechseln, weil die organisierte Kriminalität in der Hansestadt bedrohlich zunahm. Bandenmäßige Gewaltverbrechen waren auf Sankt Pauli an der Tagesordnung, sodass eine neue Abteilung geschaffen wurde, für die er sich durch seinen Dienst in einem der härtesten Problemviertel Hamburgs bereits qualifiziert hatte.

Das Polizeihochhaus am Berliner Tor wurde für die folgenden zwanzig Jahre seine berufliche Heimat. Der junge Kommissar Brockmann und seine Kollegen von dem neugebildeten Kriminaldezernat konnten von dort aus das Treiben in der Innenstadt und ihren dunklen Nebenstraßen *fühlen* und verfolgen, saßen quasi mitten im Geschehen und atmeten dieselbe Luft wie ihre kriminellen Feinde, ihre Informanten und Freunde. Zwischen illegalem Strich und Drogenhöhlen in Sankt Georg bis zu Mädchenhandel und Bandenkrieg in Sankt Pauli waren persönliche Beziehungen und Informanten Teil von Brockmanns beruflichen Erfolg.

Jahrzehntelang war er deshalb mit seinem Beruf zufrieden gewesen, hatte gewusst, wo es langging und wohin er gehörte.

6

»*Good morning, this is Peter Brockmann calling from Hamburg in Germany. May I speak to Mister Jack Grisham, please?*«

Er hatte sich den ganzen Morgen schon auf diesen Anruf gefreut. Eine Stunde Zeitdifferenz zu Schottland - er hatte es fast nicht abwarten können. Brockmann hatte wiederholt die Webseite von Europol mit der Kontaktadresse in Schottland aufgerufen um sicherzugehen, dass der Name seines Gegenübers richtig war und die Telefonnummer stimmte. Sein Englisch war vielleicht etwas eingerostet, aber er hatte sich mit Volkshochschulkursen auf dem Laufenden gehalten und im Urlaub seine Künste immer wieder angebracht. Es sollte schon klappen.

Die weite Welt rauschte einige Sekunden in der Telefonleitung, dann ein Knacken.

»*Jack Grisham!?*«, meldete sich eine sympathische Stimme am anderen Ende mit unüberhörbar schottischem Akzent.

»*Good morning, Mister Grisham. My name is Peter Brockmann, detective inspector at the bureau of criminal investigation in Hamburg in Germany.*«

»*Good morning, Sir!*«, entgegnete der Angesprochene etwas unsicher. »*From Germany? That is interesting. How can I help you?*«

Brockmann räusperte sich und holte tief Luft.

»Ich habe im Internet auf der Webseite von Europol über die Wasserleiche gelesen, die Sie in Schottland gefunden haben, und ich möchte Ihnen sagen, dass ich sehr sicher bin, dass ich den Mann kenne, der dort angeschwemmt worden ist.« Brockmann war so aufgeregt, dass seine Hand ganz schwitzig wurde und er deshalb den Telefonhörer in die andere wechseln musste.

Einen Augenblick war nur rauschende Stille. Der Satz musste sich erst durch hunderte Kilometern Telefonleitungen schlängeln und dann in Grishams Kopf einsickern.

»Wirklich?«, rief der Schotte nach kurzer Pause erstaunt aus. »Das ist ja eine interessante Neuigkeit, in der Tat!«

»Ich wollte Ihnen das telefonisch ankündigen. Aber natürlich schicke ich Ihnen die Daten auch noch per Email.«

»Das wäre sehr freundlich von Ihnen, Sir. Aber woher wissen Sie so genau, wer der Tote ist?«, fragte der Kommissar in Schottland neugierig.

Brockmann erzählte Grisham die Geschichte von dem Mann mit der Tätowierung, den er vor fast zwanzig Jahren in Hamburg verhaftet hatte.

»Das ist ja bemerkenswert, dass Sie sich daran erinnern können«, kommentierte der Schotte freudig. »Jetzt haben wir wenigstens einen Namen zu dem Toten.«

»Ich habe das so quasi in meiner Freizeit gemacht«, übertrieb Brockmann. »Es ist eben keine Leiche in Hamburg, sondern eine in Schottland, sodass sich hier nicht wirklich jemand dafür interessiert.«

»Das ist hier leider ähnlich«, bestätigte Grisham. »Diese Fotos im Internet waren mein letzter Versuch, weil der Fall offiziell nicht mehr verfolgt wird. Der Tote ist keinem Gewaltverbrechen zum Opfer gefallen. Er ist definitiv ertrunken. Ohne jeden Zweifel, sagen die Pathologen.«

»Oh, Sie arbeiten nicht mehr daran?«, entfuhr es Brockmann überrascht.

»Ja, leider«, bestätigte Grisham. Er beichtete Brockmann die Einstellung seines Chefs dazu. »Der Mann ist einfach ertrunken, und dem Ergebnis der Obduktion zufolge nicht infolge eines Gewaltverbrechens.« Grisham seufzte hörbar am anderen Ende der Telefonleitung, dann fuhr er fort: »Für mich bleibt zwar damit die Frage weiter unbeantwortet, warum die Leiche radioaktiv kontaminiert ist, aber das interessierte hier niemanden.«

»Die ist *was*?« Brockmann schreckte wie elektrisiert in seinem Stuhl hoch, sodass Heinz erschrocken zwischen den Bildschirmen hindurchschielte.

»Steht das da nicht drin?«, fragte der Mann in Schottland irritiert. »Die Hände sind radioaktiv verstrahlt, und auch am Bauch und an den Oberschenkeln haben die Pathologen Strahlung gemessen, wenngleich sehr viel schwächer.«

Brockmann rückte neugierig weiter nach vorne. »Und woher kam diese Verstrahlung?«

»Das ist eine sehr gute Frage. Wir haben keine Ahnung. Überhaupt keine! Hier gibt es im Umkreis von hunderten von Meilen nichts, was irgendwie radioaktiv sein könnte, an Land nicht und auch nicht auf dem Meer.«

Brockmann hörte, wie Grisham noch einmal tief ausatmete.

»Die Leiche wurde am Strand gefunden, kam von irgendwo, wird nirgendwo vermisst. Seit über drei Wochen nicht«, erklärte er weiter. »Aber wenigstens haben wir jetzt dank Ihrer Recherchen einen Namen. Und trotzdem bezweifle ich, dass ich meinen Chef für diesen Fall erwärmen kann, eben weil diesen …«

»… Sergej, genannt Bruno …«

»… genau, diesen Sergej niemand vermisst. Und der Mann ist ertrunken!«

»Ich weiß, kein Gewaltverbrechen«, wiederholte Brockmann frustriert.

Eine Pause entstand.

»Passen Sie auf! Sie schicken mir erst einmal die Unterlagen zu und ich schaue, ob ich hier bei uns in Schottland nicht doch noch irgendjemanden dafür interessieren kann, jetzt, wo der Tote eine Identität hat. Ich würde Sie auf dem Laufenden halten, einfach so zwischen Kollegen.«

»Das wäre sehr nett, Mister Grisham!« entgegnete Brockmann.

»Bitte nenne mich Jack. Jetzt, wo wir einen gemeinsamen Fall haben. Und vielen Dank noch einmal für deine Spürnase!«, sagte Grisham zum Abschluss.

»Äh, ja, gerne, äh, Jack. Ich bin Peter. Und keine Ursache dafür, gerne geschehen«, stotterte Brockmann.

Dann legte er auf und lehnte sich in seinen Stuhl zurück.

Eigentlich, dachte er, müsste sich jetzt so ein Loch der Frustration auftun, weil der Fall offiziell erledigt war und es nun offenkundig nichts mehr zu tun gab. Aber das Gegenteil war der Fall: Er spürte Neugierde und Tatendrang. Jemand fällt doch nicht zufällig radioaktiv verstrahlt von einem Schiff und wird dann nicht einmal vermisst. Da gab es etwas, und er würde suchen und schnüffeln, so wie er das über dreißig Jahre lang getan hatte, um genau das herauszufinden.

Langsam richtete Brockmann sich in seinem Stuhl auf. Gestern Abend hatte er Moni erzählt, dass er einen eigenen Fall hätte, und es hatte sie glücklich gemacht, ihn glücklich zu sehen. Und hier gab es ihn, den Kriminalfall, nur sahen das die Chefs offensichtlich noch nicht. Er setzte sich aufrecht an seinen Schreibtisch und rieb sich die Hände.

Zuerst schrieb er die versprochene Email an den Kollegen in Schottland:

An: Jack Grisham
Cc:
Von: Peter Brockmann
Datum: 21.5., 15:54
Betr.: Leichenfund Nordschottland
Anlagen: Scan1.jpg, Scan2.pdf

Jack,
wie ich dir ja schon am Telefon erzählt hatte, konnten wir euren Toten als SERGEJ BRUNISEWICZ, genannt „Bruno", identifizieren, weil die Tätowierung an seinem Unterarm, von der ihr ein Foto in das Intranet von Europol eingestellt habt, bei uns in einer Ermittlungsakte dokumentiert wurde. Ein Abgleich der Fotos dieser Tätowierung ergab eine 100%ige Übereinstimmung, wie Du selber sehen kannst.
Nach unseren erkennungsdienstlichen Ermittlungen wurde Brunisewicz am 23.4.1969 in Krobajana im heutigen Serbien geboren. In der Anlage habe ich ein Foto aus der Ermittlungsakte aus dem Jahr 2002 beigelegt.
Wie du auf den beigefügten Kopien aus der Akte erkennen kannst, hatten wir den Mann im Zusammenhang mit schwerer Körperverletzung in Hamburg verhaftet, mussten ihn aber mangels Beweise wieder gehen lassen. Die Akten zeigen noch Strafermittlungen im Zusammenhang mit verschiedenen anderen, kleineren Delikten bis 2012. Danach verliert sich seine Spur.
Ich ermittle deshalb weiter (nebenbei!), was er zwischen 2012 und

heute getan hat, um daraus Erkenntnisse zu gewinnen und Rückschlüsse ziehen zu können, warum er bei Euch in Schottland tot angeschwemmt wurde.
Ich halte dich auf dem Laufenden.

Peter Brockmann
Kriminalhauptkommissar

Nachdem er auf ‚*Senden*' gedrückt hatte, beugte er sich vor, langte auf seinen Schreibtisch und zog die alte Akte zu sich.

»Wieso ertrinkt jemand, der eigentlich Türsteher und Bodyguard war, radioaktiv verstrahlt im Norden Schottlands?«, fragte er sich laut. Nachdenklich strich er mit der Hand über den Namen auf der verstaubten Akte und betrachtete das Foto von Sergej Brunisewicz. ‚*Aufenthaltsort unbekannt*' stand hinter dem Namen. Das war der letzte Eintrag in dem gehefteten Papierstapel unter dem Pappdeckel. Er blätterte langsam weiter und suchte die Namen der drei anderen Männer, die damals in der Kiezkneipe mit an dem Tisch saßen. Einer davon war Sergejs Boss Pjotr Krukow gewesen. Vielleicht wusste der ja, was nach 2012 mit Sergej passiert war, wo er danach gearbeitet hatte oder wohin er gezogen war.

Die zwei anderen Kneipengäste aus der Runde von damals waren bereits tot. ‚*Verschieden*' war im Bürokratendeutsch quer darüber gestempelt worden. Er blätterte eine Seite weiter. ‚*... bei Schusswechsel mit Bandenmitgliedern der ...*' überflog er die Beschreibung des Tathergangs. Auch für Sergej war jetzt ein Leichenschauhaus in Schottland zur vorletzten Station geworden.

Was für ein Scheißleben, dachte Brockmann.

Aber das Verschwinden des Mannes hatte seine Neugierde entfacht - ein fast vergessenes Gefühl nach Jahren der Lustlosigkeit. Sergej alias *Bruno* hatte auf Sankt Pauli gearbeitet, bevor er verschwand. Morgen wollte er seine Kontakte im Rotlichtmilieu bemühen.

Irgendjemand von denen würde ihn noch kennen.

7

»Bruno? Mensch, Brocki, das ist ‘ne Ewigkeit her, dass ich den gesehen habe.«

Die ‚flotte Ulla‘ schaute Brockmann über den Bartresen hinweg an, ihre Augen waren trübe und lagen in dunklen Höhlen, gerahmt von unzähligen Falten und ädriger heller Haut. Die langen Haare hingen in dünnen Strähnen glatt vom Kopf, schwarz gefärbt, aber am Mittelscheitel war schon wieder das unbarmherzige Grau des Alters erkennbar.

»Keine Ahnung, wo der ist. Sein Boss Krukow ist tot, das weiß ich genau, den kannst du auch nicht mehr fragen.«

»Tot? Davon steht nichts in unseren Akten.« Brockmann lehnte sich enttäuscht auf dem Barhocker zurück.

»Dann lass doch die ollen Kamellen. Wenn du ‘was zur Abwechslung brauchst, dann komm her.« Dabei zog sie den Ausschnitt ihres T-Shirts ein gutes Stück tiefer, wodurch sie ihre Doppel-D Brüste etwas zu viel entblößte.

»Nee, lass‘ mal Ulla, ist schon ok!«

»Immer noch Moni?«

»Jo, immer noch Moni. Seit dreißig Jahren!«

Ulla seufzte tief. »Wenn alle Typen so wären wie du, könnte ich meinen Laden hier zu machen!«

Unbekümmert rückte sie ihren Ausschnitt wieder zurecht und fingerte dann an ihrem Glas mit dem klaren, bräunlichen Inhalt herum, das vor ihr stand. Daneben glomm eine Zigarette müde im Aschenbecher. Nachmittags um vier war Frühstückszeit auf Sankt Pauli.

»Hast du denn überhaupt keine Ahnung, wo ich nach

Bruno suchen könnte? Oder jemanden, der ihn kennt?», fragte Brockmann drängelnd.

»Geh‘ mal zu Viktor. Steht vor der Tür im *Casanova*. Der kommt auch daher, ich meine aus Russland oder so. Die Russen hingen früher alle zusammen ‘rum. Vielleicht weiß der ‘was.«

Brockmann schälte sich zwischen Tresen und Stuhl heraus und legte Ulla einen Zehn-Euro Schein auf den Tisch.

»Für dich, Herzchen, und halt die Augen und Ohren auf. Für mich!«

Die Luft draußen war herrlich, es war warm geworden trotz der nachmittäglichen Stunde, und er genoss zum wiederholten Mal in dieser Woche das Gefühl von Frühling. Brockmann bog rechts in die Talstraße ab, eine enge Seitengasse zur Reeperbahn, auf der die Häuser bis dicht an den schmalen Gehweg heranreichten.

Die Sonne stand schon tief und nur wenige Strahlen erreichten noch die kleine Straße. Farbe und Putz bröckelten von schäbigen Fassaden, Türen und Fenster vieler Häuser waren alt, schief und zerkratzt, und die meisten Schilder über Ladeneingängen deuteten auf längst verblichene Gewerbe früherer Zeiten hin, teilweise nur flüchtig überklebt mit Hinweisen auf die neuen Besitzer. Dazwischen halbhohe Reste alter Gebäude, notdürftig verdeckt von mannshohen Werbeschildern, die Straßenränder übersät mit Verpackungsmüll, Plastikbechern und leeren Bierdosen.

Sankt Pauli bei Tag war dreckig und hässlich.

Bei dem Anblick der Szenerie schwankte der geborene Hamburger Peter Brockmann zwischen Wehmut und Wirklichkeit, und er musste an einen Vergleich denken, den ein Freund einmal in bierseliger Laune angestellt hatte: ‚*Die Reeperbahn bei Tag ist wie eine in die Jahre gekommene*

Hure, die sich für die Nacht aufrüschen möchte. Wenn sie im grellen Licht der Badezimmerbeleuchtung steht, musst du einfach vermeiden, hinzusehen, wie und wo sie die Schminke aufpinselt, weil am Ende nur das Ergebnis zählt: Zur Nacht wird sie bei Kerzenschein und Schummerlicht als wunderschöne Prinzessin erscheinen und ihre Gäste begeistern'.

Aber wie als Kontrastprogramm hineingesprenkelt in dieses morbide Bild gab es auch hübsche, schnörkelige Jugendstilhäuser, die wie vergessene Relikte einer vergangenen Theaterkulisse wirkten. Auf der gegenüberliegenden Straßenseite erkannte Brockmann ein kleines oranges Schild mit der Aufschrift ‚*Jesus lebt*' eingequetscht zwischen den Hinweisen auf *Last Minute Dance Club* und *Rio Bar* - sogar das Haus der Heilsarmee hatte sich seine Existenzberechtigung in dem Mahlstrom der Sünden erkämpft.

Brockmann gelangte zur Casanova-Bar und steuerte zielstrebig auf den Türsteher zu, einen hageren, mittelgroßen Mann mit kantigem Gesicht, dünnem Haupthaar und schwarzer Lederjacke, dessen Blick sofort verriet, dass er ihn als Polizist erkannt hatte.

»Ich will nichts von euch«, versuchte Brockmann dessen aufkommende Unruhe zu besänftigen, »aber Ulla meinte, dass ich hier den kleinen Viktor finden könnte.«

Der Mann schwieg und blickte gelangweilt die Straße rauf und runter auf der Suche nach Kunden, die er *ankobern*, also animieren konnte, einen Blick in die Bar zu werfen. Brockmann stellte sich gelassen neben ihn und folgte seinen Augen.

»Ich suche nämlich nach Bruno«, sagte er beiläufig.

»Kenne ich nicht«, antwortete der Türsteher in klarem Deutsch, »aber du kannst gerne reingehen und drinnen weiterfragen. Zwanzig Euro für ein Herrengedeck, vielleicht kriegst du Rabatt!«

Brockmann öffnete die Tür und schob den schweren Vorhang zur Seite, der einen dunklen, kleinen Eingangsbereich von dem Bordell trennte. Warme, rauchgeschwängerte Luft schlug ihm entgegen, vermischt mit dem Geruch nach billigem Parfüm und Männerschweiß. Links von ihm befand sich eine kleine Bühne, auf der gerade eine Stripperin lustlos versuchte, ein Zwei-Mann Publikum zu dem Stöhnen von *Je t'aime* zu unterhalten, vor ihm lag der schummerig beleuchtete Bartresen, dessen tiefhängende Lampen eine Sammlung billiger alkoholischer Getränke in kleinen, verstaubten Flaschen anstrahlten. Eine Frau in einem viel zu kurzen schwarzen Paillettenkleid, das den Blick auf ihre Strapse und Oberschenkel unzweideutig freigab, kam schwankend auf Brockmann zu und strich sich lasziv mit dem Zeigefinger in ihr Dekolleté.

»Na, Sheriff, kann ich 'was für dich tun?«

Die Augen der Frau waren mit dicker Schminke umrandet, ihr Gesicht eingefallen und mit Rouge und Puder übertüncht, die Haut ihres Ausschnitts wirkte wie Pergamentpapier und war selbst in dem Dämmerlicht der Bar fleckig und ungepflegt.

»Lass' mal, Beauty, ich mach' das schon«, hörte Brockmann eine rauchige, tiefe Männerstimme vom Tresen her.

Er schob sich durch die Ansammlung leerer Tische und setzte sich an die Theke.

Der Barkeeper war ein dicker Mann mittleren Alters, dessen glattrasierter, kahler Schädel ansatzlos in einen mächtigen Stiernacken überging. Der Kragen des frisch gestärkten weißen Hemds stand weit offen und zeigte eine grobschlächtige goldene Kette, an der ein zierliches Paar Boxhandschuhe hing. Kleine wache Augen blitzten den Kommissar forschend an.

»Etwas zu trinken?« fragte der Mann, obwohl er die Antwort kannte.

»Bin im Dienst, also bitte nur einen Espresso«, entgegnete Brockmann. Er fühlte sich wohl. Dieses war sein Arbeitsgebiet.

Nach einer Weile schob der Barmann eine kleine Tasse herüber. Seine Hand war fleischig und übersät mit Tätowierungen auf den Knöcheln und Fingern. Drei Punkt auf der Haut zwischen Daumen und Zeigefinger zeugten von einer dunklen Vergangenheit.

»Schöne Kette, die Du trägst. Warst Du mal aktiv?«, fragte Brockmann vorsichtig, um eine Konversation in Gang zu bringen.

»Man hält sich fit«, entgegnete der Mann knapp.

»Warst Du nicht früher in der Ritze? Ich dachte, dass ich Dich da schon mal gesehen habe«, log Brockmann.

Das Gesicht des Barkeepers hellte sich kurz auf.

»Denke schon, waren gute Zeiten.«

»Bist Du denn schon lange hier? Ulla sagte, die Russen betrieben das hier«, fragte Brockmann weiter. Er nippte an dem Espresso. *Wirklich guter Kaffee*, dachte er angenehm überrascht. »Sie meinte, dass ich Viktor hier finden würde.«

»Du kennst Ulla?«, fragte der Barkeeper plötzlich etwas lauter und zog dabei erstaunt eine Augenbraue hoch. Brockmann bemerkte, wie er jemandem in seinem Rücken einen kurzen Blick zuwarf, und ein seichter Windzug verriet, dass dieser ‚Jemand' zur Kontrolle weggeschickt worden war.

Brockmann ließ daher dem Gespräch seinen Lauf wie einem mäandrierenden Fluss. Der Bote würde bald zurückkommen, und bis dahin bog die Unterhaltung mal hier hin und mal dorthin ab, plätscherte fröhlich aber unbekümmert weiter und richtete nirgends Schaden an. Aber nach einer Weile spürte der Kommissar, wie der Vorhang weggeschoben wurde und der Barmann kurz in die Richtung blinzelte, woraufhin das unverfängliche Geplauder unvermittelt eine konkretere Richtung nahm.

»Die Russen sind schon vor ein paar Jahren weggegangen, weiter nach Westen. Haben den Rumänen und Albanern hier das Gebiet überlassen«, sagte der Mann am Tresen plötzlich viel jovialer als zuvor.

Brockmann nahm die Wendung sofort auf. Er war gecheckt worden und hatte den Test bestanden. Irgendwann sollte er Ulla wieder einen Besuch abstatten.

Die Bühnenshow der Stripperin war gerade beifallslos zu Ende gegangen und das wenige Publikum wartete gelangweilt auf die nächste Tänzerin. Es war relativ still in der Bar, weshalb sich Brockmann etwas vorbeugte und mit leiser Stimme fragte: »Kannst Du mir sagen, wo ich Viktor finden kann? Ich suche nach Bruno, und Ulla meinte, Viktor wüsste vielleicht, wo ich den finde. Nur mal so, um ihn etwas zu fragen.«

»Dann würde ich Dir trotzdem nicht helfen wollen«, zischte der Barmann leise zwischen weißen Kunstzähnen hindurch. »Sein Boss ist zwar tot, hat aber immer noch seine Spione hier«, fügte er mit unterdrückter Stimmlage hinzu und seine Augen deuteten auf den Eingang.

»Bruno ist jetzt auch tot«, flüsterte Brockmann, »und ich will wissen, warum!«

Der Barkeeper unterbrach für den langen Bruchteil einer Sekunde das Spülen der Gläser. Dann entgegnete er mit einem traurigen Unterton in seiner Stimme: »Da kann ich leider auch nicht helfen.«

Eine Pause trat ein.

»Irgendjemanden, den ich sonst noch fragen könnte?«

Der Mann schüttelte versteckt den Kopf. »Keine Verbindungen mehr«, sagte er leise.

Brockmann trank seinen Espresso aus und deutete mit einem Griff zum Portemonnaie an, dass er bezahlen wollte.

»Lass' mal, geht auf's Haus«, winkte der Mann hinter dem Tresen ab und fügte dann etwas lauter hinzu: »Ich hoffe, bei der Kontrolle war alles ok.«

Als der Barkeeper die Espressotasse wegzog, bemerkte Brockmann, dass der Mann eine Visitenkarte daneben geschoben hatte. Schnell glitt Brockmanns Hand darüber, dann verabschiedete sich der Kommissar höflich, aber nicht ohne der schönen Beauty eine Kusshand zu zuwerfen.

»*A bien tôt*», sagte Brockmann, bevor der Vorhang hinter ihm zurückschwang.

Er fühlte die Visitenkarte sicher in seiner Jackentasche, wagte aber nicht, gleich vor der Tür des Lokals darauf zuschauen. Er bog nach links ab und schlenderte hoch zur Reeperbahn. Die Luft war immer noch herrlich, aber jetzt, wo die Sonne ganz verschwunden war, wurde es doch schnell und merklich kühler. Auf der breiten Hauptstraße gingen die ersten Reklamelichter an, um den frühen Kunden die Wege zu den Shops und Bordellen zu weisen. Brockmann genoss für einen kurzen Moment das bunte Treiben auf dem nahen Spielbudenplatz, wo eine Menschenansammlung um eine Gruppe von Musikern stand, die mit südamerikanischen Klängen den Sommer herbeispielen wollten.

Erst als er sich sicher wähnte, zog er die Visitenkarte des Barkeepers aus der Tasche und betrachtete neugierig das kleine, alte, abgegriffene Stück Papier wie eine Trophäe: es war sein erster Ermittlungserfolg in diesem Fall! Jemand hatte einen Strich quer durch den Namen auf der Vorderseite gezogen, der in kyrillischen Buchstaben aufgedruckt war. Er drehte die Karte um. Auf der Rückseite war mit unsicherer, schneller Handschrift ein Straßenname notiert worden und eine Hausnummer. Sonst nichts weiter.

8

Die Vorhersage versprach schon für den Vormittag warmes und sonniges Sommerwetter, deshalb ließ Brockmann sein Auto bei heruntergekurbelter Scheibe und zur Musik von *Led Zeppelin* dem zähen Großstadtverkehr folgen. Die Hauptstraße, auf der er dahinrollte, wurde eingefasst von einer schmucklosen Abfolge halbhoher Wohnblöcke, Tankstellen, Möbeldiskountern, Spielhöllen und Supermärkten. Hamburgs Stadtteil *Billstedt* im Osten der Großstadt war ein heruntergekommener sozialer Brennpunkt, eingequetscht zwischen Autobahnen und Bundesstraßen, die nur dem einen Zweck dienten, nämlich die Menschen, die dort nicht wohnen mussten, schnell aus den biederen Häuserschluchten herauszuführen.

Brockmann suchte nach der Adresse auf der Visitenkarte, die er gestern von dem Barmann zugesteckt bekommen hatte.

In der Nähe der angegebenen Hausnummer parkte er sein Auto auf dem unbefestigten Randstreifen vor einem schäbigen gelben Haus mit Flachdach und löchrigen Plastikmarkisen über den Schaufenstern. Riesige Zahlen darauf wiesen auf Telefonnummern hin, die man wahrscheinlich schon seit Jahren nicht mehr erreichen konnte, und durch das Glas der Ladentür konnte er erkennen, dass Mobiliar und Bretter von innen gegen die Eingangstür lehnten. Die Fenster waren mit Tapeten und Papier nur notdürftig zugeklebt worden. Dieses war der Teil von Hamburg, den offensichtlich keiner mehr wollte.

Die Hausnummer, die auf der Visitenkarte vermerkt war, fand er auf einem Hinweisschild an einem Durchgang zwischen diesem gelben Haus und dem angrenzenden Gebäude. Angesengte Müllcontainer und aufgerissene Plastiksäcke rahmten die schmale Durchfahrt ein und fast unwillkürlich fasste Brockmann unter seine Jacke, um den Sitz seiner Dienstwaffe zu kontrollieren.

Als er aber den dunklen Gang zwischen den beiden Häusern durchschritten hatte, wurde er überrascht: zu seiner linken Seite sah er eine großzügige, offene Rasenfläche mit einer Handvoll mächtiger Eichen, deren Schatten über eine Reihe frischgestrichener Sitzbänke fielen, auf denen Menschen jeder Altersklasse saßen und die frühsommerliche Wärme genossen. Hunde tollten auf dem Grün herum und Kindern spielten schreiend und jauchzend zwischen den Erwachsenen. Rechts von Brockmann lagen kleine Gärten, die den rückwärtigen Teil der Reihenhäuser bildeten, welche er an der Hauptstraße passiert hatte. Diese kleine Welt in einem Hamburger Hinterhofviertel war so ganz anders als die heruntergekommene Fassade, die vorne an der Straße zu sehen war.

An einer kleinen Gartentür zu seiner Rechten erkannte er die Hausnummer neunundsechzig. Ein sauber gepflasterter, schmaler Weg führte von der kleinen Pforte zu der rückwärtigen Eingangstür eines der Reihenhäuser, und nur das kleine rote Herz in einem Fenster verriet dem kundigen Freier, dass sich dahinter käufliche Liebe verbarg.

Vor der Pforte stand ein kleiner Mann in einer dunklen Fliegerjacke und rauchte. Unsicher nahm der Kommissar die Visitenkarte in seiner Hosentasche zwischen die Finger, denn er wusste, dass sie seine Eintrittskarte war. In einer bestimmten Art gefaltet, oder an einer bestimmten Ecke geknickt oder durchgestrichen, bedeutete sie Freund, Vertrauter oder Feind.

»Moin«, begrüßte ihn der Mann hamburgisch kurz aber mit unverkennbar russischem Akzent. Er ging Brockmann nur bis zur Schulter, aber der Oberkörper des Mannes füllte die Jacke gut aus und die prallen Ärmel deuteten die darunter verborgenen Muskeln an. Er zog gelangweilt an der Zigarette.

Brockmann fingerte die Visitenkarte aus der Tasche und reichte sie dem Türsteher wortlos hin. Nur beiläufig blickte der auf das kleine Stück Papier.

»Ich suche Bruno.«

Der Mann wich fast unmerklich einen Schritt zurück und der Blick in seinen Augen verriet, dass er wusste, von wem Brockmann sprach.

»Sollte ich kennen?«, fragte er unsicher in gebrochenem Deutsch.

»Es sieht so aus, als wenn Bruno etwas zugestoßen ist. Wir haben seine Leiche gefunden und ich will wissen, wer es war und warum.«

Der kleine Mann sackte in sich zusammen und blickte mit traurigen Augen zu Brockmann auf. Dann räusperte er sich kurz und sprach mit schneller, leiser Stimme: »Ist weggegangen, hat Frau gefunden, schon lange her. Hat noch gesagt mir, will neues Leben, nichts kriminell. Dann war weg.«

»Wollen wir einen Tee trinken gehen?«, fragte Brockmann.

»Muss arbeiten.« Er hielt seine fast heruntergebrannte Zigarette wie zum Beweis hoch. »Alles was weiß.«

»Wohin ist er denn gegangen? Kennst du irgendjemanden, der mir etwas mehr sagen könnte?«

»Kommst du morgen zwei Uhr. Dort auf Bank«. Er deutete mit einem kurzen Blick auf eine der grünen Parkbänke, wo die Kinder spielten und die Alten in der Sonne saßen. »Dort warten. Morgen Mittag. Und jetzt gehen!«

Der kleine Mann schaute sich mit seinen flinken, traurigen Augen hastig und unsicher um. Das ganze Gespräch hatte nicht mal eine Minute gedauert. Brockmann steckte die Visitenkarte wieder ein und wandte sich zum Gehen.

»Morgen zwei Uhr, dort auf der Bank. Alleine!«, flüsterte der Russe noch einmal eindringlich.

»Danke, ich werde da sein«, antwortete Brockmann.

Dann schlenderte er zurück in Richtung auf die Grünfläche, um sich auf eine der Bänke zu setzen, die in der Sonne lagen. Er genoss die Sonnenstrahlen im Gesicht, die wie eine warme Berührung waren, und schloss seine Augen.

Die spielenden Kinder machten Geschrei und johlten und es drang wie aus weiter Ferne vertraut in seine Ohren. Er fühlte, wie er mit Moni irgendwann einmal auf einem Deich an der Nordsee saß. Urlaubsstimmung vor zwanzig Jahren, das Gras kühl und üppig, die beiden Jungs tollten ausgelassen über die abschüssige Grasfläche, fielen hin, rappelten sich auf, riefen und meckerten, balgten sich. Er hatte seine Frau fest im Arm, hatte sie zu sich herangezogen und beide blickten über das warme braune Wattenmeer hinaus auf die Fahrrinne, mit unzähligen großen und kleinen Schiffen, die am Horizont mit dem Weiß der Wellen verschmolzen. *‚Lass uns da mitfahren, irgendwo werden die schon anhalten'*, hatte Moni gesagt und dabei auf die Dampfer gezeigt. Sie stellten sich dann gemeinsam vor, mit Strohhüten auf einer einsamen Insel zu stranden und von Rum und Liebe zu leben. *‚Die Kinder bringen wir solange zu meiner Mutter'*.

Was für ein wunderschöner Ort, dachte er für sich. Er blickte sich noch einmal kurz um, als er sich von der Parkbank erhob. Der kleine Russe vor dem Jägerzaun war verschwunden.

***

Als sich Brockmann am frühen Nachmittag des folgenden Tages wieder einfand und auf die Parkbank setzte, hatte sich an der kleinen Szenerie kaum etwas geändert. Die Alten waren da und wieder tollte eine Horde Kinder lärmend über die Grünfläche. Brockmann holte seine Zeitung heraus und hatte gerade begonnen, lustlos darin herumzublättern, als ein kleiner Junge plötzlich wie aus dem Nichts auftauchte und ihm eine Postkarte entgegenstreckte. Der Kommissar nahm sie etwas irritiert an sich und wollte gerade ein Wort sagen, da war der Kleine schon wieder in dem Haufen der Fußballspieler verschwunden.

Unsicher betrachtete er die Karte und wendete sie herum. Auf der Rückseite klebte ein kleiner gelber *post-it* Zettel. *‚Geh und nicht komm wieder!'* stand da mit unsicherer Handschrift geschrieben. Fragend blickte sich Brockmann um. Niemand hatte von ihm Notiz genommen. Langsam schob er die Karte in seine Jackentasche, klappte die Zeitung umständlich zusammen und erhob sich dann schwerfällig, um die Personen auf den Bänken noch einmal studieren zu können. Aber es war niemanden zu erkennen, der nicht dahin gehörte. Bedächtig ging er um die Grünfläche herum auf den Durchgang zwischen den Häusern zu, aber nichts passierte mehr.

Bei seinem Auto angekommen war er gerade im Begriff, die Fahrertür zu öffnen, als er hinter dem Scheibenwischer auf der Fahrerseite eine zweite Karte stecken sah.

Da wollte jemand aber sehr sicher sein, dass ich wenigsten eine bekomme, dachte Brockmann, als er sie unter dem Wischerblatt hervorzog.

Erst nachdem er auf dem Parkplatz des Polizeipräsidiums angekommen war, inspizierte er seine Beutestücke. Es waren Ansichtskarten aus Holland. Die eine zeigte eine Strandansicht mit einem Leuchtturm vor einem riesigen Hotel im viktorianischen Baustil, von dem eine hässliche, neumodische, überbaute Pier aus Beton in das Meer hinausreichte. *‚Urlaubsgrüße aus Scheveningen'* stand darunter in großen, rot-weiß-blau gestreiften Buchstaben. Brockmann drehte die Karte um. Auf der Rückseite war etwas Handgeschriebenes in kyrillischer Schrift. Keine Adresse, kein Absender.

Die zweite war ebenfalls eine Ansichtskarte, aber aus einem anderen Ort: *Groetjes uit Vlissingen* stand vorne auf Niederländisch unter dem Foto. Schmale mehrstöckige Häuser waren darauf abgebildet, die um eine freie Marktfläche herumstanden, ein kleines Café in ihrer Mitte lag malerisch in der Sonne. Auf der Rückseite wieder Zeilen mit kyrillischen Buchstaben, klein geschrieben, und auf den ersten Blick von der gleichen Handschrift. War das ein erster Hinweis auf Sergejs Aufenthaltsort?

Ludmilla Kudelina aus der Personalabteilung ist Russin, die kann das übersetzen, schoss es ihm durch den Kopf.

»Das sind zwar kyrillische Buchstaben«, sagte sie, als Brockmann eine Stunde später neben ihr stand, »aber das ist nicht Russisch.« Sie hielt ihm die Postkarten entgegen. »Ich glaube, das ist Serbisch. Ist nämlich dasselbe Alphabet.«

Brockmanns Herz machte einen Freudenschlag. Eine Spur zu Bruno, denn der war Serbe!

Sie schaute noch einmal auf die Karten.

»Aber das ist trotzdem kein Problem. Ich kann ihnen die Wörter auf den Karten abtippen, dann fotografieren sie das mit Ihrem Handy und lassen es von Google übersetzen. Ist ganz einfach!«

Sie schaute Brockmann erwartungsfroh an.

Der hatte kein Wort davon begriffen und glotzte die junge Frau verständnislos an.

»Ok, verstehe«, schlussfolgerte sie schnell. »Ich muss noch etwas erledigen, aber dann kann ich es für Sie machen, Herr Brockmann. Kommen Sie in zehn Minuten wieder.«

»Danke«, stotterte Brockmann und verschwand schnell

durch die angelehnte Bürotür aus der Peinlichkeit.

9

Brockmann hatte schlecht geschlafen, weil ihn die, wenn auch vage, Spur der Postkarten aufgekratzt hatte – ein schon seit langem unbekanntes Gefühl kleinkindlicher Glückseligkeit über eine Banalität. Und aus diesem Grund war er an diesem Morgen wieder fast zeitgleich mit seinem Kollegen im Büro.

Heinz schaute ihn deshalb vorwurfsvoll an, als sich Brockmann vor seinem Schreibtisch aufbaute.

»Peter«, beschwerte er sich laut, »wenn das so weitergeht mit dir, kann ich ja nicht einmal mehr in Ruhe frühstücken! Ich hatte immer diese eine Stunde für mich.«

Brockmann ignorierte die bissige Bemerkung und legte stattdessen die beiden Postkarten triumphierend auf den Tisch seines Kollegen.

»Ich konnte nicht mehr schlafen. Deswegen!«

Neugierig geworden wischte sich Heinz die Krümel vom Mund und zog die Karten zu sich heran. »Was ist das? Eine neue Spur?«

»Ich hatte gestern ein Treffen mit einem Informanten und diese beiden Ansichtskarten habe ich von ihm bekommen.« Brockmann tippte mit seinem Zeigefinger darauf. »Aber leider ohne Adressen und Absender. Waren wohl in Briefumschlägen.«

»Und auch leider alles in kyrillischer Schrift«, stellte Heinz nach seiner Inspektion der Karten fest. »Ich glaube, diese Ludmilla aus der Personalabteilung ist Russin. Frag' die doch mal.«

»Habe ich schon«, entgegnete Brockmann eifrig, »und sie sagte mir, dass das Serbisch sei. Hat es auch schon für mich übersetzt.« Dabei hielt er das Blatt Papier von ihr hoch. Den Teil des Gespräches über das Fotografieren und die anschließende Google-Übersetzung mit einem Handy ließ Brockmann weg. Das hatte er echt nicht verstanden.

»Steht aber leider nichts Aufschlussreiches drauf.«

Heinz nahm die zweite Karte und drehte sie um. »Nette Ansicht von diesem Ort. Weißt du, wo das liegt?«

Brockmann schüttelte den Kopf.

»Ich suche das mal«, sagte Heinz.

Nach ein paar Minuten winkte er Brockmann von hinter seinen Monitoren aufgeregt zu sich herüber.

»Hier, Peter, das musst du mal sehen. Ist echt kool. Ich habe diesen Ort Vlissingen von deiner Ansichtskarte in Googles *StreetView* eingegeben. Liegt in Holland, an der Nordseeküste. Hier!« Er deutete mit seinem Finger auf den Bildschirm. Brockmann umrundete den Schreibtisch und stellte sich hinter ihn.

»In diesem *Streetview*-Programm kannst du durch diesen Ort fahren und dir die Stadt ansehen, ohne jemals dort gewesen zu sein. Echt irre!«

Brockmann schaute Heinz über dessen Schultern dabei zu, wie dieser in der virtuellen Welt durch die Straßen der niederländischen Kleinstadt fuhr, mal hier und mal da abbog, durch kleine Gassen ruckelte, wieder auf den Marktplatz zurückkam, rechts anhielt, sich Geschäfte ansah und dann eine lange Ausfallstraße hinaus in die Außenbezirke des Ortes nahm.

Im Hintergrund erkannte Brockmann einen kleinen Hafen mit Kränen und Schiffen.

»Moment, warte mal, halt mal an!«, rief er Heinz zu und tappte ihm dabei auf die Schulter. Ludmilla hatte ihm von der Postkarte übersetzt, dass Sergej in einem kleinen Hafen Arbeit gefunden hatte. Dieser dort auf dem Bildschirm würde zu der Beschreibung passen.

»Kannst du da 'mal weiterfahren in Richtung auf die Hafenkräne dort?«, bat er seinen Kollegen an der Maussteuerung.

»Nee, Peter, das geht nur auf diesen blau markierten Straßen, die hier unten auf diesem kleinen Fenster dargestellt werden.« Dabei zeigte Heinz mit seinem dicken Zeigefinger auf ein kleines Fenster im unteren Bildrand seines Monitors. »Du kannst nur sehen, was die fotografiert haben«, merkte er an, »und das sind die blau markierten Straßen hier unten in der Statusleiste. Wenn du mehr willst, musst du auch im heutigen, digitalen Zeitalter hinfahren und selber schauen und fragen. Wie in den guten alten Zeiten!«

»Hmm«, sinnierte Brockmann, der an dieser virtuellen Welt Gefallen zu finden begann, gestattete sie ihm doch, Untersuchungen für seinen Fall vom Schreibtisch aus zu unternehmen. Aber selber hinfahren? Für Ermittlungen im Ausland würde er nie eine Genehmigung von seinem Chef bekomme. Aber er kannte einen holländischen Kollegen, Willem Janssen, dem er vor ein paar Jahren mal bei dessen Fall mit einem betrügerischen Ring von Fleischhändlern geholfen hatte. Als deutscher Polizist konnte er sowieso nicht in einem niederländischen Ort Niederländer befragen, so etwas ging nur in Tatort-Krimis. Aber für einen holländischen Kollegen wäre das natürlich etwas anderes.

Nachdenklich ging er zu seinem Arbeitsplatz zurück und wühlte sich geräuschvoll durch die beiden Schubladen seines Schreibtisches, um ganz unten zu finden, was er suchte. Triumphierend hielt er die Visitenkarte des Kollegen aus Den Haag in die Höhe.

«Das ist unsere Eintrittskarte für Ermittlungen in den Niederlanden. Jetzt werden wir einmal die deutsch-holländische Zusammenarbeit testen», freute er sich und zog mit einem Ruck seinen Telefonapparat zu sich heran.

Es dauerte eine Ewigkeit, bis er sich durch gefühlt einhundert Beantwortungsmaschinen gearbeitet hatte, die alle eine Art automatischer Vorsortierung in niederländischer und englischer Sprache waren, so etwa wie ‚*Wenn Sie eine Straftat melden wollen, drücken Sie die Eins, wenn sie eine Zeugenaussage machen wollen, drücken Sie die Zwei, in allen anderen Fällen drücken Sie bitte die Drei*'. Brockmann verstand zwar kein Wort, aber irgendwann erklang eine bekannte menschliche Stimme am anderen Ende der Telefonleitung.

»*Willem Janssen!?*«

Was für eine Freude bei dem Holländer, als der Brockmanns Stimme hörte. Beide Polizisten verbanden nicht nur diese gemeinsamen Ermittlungen von früher, sondern insbesondere eine daraus erwachsene Freundschaft, die in vielen Abenden in Hamburg bei Holsten-Bier und Labskaus entstanden war, wo die beiden oft solange redeten, bis der livrierte Ober im vornehmen Ratskeller-Restaurant wortlos die leeren Biergläser abräumte und statt neuer, voller Gläser die Rechnung auf den Tisch legte. Denn ähnlich wie Peter Brockmann jagte auch Willem Janssen atemlos der neuen Zeit hinterher, ebenfalls verzweifelt auf der Suche nach den Werten und der Ordnung, mit denen er aufgewachsen war.

Nach ein paar weiteren Höflichkeitsfloskeln erläuterte Brockmann Janssen den Fall und sein Anliegen.

»Peter«, antwortete der Niederländer entzückt auf Deutsch, »ich finde es sehr interessant und werde gerne 'mal ein bisschen herumfragen.« Dabei sprach er das Wort ‚*bisschen*' wie ‚*bischen*' aus, so wie ‚wischen'.

»Diesen Ort Vlissingen kenne ich, denn meine Eltern sind mit uns in den Sommerferien früher immer nach Seeland gefahren, eine Insel nicht weit davon entfernt, und ich erinnere mich noch gut an dieses verschlafene, kleine Nest, wo wir dann Matjes und Krabben vom Kutter gekauft haben. Heute ist das leider alles weg.«

Der Holländer seufzte tief.

»Danke für deine Hilfe, Willem. Ich schicke dir ein Foto von dem Mann, den wir suchen. Oder besser: dessen Vergangenheit wir suchen. Vielleicht findest du ja etwas heraus.«

»Ja, das werde ich gerne versuchen. Hast Du etwas zum Schreiben? Dann notiere Dir mal bitte meine Mobilnummer, oder Handynummer, wie ihr Deutschen immer sagt«, wobei er sanft kicherte, »und schicke mir das Foto per *WhatsApp*. Dann habe ich es immer dabei. Ok?«

Brockmann schluckte lautlos. »Jaja, mach‘ ich. Und danke noch einmal.« Dann legte er zögerlich auf.

Eine kleine Pause entstand.

»Heinz?«, fragte Brockmann kleinlaut nach einer Weile in Richtung auf die andere Seite des Schreibtisches.

»Ich soll Willem ein *WhatsApp* zuschicken. Ich weiß, was das ist, die Kids reden immerzu davon, aber auf meinem Telefon habe ich so etwas nicht«, sagte er entschuldigend und hielt dabei sein altes Nokia-Gerät hoch.

Einen Augenblick war Stille hinter dem Bildschirm auf dem gegenüberliegenden Schreibtisch. Dann kam Heinz Gesicht langsam zum Vorschein.

»Peter!«, entrüstete sich dieser lachend. «Auf dem Gebiet moderner Technik bist du ein GAU. Ludmilla hatte mir heute Morgen schon von der Geschichte mit der Übersetzung deiner Postkarten erzählt. Google und so!« Sein Bauch hüpfte auf und ab vor Lachen.

»*WhatsApp* ist eine sogenannte *application*, wie man auf Englisch sagt, oder kurz ‚*App*‘, mit der man Nachrichten zwischen Handys austauschen kann. Aber nicht von so einem altertümlichen Ding wie du es hast«, und dabei deutete er verächtlich auf Brockmanns Telefon, »sondern zwischen modernen Telefonen, die man *Smartphones* nennt.« Bei diesen Worten zog er ein Telefon aus einer Tasche vorne auf seinem Hosenbein und hielt es triumphierend in die Höhe. »Damit kannst du im Internet surfen und in Google etwas suchen oder Karten und Navigation finden, und eben Nachrichten mit Fotos und Videos verschicken und empfangen.«

Er war währenddessen in seinem Rollstuhl zu Brockmann herübergefahren und hielt dem einen glänzenden, schwarzen, sehr dünnen rechteckigen Gegenstand vor die Nase.

»*Das*, Peter, ist heute ein Telefon, wogegen jenes, was du da hast, eher eine steinzeitliche Trommel ist.«

»Funktioniert aber noch wunderbar, und ich schicke Moni alles per SMS!«, protestierte Brockmann kleinlaut.

Heinz schüttete sich fast aus vor Lachen.

»Einen elektrischen Kurzschluss im Funknetz wirst du natürlich nicht auslösen, Peter, aber das Einzige, was du damit tun kannst, ist eben telefonieren. Aber moderne Telefone können sehr viel mehr. Und werden genau dafür genutzt!«

»Und sie können Fotos von toten Wasserleichen verschicken«, fügte Heinz amüsierte hinzu.

Kurzentschlossen rollte er zurück zu seinem Schreibtisch, tippte laut klackernd auf der Tastatur seines Computers herum und drehte Brockmann dann den Computerbildschirm entgegen.

»Schau mal, ich habe dir mal ein paar Angebote zusammengestellt. So ein Telefon kostet dich heute um dreißig Euro im Monat. Sehr gutes Telefon, Vertrag mit allem Drum und Dran, Flatrates für alles.«

Brockmanns Augen wurden fragend größer.

»Das bedeutet keine weiteren Kosten«, fügte Heinz deshalb erklärend hinzu und sah ihn weiter erwartungsvoll an.

»Und außerdem glaube ich auch, dass dich das Moni gegenüber echt kool macht. Und deinen Kids gegenüber sowieso!« Seine Augen leuchteten.

»So ein blödes Telefon?« fragte Brockmann verunsichert und wandte sich zum Gehen um. »Pah!«

»Peter, nun warte doch mal!« Heinz zog ihn am Hemd. »Jetzt reiß‘ dich mal zusammen und geh nicht schmollend weg, wenn es einmal nicht in deine Richtung läuft oder dir jemand widerspricht. Setze dich mit der Gegenwart auseinander, die ist nicht so schlecht wie du immer denkst. Du gehst jetzt da hinten in der Alsterdorfer Straße zu dem Telefonladen, zeigst ihm den Ausdruck, den ich dir gerade zusammengestellt habe, und kaufst dir dieses Telefon, das ich hier eingekringelt habe. Und damit bist du dann wenigstens schon mal im Heute angekommen. Und du liegst wieder vorne bei deinen Kindern. Die lieben so'n Kram. Echt!«

Heinz hielt ihm den Ausdruck des Angebots entgegen.

Eine Stunde später saß Brockmann an seinem Schreibtisch und bewegte sein neues, silbrig glänzendes Smartphone behutsam zwischen seinen Händen. Er untersuchte es wie ein kleines Kind, das ein neues Spielzeug bekommen hatte. Heinz hatte ihm schon die wesentlichen *features* erklärt und ihm auch gezeigt, wie man damit telefonieren kann. Und sogar ihr Chef, der zwischenzeitlich bei ihnen war, um nach dem Rechten zu schauen, stürzte sofort auf Brockmann zu, riss ihm das neue Telefon aus den Händen, drehte es bewundernd in den Händen wie ein rohes Ei und bemerkte dann kurz: »Anerkennung Brockmann, hätte ich gar nicht gedacht. Wirklich super, Sie sind ja ein echter *Nerd*!«, wobei er ihm verschwörerisch auf die Schulter geklopfte hatte.

»*Nerd* ist ein moderner englischer Ausdruck. Bedeutet so viel wie *‚technisch besessener Computerfreak'*«, erklärte Heinz unaufgefordert, kaum, dass ihr Chef wieder draußen war.

Brockmann hatte ungläubig den Kopf geschüttelt und sich nur still darüber gewundert, was so ein simples Telefon alles anrichten konnte.

Heinz lud das Foto von Sergej Brunisewicz auf das neue Handy, hatte ihm Janssens Telefonnummer gespeichert sowie alle anderen Nummern aus seinem alten Mobiltelefon übertragen und auch das *WhatsApp* eingerichtet. Nach einer schnellen Einführung fühlte sich Brockmann stark genug, ein paar kurze Sätze zu dem Foto zu schreiben, dann drückte er auf *Senden*.

Wie die Welt sich doch verändert hat. Mit diesem einfachen Tastendruck gehen die Ermittlungen zu dem Toten aus Schottland jetzt in den Niederlanden weiter. »Ist ja irgendwie schon irre«, murmelte er leise zu sich.

»Ich werde Jack Grisham in Schottland über unseren kleinen Erfolg informieren«, sagte Brockmann nach einer Weile zu seinem Kollegen. »Der soll wissen, dass wir etwas weitergekommen sind, und vielleicht hat er ja auch Neuigkeiten für uns! Und ich werde Dich in den *cc* setzen, damit du informiert bist.«

An: Jack Grisham
Cc: Heinz Grabowski
Von: Peter Brockmann
Datum: 25.5., 15:54
Betr.: Leichenfund Nordschottland

Jack,
es gibt einige Neuigkeiten hier bei uns in dem Fall deiner Wasserleiche. Wir sind in der Lage, die Spur des Toten bis in einen kleinen Ort in den Niederlanden zu verfolgen. Ich habe mich dazu mit ei-

nem niederländischen Kollegen kurzgeschlossen dem ich das Foto von Sergej Brunisewicz zugeschickt. Der Kollege hatte sich bereiterklärt, in dem kleinen Ort nach Hinweisen auf den Toten zu suchen. Lass uns hoffen, dass er dort weiterkommt.
Gibt es denn auf eurer Seite irgendwelche neuen Erkenntnisse über die Ursache der Verstrahlung?

Beste Grüße
Peter

Nur wenige Minuten, nachdem Brockmann die Mail gesendet hatte, kam bereits Grishams Antwort.

An: Peter Brockmann
Cc: Heinz Grabowski
Von: Jack Grisham
Datum: 25.5., 15:59
Betr.: AW: Leichenfund Nordschottland

Peter,
vielen Dank noch einmal für die Information und auch für das Foto und die Kopien aus eurer Akte. Danke auch für eure Mühen. Leider muss ich euch mitteilen, dass mein Chef den Fall gestern offiziell zu den Akten gelegt hat, aus Mangel an öffentlichem Interesse.
Es sind jetzt mehr als vier Wochen vergangen, ohne dass es eine Vermisstenmeldung gab. Offenkundig wird dieser Sergej von niemandem gesucht. Darüber hinaus deutete die pathologische Untersuchung unzweifelhaft auf Tod durch Ertrinken hin (in diesem Falle sogar durch zwei Ärzten unabhängig voneinander), und die Obduktion zeigte auch, dass es keine Anzeichen für Gewalteinwirkungen irgendwelcher Art gab.
Bezüglich eurer Frage nach der Ursache für die Verstrahlung muss ich euch ebenfalls (leider) mitteilen, dass sie nicht weiter untersucht wurde, weil sie definitiv nicht der Grund für den Tod sind. Es ist also unklar, woher sie stammt.
Bleibt mir am Ende nur, euch zu danken für eure Ermittlungen, die ihr ‚so nebenbei' gemacht habt.

Grüße zurück aus einem verregneten, kühlen Inverness

Jack Grisham
Detective Chief Inspector, Police Inverness

Auch Heinz las die Nachricht zweimal. Seine eigene Enttäuschung darüber war ein Problem, aber er dachte in diesem Augenblick insbesondere an seinen Kollegen, der schon so viel Freude an diesem Fall hatte, seit das Jagdfieber wieder bei ihm ausgebrochen war. Und dessen neues privates Glück nicht zu guter Letzt auch darauf gründete, dass er wieder berufliche Ziele gefunden hatte. Und jetzt kam diese nüchterne Absage aus Schottland. *‚Eingestellt wegen mangelnden öffentlichen Interesses'*.

Heinz schielte verstohlen zwischen den Bildschirmen hindurch, um einen Blick auf seinen Kollegen zu erhaschen.

»Die haben den Fall echt beerdigt.« Brockmann schüttelte ungläubig den Kopf.

»Mangelndes öffentliches Interesse. Dass ich nicht lache!«, polterte er weiter. »Die haben keine Lust, sich damit zu beschäftigen. Und in der Tat, wie Grisham auch selber schreibt, warum die Leiche radioaktiv verstrahlt ist, bleibt weiterhin völlig unklar.«

Verächtlich warf er sich in seinem Schreibtischstuhl zurück.

»Aber ich sage dir etwas, Heinz!«, fuhr er dickköpfig fort. »Wir werden das hier bei uns auf kleiner Flamme weiterkochen. Keiner wird einfach so radioaktiv. Und auch wenn Sergej dadurch nicht ursächlich umgekommen ist, ist da ja wohl doch ein Verbrechen geschehen. Erst einmal ist jetzt Willem am Zug. Der geht den Sergej in dem kleinen Ort in Holland suchen, und nur, wenn der auch nichts findet, können wir den Fall immer noch selber beerdigen.«

Heinz Gesicht hellte sich sichtbar auf.

»Das ist mein Peter! Ich hatte es nicht anders erwartet!«, log er glaubhaft. In der Tat hatte er befürchtet, dass Brockmann eher frustriert in den Stuhl sinken würde, um sich erneut seinen Depressionen hinzugeben.

Brockmann blickte ihn aus blitzenden Augen an.

»Was sollen wir beiden denn sonst auch tun? Noch eine weitere Excel-Tabelle mit statistischen Untersuchungen zu Containerdiebstählen erstellen?«, witzelte er. »Wir beiden gehen jetzt nach Hause und machen uns einen schönen Feierabend, und morgen geht es mit neuem Mut weiter! Klar soweit?«

»Jawoll, Sir!«, bellte Heinz zurück. «Sir, melde gehorsam, kann leider die Hacken heute nicht zusammenschlagen!«

»*Private* Heinz, Entschuldigung akzeptiert, aber arbeiten Sie daran, das zukünftig mit den Rollstuhlreifen hinzukriegen!«, feixte Brockmann zurück, obwohl er bei dem Wortspiel einen Kloß im Hals bekam.

Auf dem Weg nach Hause kaufte Brockmann bei einem Chinesen zweimal Bratnudeln und legte noch ein Extratöpfchen mit scharfer Soße dazu. Er hatte Moni versprochen, sich um ein kleines schnelles Abendessen zu kümmern. Sie selber musste noch etwas länger arbeiten.

»Mach dir keine Gedanken, Peter«, hatte sie sofort hinzugefügt, »es ist alles ok. Denke nicht nach. Ich freue mich auf dich und werde mich beeilen!«

***

Die Sonne ging rot und groß hinter den Bäumen in dem kleinen Garten unter und tauchte die Küche in ein rötliches, angenehmes Licht. Die leeren Papptöpfe von den Nudeln standen auf dem Tisch, Soßenspuren waren über das Holz verkleckert und eine leere Weinflasche thronte zwischen den Blumen auf dem Fensterbrett.

Moni saß seitlich auf seinem Schoß und hielt das neue Telefon bewundernd in ihren Händen.

»*Galaxy*, wow!«, bemerkte sie anerkennend. »Hätte ja nicht gedacht, dass du dich dafür interessierst. Find‘ ich super!«

Ihre Haare leuchteten verführerisch im ausgehenden Sonnenlicht. Brockmann schaute seine Frau von der Seite an und entschuldigte sich gedanklich bei Heinz dafür, dass er Moni nicht die ganze Wahrheit über den Grund für den Kauf erzählt hatte.

»Dann kannst du ja jetzt den Kindern Fotos schicken und von ihnen welche bekommen, die schicken alle Nase lang auf *WhatsApp* irgendetwas in der Welt herum.«

»*WhatsApp* ist hier«, zeigte Brockmann stolz auf dem Display.

»Das hast du auch schon eingerichtet?« Moni schaute ihn anerkennend von der Seite an. »Und welches Foto möchtest von deiner Frau haben, das aufleuchtet, wenn ich dich anrufe?«

»Da könnte ich mir einiges vorstellen«, schmunzelte Brockmann in ihre Richtung.

Sie kniff ihm zärtlich in die Seite. »Ich meine von meinem Gesicht, du Schlumpf!« Dann küsste sie ihn.

Er musste fast laut lachen bei dem Gedanken darüber, wie stark die Wirkung seines neumodischen Telefons auf die Beziehung zu seinen Mitmenschen war. Sein Chef hatte nach dem Anblick des Telefons plötzlich einen jovialen Ton angeschlagen, Moni war beeindruckt, und alle sagten übereinstimmend, dass es ihn bei seinen Kindern auf der Beliebtheitsskala nach oben bringen würde. Und dabei war doch das Einzige, was er wissentlich getan hatte, dass er eines der teuersten Mobiltelefone in dem Laden gekauft hatte.

Es war trotzdem ein schönes Gefühl, wieder die Anerkennung seiner Frau zu bekommen. Fast zu lange hatten sie sich diese gegenseitig nicht gegeben, war dadurch in den vergangenen beiden Jahren ihre Ehe auf eine harte Probe gestellt worden.

Die Kinder hatten jahrzehntelang im Vordergrund gestanden, wie ein Keil zwischen ihnen gesteckt. Anfangs, als die beiden Jungs noch klein waren, fiel es dem Ehepaar Brockmann nicht so auf. Aber mit jedem Jahr wurde deutlicher, dass für ihre eigene Liebesbeziehung weder Zeit noch Ruhe oder Platz vorhanden waren. Und immer mehr manifestierte sich, dass sie für die Kinder da war, wohingegen er das Geld verdiente und sich in seiner freien Zeit auf den Hausmeister reduzierte, der Fahrräder flickte und die Fassade des Reihenhauses in Ordnung hielt.

Schleichend hatte sich deshalb die Krise über einen langen Zeitraum unbemerkt und krebsartig in ihre Ehe gefressen.

Doch sie sprachen nicht darüber, nahmen es irgendwie hin und versuchten stattdessen, bei der Organisation des täglichen Lebens den Kopf einfach nur über Wasser zu halten. Brockmann ging morgens ins Büro, Moni führte das triste Leben einer Hausfrau, pflegte die Krankheiten der Kinder und brachte sie durch die Schule und den ersten Liebeskummer. Und abends, wenn Brockmann, von seiner anstrengenden Arbeit ermattet, mürrisch vor dem Fernseher saß, widmete sie sich den Wäschebergen und bügelte seine Oberhemden.

Sie akzeptierte dieses, solange die Kinder im Haus waren und der Mutter die Tagesaufgaben diktierten. Aber im Gleichschritt mit der zunehmenden Selbstständigkeit ihre beiden Söhne fühlte sie irgendwann, wie unbedeutend ihr Dasein wurde und sie sich immer häufiger nach dem Sinn in *ihrem* Leben zu fragen begann.

Und so stand sie an ihrem fünfzigsten Geburtstag gegen

Mitternacht abseits einer rauschenden Party, die ihr Mann für sie veranstaltet hatte, unter einem sternenklaren, schwarzen Himmel und fühlte sich unendlich leer und bedeutungslos.

Ihre Frauenärztin tippte auf Wechseljahre-Depressionen, wollte aber keine Medikamente verschreiben und riet ihr stattdessen lapidar, sich etwas ‚*Schönes*' zu suchen. Wahrscheinlich meinte die Ärztin damit einen Liebhaber oder Reisen, aber nachdem Moni eine Zeitlang nachgedacht hatte, ergab sich eher aus einem Zufall heraus ein Job bei einer neugegründeten kleinen Firma für Personalvermittlung, die sich in einem Büro am Rande Hamburgs in einer ehemaligen Kaserne etabliert hatte. *Start-up*-Unternehmen wurde das Neu-Deutsch genannt: ein Haufen junger Leute ohne Plan, aber dafür mit unendlich viel positiver Energie. Nach Kindererziehung und Hausfrauendasein wurde diese Arbeit eine wunderbare, neue und spannende Herausforderung, bei der sie jeden Tag interessante Menschen kennenlernte und ihr Organisationstalent einbringen konnte, welches sie in zwanzig Jahren Familienmanagement optimiert hatte.

Im Gegensatz zu ihrem Mann war Monis Welt spannend geworden, in der sie sich und andere täglich herausfordern konnte.

Während Brockmanns sich vergeblich bemühte, die Wandlungen in seinem Beruf zu begreifen, begann seine Frau, sich eigene Perspektiven zu erarbeiten, die zu Herausforderungen wuchsen und ihr Anerkennung brachten. Beim abendlichen Stelldichein in der Küche plapperte sie erfreut und aufgedreht von ihrem Tag, teilte sich mit und war aufgekratzt über die wunderbaren Menschen, mit denen sie zusammenarbeitete, während Brockmann nur dasaß und versuchte, die Arbeit und den Tag zu vergessen, der nichts als sinnlose Aufregung über banale Dinge für ihn bedeutet hatte.

So ging das über Jahre.

»Hörst du mir überhaupt zu, Peter?«, hatte Moni manchmal gefragt.

Wie eine Lehrerin fragte sie dann seine Aufmerksamkeit ab. »Worüber habe ich gerade gesprochen?«

Manches Mal verlangte sie sogar eine Antwort darauf.

Immer öfter konnte er keine geben.

Und irgendwann fielen die abendlichen Küchentreffen aus, weil Moni immer häufiger länger im Büro blieb.

»Arbeit!«, hatte sie sich telefonisch entschuldigt.

Und dann, vor etwa eineinhalb Jahren, saß sie schon in der Küche, als Brockmann abends nach Hause kam, die Augen verquollen und gerötet.

»Peter!«, hatte sie mit harter und konzentrierter Stimme gesagt, »Ich werde ausziehen! Wir passen einfach nicht mehr so zusammen wie früher.« Und mit diesen Worten war sie einfach aufgestanden, hatte sich drohend und drängelnd den Weg an ihm vorbei durch die Küchentür gebahnt, in der Brockmann hilflos stand, und war dann durch die Haustüre nach draußen in die Dunkelheit verschwunden.

Diese Konsequenz traf ihn wie ein Schlag – unerwartet, mitten ins Herz, und doch angekündigt.

Fast ein Jahr verging, ohne dass er etwas von ihr hörte. Kein Geld wurde abgehoben, ihr Handy hatte sie damals in der Küche liegenlassen - sie war einfach weggegangen. Wenn die Kinder abwechselnd mal zu Besuch kamen, hatte er ihnen in den ersten Monaten erzählt, dass die Mama auf einer Weiterbildung für einen neuen Job sei. Sie hatten wortlos genickt, aber keiner von beiden fragte nach. Irgendwann hatte er aufgehört, eine Entschuldigung zu suchen. Erst sehr viel später erfuhr er, dass die beiden alles gewusst und nur aus Höflichkeit und Scham nichts zu ihm gesagt hatten.

Aber vor sechs Monaten stand Moni eines Abends im Regen plötzlich vor der Haustür, mit einem widerlich angeschwollenen Auge, ihre Oberlippe aufgeplatzt, die Wangen eingefallen und ihre sonst so vollen, schönen Haare waren nicht nur vom Regen strähnig. Brockmann erschrak für eine Sekunde so heftig, dass er sie nur ungläubig anstarrte, aber dann sackte sie in seine Arme noch bevor er etwas Sinnvolles sagen konnte.

Er war seither dankbar für die zweite Chance, obwohl er schon damals wusste, dass dies Arbeit an sich selber bedeutete. Als Peter Brockmann im Alter von fast sechzig Jahren zum ersten Mal einem Psychotherapeuten gegenübersaß, einem jungen Mann mit Bartflusen im Gesicht und einem Pferdeschwanz und kaum älter als seine Söhne, kam *seine* Geschichte zuerst nur holperig, stotternd und gestelzt heraus. Er sprach anfangs von ‚*man* suchte' oder ‚*man* musste', bis der junge Mann vorsichtig seine Hand nahm und ihn ermunterte, doch einmal in der ‚*ich*-Form', also von sich selber zu sprechen. Und nach einigen Sitzungen wurden Brockmanns Gedanken wirklich klarer und suchend. Eigentlich taten die Gespräche sogar gut, aber das behielt er erst einmal für sich.

Peter Brockmann durfte bei dem jungen Mann den *Macher* aufgeben, traurig sein und unter Tränen erzählen, dass ihm die Veränderungen seiner Welt Angst bereitete.

So einfach war das.

Moni war auch zu einem Therapeuten gegangen. Aber sie war weiter verschlossen und melancholisch geblieben, auch noch Monate nach ihrer Rückkehr. Sie wollte nicht über das Jahr sprechen. Ihre äußeren Wunden verheilten zwar langsam, aber Brockmann fühlte, wie zerrissen sie war. *‚Spüren sie ihre Frau. Versuchen sie ihr ohne Worte Halt zu geben und zeigen sie ihr, dass sie ok ist! Einfach so und ohne Wenn* *und Aber!‘*, hatte ihm der junge Mann auf Brockmanns verzweifelte Frage, was er machen sollte, geraten.

Also sprach das Ehepaar Brockmann nicht über diese Zeit, sondern tauschte Ideen aus über Urlaub, Reisen, Konzertbesuche oder Kochen. Sie konnten später reden. Irgendwann einmal. Sie gingen spazieren, lästerten in Cafés über vorbeigehende Leute und kicherten über verbale Ausrutscher. *‚Peter! Das sagt man nicht!‘*, hatte Moni manches Mal vorwurfsvoll losgeprustete, um dann in demselben Atemzug mit einem noch bissigeren Vergleich eine neuerliche, gemeinsame Lachsalve loszutreten, sodass andere Gäste schon pikiert die Köpfe zusammensteckten und leise tuschelnd in ihre Richtung schauten.

»Moni, ich hatte so oft Angst, Polizist zu sein und da rauszugehen«, war es irgendwann bei einem Spaziergang an der Elbe aus Peter Brockmann herausgeplatzte, aber er sagte es leise und konnte ihr dabei nicht in die Augen schauen, weil er sich schämte.

Unvermittelt blieb sie plötzlich stehen und zog dann seinen Kopf zu sich herunter.

»Peter, ich habe dreißig Jahre lang jeden verdammten Scheißtag Angst um dich gehabt!«, hatte sie leise zurückgeflüstert.

Als er daraufhin seinen Blick hob und sie ansah, hatten beide Tränen in den Augen. Und dann erzählte seine Frau ihm von dem Jahr, das sie weg war.

Ein ganzes halbes Jahr war das jetzt her, in welchem Peter Brockmann seinen Beruf aus dem Mittelpunkt seines Lebens entfernt und seiner Frau diese zentrale Rolle zurückgegeben hatte. Er hatte gelernt, das Büro im Präsidium zurück zu lassen, wenn er abends ging, und seine Gefühlslage nicht über polizeilichen Erfolg oder Misserfolg zu definieren.

In seinem Beruf musste er zwar weiter nach Zielen suchen – in seinem Privatleben dagegen hatte er es wieder geschafft.

10
NIEDERLANDE
Den Haag

Für den niederländischen Kommissar Willem Janssen war die Bitte seines Kollegen Brockmann aus Deutschland um Unterstützung bei der Suche nach der Vita des Toten aus Schottland der Strohhalm, an den er sich ebenfalls klammern konnte als Surrogat für ein langsam verkümmerndes Polizistenleben.

Als er vor ein paar Jahren zu Europol versetzt worden war, hatte ihn keiner gefragt, ob er das wollte. Sie hatten ihm ein komfortables Einzelbüro zugewiesen in dem neuen, riesigen, hellen Verwaltungsgebäude in Den Haag, das neben dem in die Jahre gekommenen World Forum-Bau wie ein architektonisches Meisterwerk aussah.

Aber seine Versetzung zu Europol war eine Abschiebung gewesen, nur hatte es sich keiner seiner Vorgesetzten getraut, ihm das zu sagen. Jannsen war alt geworden in seinem Beruf, und anderswo hatte man für ihn keine Verwendung mehr gehabt. Bei Europol dagegen wurde er von der EU bezahlt und belastete damit nicht mehr den niederländischen Staat. Und *das* war der eigentliche Grund für die Versetzung: Sparmaßnahmen in Holland.

Willem Janssen gehörte, wie Peter Brockmann, ebenfalls dem Schlag Polizisten an, die sich ursprünglich als ‚Ordnungshüter' verstanden. Auch er hatte als Schutzpolizist begonnen, war durch die Straßen gefahren oder gegangen, hatte Streitigkeiten zwischen Ladenbesitzern geschlichtet, Frauen beim Einparken in zu kleine Parklücken geholfen und war der Letzte gewesen den es störte, wenn das Straßencafé eine Reihe Stühle mehr auf den Gehweg gestellt hatte als behördlich genehmigt.

Diese frühen Jahre seines Polizistenlebens waren wunderbar gewesen. Aber er musste beruflich vorankommen, denn drei Kinder in seiner damals jungen Familie waren teuer, weshalb er sich Anfang der Achtziger Jahre zur Kriminalpolizei versetzen ließ, Abteilung für Wirtschaftsverbrechen. In seinem neuen Aufgabenfeld verbanden sich sein Eifer und seine Hartnäckigkeit wunderbar mit seinem Instinkt für Menschen und ihr Milieu, und die megakulturellen Metropolen Den Haag und Rotterdam boten ihm ein breitgefächertes Aufgabenfeld von der Überwachung internationaler Handelskontrollen bis hin zu Subventionsbetrug krimineller Kleinunternehmer.

Aber die Neunziger Jahre hatten auch in den Niederlanden begonnen, den Polizistenberuf zu verändern, und genau wie sein Kollege Brockmann in Hamburg fand sich Janssen daraufhin irgendwann in seinem Polizeidienst mehr als Sachbearbeiter wieder denn als Kriminalist. Und aufgrund der Etatkürzungen gab es akuten Personalmangel, der es nur gerade so gestattete, die schweren Straftaten zu bearbeiten. Einbrüche im Hafen, Containerdiebstahl, Schmuggel oder Subventionsbetrug wurden immer seltener verfolgt und mutierten zu harmlosen Bagatellfällen, die eine Gesellschaft hinzunehmen hatte so wie man Staubflusen in Zimmerecken akzeptierte.

Doch Janssens Rechtsempfinden hatte dies zutiefst erschütterten, weil er mit anderen Werten erzogen worden und aufgewachsen war.

Und genau wie bei dem Polizisten Willem Alexander Janssen schlug die Frustration über die anwachsende Zahl dieser hinzunehmenden Bagatellfälle auch bei seinen niederländischen Landsleuten über die Jahre in immer mehr Gleichgültigkeit gegenüber ihrem Staat um, die sich in einem Verhalten manifestierte, das, im Gegensatz zum deutschen Sprachgebrauch, in den Niederlanden ganz und gar nichts Negatives bedeutete: *civiele ongehoorzaamheid.* Ziviler Ungehorsam war gesellschaftsfähig und galt als Entschuldigung für alles, was eigentlich strafbar war, aber doch getan werden durfte, weil es niemanden mehr kümmerte. Bei Rot mit dem Auto über eine Ampel zu fahren oder in entgegengesetzte Richtung die Einbahnstraße zu durchqueren entwickelten sich zu Kavaliersdelikten, genau wie Wohnungseinbrüche oder Ladendiebstahl. Sie wurden nicht mehr verfolgt, weil es zu teuer wurde, die Täter zu ermitteln.

Und somit wurde auch Willem Janssen als ‚*Ordnungshüter*' überflüssig.

Jetzt war er fast Sechzig, aber immer noch eine stattliche Erscheinung mit seinen ein Meter neunzig, obwohl ihm ein paar Kilogramm mehr auf der Waage ein gesünderes Aussehen gegeben hätten. Dennoch wirkte Janssen aufgrund seines schlaksigen Äußeren und seiner lockigen, wenngleich schlohweißen Haare jünger, nur die tiefen Falten in seinem Gesicht waren ein untrügliches Zeichen für die fortgesetzten Sorgen um seine Zukunft.

Der holländische Kommissar war deshalb dankbar für die Bitte seines deutschen Kollegen um Amtshilfe, weil sie ihm eine Aufgabe gebracht hatte und gestattete, wieder als Kriminalist tätig werden zu können. Und er konnte es auf die gewohnte, herkömmliche Art und Weise tun: fragen, fragen und vor-Ort suchen. Subversiv natürlich, weil auch sein Chef bei Europol davon nichts wissen durfte.

Nach Brockmanns Anruf vor ein paar Tagen hatte er zwar als Erstes die Vermisstendatei in den Niederlanden durchgesehen, aber seine Hoffnung war von vorneherein gering gewesen, weil Menschen wie dieser Sergej von ihren Frauen oder Freundinnen nicht als vermisst gemeldet würden aus

Angst vor staatlichen Nachfragen. Also war er schließlich die fünfzig Kilometer von Den Haag in die kleine Stadt Vlissingen gefahren, von woher eine der Ansichtskarten kam, und hatte vor Ort begonnen, Ladenbesitzern, Caféhausbetreibern, Kellnern und Imbissstubengästen das Foto von Sergej Brunisewicz zu zeigen. Wenn Sergej alias ‚Bruno' in dieser Stadt gewohnt oder gearbeitet hatte, dann würde er ihn auf diese althergebrachte Weise finden.

Und der Erfolg kam, wenngleich nur zäh. Zwar traf er schon am zweiten Tag einen Caféhauskellner, der Sergej Brunisewicz auf dem Foto erkannte, auch wenn er sich an kein Detail erinnern konnte, doch Stunden später und ungezählte Fragen danach war die Spur nicht wirklich wärmer geworden, sodass von Janssens Anfangseuphorie am Ende des zweiten Tages nicht mehr geblieben war als der Willkommensgruß in der Realität.

Erst am dritten Tag seiner Suche hatte der Kommissar mehr Erfolg, als er an einer Imbissbude etwas außerhalb von Vlissingen, mehr vor Hunger denn aus kriminalistischem Instinkt, angehalten hatte und zwischen *patat* und *frikandel* eher beiläufig dem Koch der Bratwurstbude das Foto des Gesuchten zeigte.

Völlig unerwartet erkannte der Mann Sergej als einen seiner häufig wiederkehrenden Gäste.

»Ja klar, den erkenne ich. Kommt oft in Begleitung eines kleineren Typs. Nach Kleidung und Verschmutzung tippe ich ‘mal auf Hafenarbeiter oder Seemann.«

Janssen war vor Verblüffung und Freude fast der Bissen des Fleischklopses aus dem Mund gerutscht.

»Waren die zu Fuß hier gewesen oder sind die beiden mit dem Auto gekommen? Haben die ‘mal mit jemandem hier gesprochen?«

»Keine Zeit, um darauf zu achten. Ich erinnere mich an

den auch nur, weil die wie Pat und Patachon aussahen, der Riese hier», und dabei tippte er auf das vor ihm liegende Foto, «und so ein Kleiner eben. Und der Riese hat immer gutes Trinkgeld gegeben«, antwortete der Wurstbrater gehetzt.

Nachdem Janssen hektisch aufgegessen hatte, zog er sich aus dem böigen Wind bei der Imbissbude in sein Auto zurück und holte umständlich die große FALK-Straßenkarte heraus, die er immer im Handschuhfach liegen hatte. Seine Frau hatte sich stets über dieses unhandliche, dicke Stück Papier beschwert mit der Frage nach dem Sinn einer solchen Karte in Zeiten von Navigationssystemen, aber er konnte sich bisher hartnäckig dagegen wehren, sie wegwerfen zu müssen.

Der Blick auf die Karte zeigte ihm, dass die Imbissstube, die sich im Norden des Ortes Vlissingen befand, ganz in der Nähe eines kleinen Hafens lag, was zu der Beschreibung des Wurstbraters über die Kleidung der beiden gepasst hätte. Möglich also, dass sie von dort kamen. Erschrocken registrierte er aber auf den zweiten Blick, dass in einiger Entfernung weiter östlich noch ein weiteres Hafengebiet war, welches sicherlich dreimal so groß war wie das erste.

Immerhin hatte er eine, wenn auch nur vage Spur gefunden. Am kommenden Montag würde er mit den Nachforschungen weitermachen.

Jetzt war Freitag, und das Wochenende stand vor der Tür. Seit ein paar Jahren hatten er und seine Frau das Segeln entdeckt, zuerst nur als Versuch, wieder Gemeinsamkeit für ihre Ehe zu finden, aber mittlerweile war aus dem sporadischen Hobby eine Passion geworden, mit Regatten auf dem Ijsselmeer bis hin zu Hochseeyachtrennen auf der Nordsee. Es gab Willem Janssen eine Bestimmung, und beiden bedeutete dieses Hobby gemeinsame Ziele in einer Periode ihres

Lebens, wo diese sich aus dem täglichen Leben heraus nicht mehr ohne weiteres ergaben.

Wie zur Bestätigung blickte er durch die Frontscheibe nach draußen. Der Wind war gut.

***

Als Janssen am darauffolgenden Montagmorgen in dem kleinen Hafen bei Vlissingen ankam, um seine Suche zu beginnen, empfing ihn ein kalter nerviger Nieselregen, der diesem Tag jenen typischen, faden Charakter eines trüben Wochenanfangs gab. Der Westwind trieb graue Wolken über das Hafengebiet und tauchte selbst die blauen und orangen Container, welche in geordneten Reihen zu seiner Linken wie vielfarbige Legosteine haushoch übereinandergestapelt standen, in dumpfe kalte Farben. Neben diesen ordentlich gelagerten Metallkisten lag ein Schrottplatz, auf dem rostige Stahlrohre und Eisengerippe zu wilden Haufen aufgetürmt waren, während etwas weiter meterhohe Berge von grauem, groben Sand lagerten, den riesige Greifer aus kleinen Lastschiffen herausbaggerten, die gelangweilt aufgereiht an dem Kai vertäut waren. Zwischen Sand und Schrott verteilten sich Gebäuden, Baracken und Hallen aller Art und Größe.

»Na, dann wollen wir mal!«, spornte er sich selber an.

Den gesamten Vormittag verbrachte er damit, Firmen und Gebäude in dem Hafenareal abzuklappern und ungezählten Menschen das Foto zu zeigen – aber ohne Erfolg.

Nach Stunden stand er deshalb wieder an dem Ausgangspunkt bei seinem Auto und blickte sich genervt um. Am Ende der baufällig wirkenden Kaimauer, an deren Längsseite sich zwei turmhohe, schäbig aussehende Getreidesilos bedrohlich in den grauen Himmel erhoben, erkannte Janssen zwischen rostigen Metallcontainern und Resten alter

Schiffsbojen das flache, unscheinbare Gebäude einer weiteren kleinen Schrottfirma. Er beschloss, noch einen letzten Versuch zu machen.

Der feine Regen hatte sich mittlerweile in dicke Tropfen verwandelt, die in Schwaden mit dem Wind herangeweht kamen. Regentropfen rannen in seinen Mantelkragen.

Ihn fror.

Hinter dem großen stählernen Eingangstor zu der Schrottfirma entdeckte er einen kleinen gedrungenen Mann, der auf sein Zurufen lustlos herangeschlurft kam und dabei einen struppigen Wachhund hinter sich herzog. Durch die Gitterstäbe streckte er dem Pförtner seinen Dienstausweis und sein Handy mit dem Foto von Sergej entgegen.

Der Hund bellte abgehackt und heiser, sein Fell war zerzaust und nass von dem Regen.

»Ja, den kenne ich«, sagte der kleine Mann mit starkem osteuropäischen Akzent ohne zu zögern nach einem kurzen Blick auf das Foto.

Janssens Gesichtsausdruck erhellte sich und sein Herz tat einen Freudenschlag. Endlich!

»Hat hier ab und zu gearbeitet«, fügte der Mann unsicher hinzu. »Oft an Wochenenden, glaube ich.«

»Wann war der denn das letzte Mal hier?«, wollte Janssen wissen.

»Keine Ahnung«, antwortete der Wachmann und zuckte kraftlos mit den Schultern, »ist bestimmt schon einen Monat her. Warum suchen Sie den denn?«

Der Kommissar überhörte die Frage. »Ich möchte gerne mit Ihrem Chef sprechen«, sagte er in dienstlichem Ton.

»Warten Sie hier, ich hole jemanden.«

Der Mann entfernte sich in Richtung auf das kleine, zweigeschossige Gebäude am gegenüberliegenden Ende des Platzes, sein Hund trottete lustlos hinterher. Währenddessen ging Janssen eilig zum Auto zurück und nahm ein altes Frühstücksbrot und eine eingepackte dünne Salami mit, die er aus alter Gewohnheit immer im Handschuhfach hatte. Der Hund tat ihm leid.

»Ja, der hat ein paar Mal bei uns gearbeitet«, druckste ein junger Mann um die Dreißig mit nassen, langen Haaren und schmutzigen Händen herum, nachdem Janssen seinen Ausweis auf den Tisch gelegt hatte. Sein graugrüner Overall war durchnässt und ölverschmiert, die Taschen waren eingerissen. »Hat hier ausgeholfen. Manchmal!«

Das Büro des Vorarbeiters wurde durch zwei summende Neonröhren an der Decke in ein kaltes, grelles Licht getaucht. An den schlecht getünchten Wänden klebten herausgerissene Fotos von *Pin-up*-Girls, hatten schmutzige Finger unzählige Abdrücke hinterlassen. Der Tisch, an dem sie saßen, sah aus, als wäre er vom Sperrmüll gekommen, und Janssens Plastikklappstuhl stand wohl damals daneben und war deshalb ebenfalls mitgenommen worden.

»Haben Sie seine Adresse oder eine Steuernummer?« Janssen stellte die Frage, obwohl er wusste, wie die Antwort ausfallen würde.

»Also, das ist so …«, druckste der Mann noch mehr als vorher herum und wischte aus Verlegenheit mit dem Unterarm seines schmierigen Overalls über den Tisch.

»… dass Sie gar keine Papiere von ihm haben und ihn eigentlich auch gar nicht kennen«, vervollständigte Janssen den Satz.

»Er hat ja auch nur ein paar Male hier gearbeitet. Nur als Aushilfe!«

Der Overall-Mann blickte den Polizisten unsicher und verständnisheischend an.

»Aber dann muss er trotzdem seine Arbeitspapiere und

die Steuernummer hinterlegen und die Firma muss Sozialabgaben für ihn zahlen!«, entfuhr es Janssen im Zorn. Hier traf sein altes Rechtsempfinden auf diesen zivilen Ungehorsam, diese Gleichgültigkeit gegenüber Regeln. Es kotzte ihn an!

Er brauchte einigen Sekunden, um sich abzuregen.

»Hören Sie! Ich bin nicht vom Wirtschaftsdezernat, sondern untersuche das Verschwinden eines Mannes«, fuhr er nach einer kurzen Pause etwas ruhiger fort und sah dabei dem Vorarbeiter eindringlich in die Augen, »aber, wenn Sie mir nicht alles zeigen, was mich zu dem Mann, den wir suchen, führt, dann werde ich meinen Kollegen gerne einen Tipp geben!«

Die Drohung hatte trotzdem keinen Erfolg. Es gab nur ein Paar Quittungen von Sergej über dessen erhaltenen Lohn. *Sergej Bruno* stand darauf. Und der Overall-Mann hatte nur eine Excel-Tabelle, auf der Sergejs Name für einige Schichten eingetragen war, in denen er ‚*nur aushilfsweise*' mitgearbeitet hatte. Janssen nahm sie an sich und verließ frustriert den überheizten Raum.

Draußen vor der Tür wartete der Wachmann im Nieselregen, den nassen Hund an seiner Seite. Janssen hockte sich vor das abgemagerte Tier und zog das alte Butterbrot aus der Tasche. Sofort gingen die Schlappohren des Hundes ruckartig hoch.

»Darf er?«, fragte der Kommissar mit einem Seitenblick auf das Herrchen.

Der hatte kaum genickte, da war das Brot schon in dem ausgemergelten Tier verschwunden.

»Meine Rente ist beschissen und ich muss hier 'was dazu verdienen, um über die Runden zu kommen«, entschuldigte sich der Pförtner.

Wahrscheinlich auch ohne Steuerkarte, mutmaßte Janssen, sagte aber nichts.

Der Hund winselte und wedelte mit seinem Schwanz und blickte den Kommissar aus großen dunklen Knopfaugen erwartungsvoll an, so als wüsste er, dass da noch mehr war. Langsam zog Janssen die kleine Salami aus der Tasche und riss die Verpackung auf. Bei dem Anblick geriet das Tier völlig aus dem Häuschen, sodass er sich abwechselnd platt auf den nassen Boden warf und an der gespannten Leine im Kreis herumsprang. Der Kommissar schaute den kleinen Mann an.

Plötzlich kam ihm die Erleuchtung. Pat und Patachon!

»Sie kennen Sergej, nicht wahr?«, fragte er suggestiv, während er dem Hund am ausgestreckten Arm die Salami hinstreckte.

»Warum sucht ihr ihn denn?«, wollte der Pförtner noch einmal wissen.

Der Kommissar erzählte ihm von dem Toten, der in Schottland angespült worden war. Der kleine Mann hörte emotionslos zu.

»Sergej war Serbe, und ich komme auch daher«, begann er zu erklären, »aber er redete nicht viel. Hatte lange in Deutschland gelebt. Ab und zu sind wir zu einem Imbiss zum Essen gefahren. Er hat mich immer eingeladen, weil ich wenig Geld habe. Und er hatte immer ein Brot oder eine Wurst für den Hund dabei!«

Sein Blick wurde traurig.

»Wissen sie, wo er wohnte?«

Der Mann schüttelte den Kopf.

»Wie kam Sergej denn hier her?«, fragte Janssen weiter. »Hatte er ein Auto? Hatte er eine Frau?«

»Nöö, irgendwie war der immer plötzlich da. Keine Ahnung. Hat eben wenig geredet.«

Aber dann überlegte er und sein Gesicht hellte sich kurz

auf.

»Doch! Da war in der Tat ein paar Mal ein Auto, aus dem er ausstieg. Ganz da hinten an der Ecke hab' ich es gesehen. So ein blauer, schicker, kleiner Mercedes. Ein flacher Sportwagen, Zweisitzer, wissen sie, mit so einen großen Stern vorne im Kühlergrill.« Dabei beschrieben seine Hände eine langgestreckte Bewegung, als ob er die Form der Karosserie nachzeichnen wollte. »Aber wer da drinnen saß, weiß ich nicht mehr.«

Er blickte Janssen erwartungsvoll an. Der Hund auch.

»Das hat mir sehr geholfen«, bedankte sich der Kommissar und wandte sich zum Gehen. Der Hund winselte und fiepte laut. »Ich werde dir beim nächsten Mal wieder 'ne Wurst mitbringen, versprochen!«, sagte er an den Hund gerichtet. Dem Pförtner hielt er seine Visitenkarte hin.

»Wenn ihnen noch etwas einfällt, rufen Sie mich bitte an. Dann habe ich einen Grund, ihrem Hund wieder etwas mitzubringen.«

Janssen freute sich über alle Maße ob seines Erfolgs bei den Nachforschungen, denn er wusste, dass es in einem Land wie den Niederlanden, wo Datenschutz ein Fremdwort war, weil alles und jeder registriert, aufgeschrieben und von der Geburt bis zum Tod überwacht wurde, ein Leichtes sein würde, die Halter von Autos dieser Edelmarke herauszufinden.

Zurück im Büro und zwei Telefonanrufe später blickte er auf die Liste mit allen Eigentümern eines Mercedes Cabriolets in den Niederlanden. Er filterte danach die Daten nach Farbe, Modell und Baujahr und fand sehr zu seiner Überraschung heraus, dass es zwar Hunderte dieser Luxuswagen in dem kleinen Land gab, aber nur einen Halter ganz in der Nähe des Hafengebietes, das er gestern besucht hatte: *Jorien*

Meijer stand da auf der Liste, wohnhaft in Middelburg. *Das liegt nur zehn Kilometer vom Hafen in Vlissingen entfernt*, dachte er, und es passte perfekt zu der Postkarte, die der deutsche Kommissar Brockmann in Hamburg zugesteckt bekommen hatte.

In weiteren Anhängen zu Meijers Personendaten fand er diverse Bußgeldbescheide für Geschwindigkeitsüberschreitungen, Tickets für Falschparken, verspätete Steuerzahlungen für den PKW und anderes.

Janssens Blick huschte noch einmal über die Daten und er musste unweigerlich grinsen, erinnerte er sich doch dabei an die endlosen Gespräche mit Brockmann über Datensicherheit, gläserne Staatsbürger und Vorratsspeicherung in Deutschland. Der Deutsche hatte sich damals wahnsinnig darüber aufgeregte, als Ideen der deutschen Polizei diskutiert wurden, die Kameras von Mautbrücken auf den Autobahnen zum Scannen von Nummernschildern vorbeifahrender PKW zu nutzen, um anhand der so ermittelten Kennzeichen gestohlene oder gesuchte Fahrzeuge zu identifizieren. Das ging Brockmann damals deutlich zu weit.

In den Niederlanden dagegen war diese Art der Überwachung an der Tagesordnung und die Daten daraus wurden für alle möglichen Untersuchungen herangezogen, manches Mal sogar auch verkauft. Für ihren Fall konnte er zwar jetzt auf den Vorteil einer derartigen Überwachungsmaschinerie zugreifen, nur Janssen hatte schon damals zustimmen müssen, dass sein Staat bisweilen auch frevelhaft und leichtfertig mit solchen Daten umging.

Er wollte schon zur Anfangsmaske des Bildschirms zurückgehen, als sein Blick auf den Registereinträgen für die Geschwindigkeitsüberschreitungen hängen blieb. Alle waren ausnahmslos auf der Autobahn von Vlissingen in Richtung Rotterdam erfasst worden, kein Bußgeld für zu schnelles Fahren irgendwo sonst im Land. Neugierig schaute er in der Liste der Bußgeldbescheide für Falschparken. Einige in Vlissingen und Umgebung, aber die Hauptzahl im Rotterdamer Vorort Schiebroek. Er druckte die Liste aus. Später würde er alle Punkte, wo ein Bußgeld ausgestellt worden war, auf einer Straßenkarte markieren, um zu sehen, ob sie sich irgendwo zu einem Haufen gruppierten, aber im Augenblick hatte er keine Zeit dafür.

Jetzt musste er jemanden besuchen und eine traurige Nachricht überbringen.

‚Meijer‘ stand nichtssagend auf dem Namensschild der schmalen, grüngestrichenen Eingangstür zu einem unscheinbaren Reihenhaus im Norden Middelburgs., ein Allerweltsname, mit Kugelschreiber nachlässig auf ein Stück Papier geschrieben.

S ein Besuch gehörte zu dem Teil polizeilicher Arbeit, den alle Polizisten hassten, denn es war sehr wahrscheinlich, dass er jemandem die Nachricht vom Tod eines Angehörigen überbringen musste. Janssen war hin- und hergerissen, weil er auf der einen Seite zwar das Gefühl großer Zufriedenheit über das Zwischenergebnis seiner polizeilichen Nachforschungen hatte, mit Hilfe der sie aus einer Wasserleiche, die im Norden Schottlands angespült worden war, einen Mann mit Namen, Gesicht und offenbar auch einer Anschrift gemacht hatten, aber auf der anderen Seite bedeutete dieser Besuch hier in dem Haus mit der grünen Eingangstür möglicherweise auch Tränen und Trauer.

Janssen atmete tief durch, dann klingelte er zögerlich und fast so, als wollte er niemanden stören.

Nach einiger Zeit hörte er, wie drinnen Türen gingen, dann kamen Schritte vorsichtig und langsam näher.

»Wer ist da?«, fragte eine weibliche Stimme in akzentfreiem Niederländisch.

»Mein Name ist Willem Janssen von der Polizei in Den Haag. Ich habe einige Fragen an Sie wegen Sergej Brunisewicz.«

Einen Augenblick war Stille, dann wurde die Türe sehr langsam an der Kette einen Spalt geöffnet.

»Kann ich ihren Ausweis sehen?«, fragte die Frauenstimme unsicher. Janssen steckte ihr das Dokument durch den Türspalt zu.

»Europol?«, fragte die Frau ungläubig.

»Darf ich Sie einen Augenblick sprechen? Bitte!«, antwortete er mit nachdrücklichem Ton in seiner Stimme.

Erst nach längerem Zögern wurde die Kette wortlos zurückgeschoben.

Der Flur, in den er eintrat, war schmal und dunkel, und überall lagen Gegenstände und Kleidungsstücke herum. Die Frau, die an der Tür stehen geblieben war als Janssen eintrat, war klein, schlank und unfrisiert. Sie rauchte hektisch.

»Können wir hineingehen und uns einen Augenblick setzen?«, fragte er vorsichtig. Sie nickte zögerlich und deutete mit der Zigarette in der Hand schweigend auf eine Tür am Ende des Ganges.

Als beide in einem kärglich eingerichteten Wohnzimmer auf eilig zusammengeschobenen, abgewetzten Sitzhockern Platz genommen hatten, musterte Janssen die vor ihm sitzende Frau noch einmal genauer. Die halb geschlossenen Jalousien gestatteten zwar nur ein fahles Tageslicht in dem Raum, aber trotzdem erkannte er, dass ihre Augen verquollen waren und die Haare ungekämmt und wirr in ihrem Gesicht hingen. Sie muss lange nicht mehr richtig geschlafen haben, schlussfolgerte er. Janssen schätzte sie auf fünfzig und dachte, dass sie unter anderen Umständen sicherlich attraktiv war.

Als sie ihm das Gesicht zuwandte sah er, dass Tränen über ihre Wangen liefen.

Scheiße, sie weiß, warum ich hier bin!

Er zog das Handy mit dem Foto von Sergej aus seiner Brusttasche und hielt es der Frau hin.

»Kennen Sie diesen Mann?«

Sie zuckte merklich zurück und vergrub dann ruckartig das Gesicht in ihren Händen.

Janssen fuhr leise fort: »Unsere Kollegen in Schottland haben vor vier Wochen einen Toten im Wasser gefunden, dessen Beschreibung auf diesen Mann zutrifft.«

Sie schluchzte laut.

»Sie erkennen ihn? Der Mann lebte hier bei Ihnen?«

Die Frau nickte wortlos.

»Warum haben Sie ihn nicht als vermisst gemeldet?«, fragte er nach einer kurzen Pause vorsichtig weiter.

»Ich habe Sergej in Hamburg kennengelernt. Ich weiß, was er war und was er getan hat. Ich habe ihn zu mir nach Holland geholt und wir haben zusammen ein neues Leben angefangen. Seit einem Jahr hatte er sogar einen Job im Hafen. Keine Steuerkarte, Schwarzarbeit. So jemanden kann man nicht als vermisst melden, wenn er in den Niederlanden gar nicht registriert ist.«

Sie wischte sich mit ihren Händen kurz über ihre Wangen, dann blickte sie Janssen direkt ins Gesicht.

»Dieses hier ist meine eigene Wohnung. Sergej und ich haben eine gemeinsame Wohnung in Rotterdam-Schiebroek. Unter dem Namen eines Freundes von mir.«

Deshalb die Bußgeldbescheide wegen Falschparkens in Rotterdam, die ich vorhin in der Datei gesehen habe, erinnerte sich Janssen.

»Sergej hatte mir immer wieder eingebläut, dass ich sofort hierherkommen muss, sollte ihm etwas zustoßen. Er hatte mir für diesen Fall Geld dagelassen, viel Geld. Auch deshalb geht man nicht zur Polizei und meldet jemanden als vermisst.«

»*Mevrouw* Meijer«, entgegnete Janssen sanft, »ich bin nicht von der Steuerbehörde und die werden von mir auch nichts erfahren. Aber ich muss zusammen mit Kollegen aus Schottland und Deutschland eine Wasserleiche identifizieren und die Frage beantworten ...«, er zögerte merklich und schluckte dann, »... warum Sergej umgekommen ist und warum in Schottland, und wieso ...«

Er machte wieder eine Pause und suchte nach den richtigen Worten.

»Wieso ...? Wieso *was*?«, fragte sie tonlos und schaute den Kommissar suchend an.

Janssen setzte sich aufrecht auf den Hocker und drückte den Rücken durch.

»Es ist so: die Leiche ihres Partners weist Spuren von Radioaktivität auf. Die Todesursache aber war ein Sturz ins Wasser, weshalb er ertrunken ist.« Janssen atmete tief durch. »Die radioaktiven Spuren an seinen Händen hat er sich bei einer Tätigkeit zugezogen, die er irgendwo auf See gemacht hat. Und wir müssen jetzt herausfinden, wo er war, wie er dorthin gekommen ist und warum er bei dem, was er tat, radioaktiv kontaminiert werden konnte.«

Die kleine Frau schaute Janssen mit großen, fragenden Augen ungläubig und verständnislos an. Dann sackte sie auf ihrem Sitz zusammen. Langsam sickerte die Realität in ihr Bewusstsein, eine Realität, die sich schon vor Wochen angekündigt hatte, nachdem Sergej nicht mehr zurückgekommen war.

»Ich weiß es nicht«, seufzte sie. »Ich habe ihn vor fünf Jahren in Hamburg kennengelernt, als ich mit einem niederländischen Reiseunternehmen übers Wochenende dort war.

Eine kleine Gruppe von uns, bei der ich mitlief, wurde auf der Reeperbahn nachts um halb Eins von betrunkenen Jugendlichen erst beschimpft und dann handgreiflich bedrängt, aber keiner der vorbeigehenden Passanten auf der hell erleuchteten Hauptstraße hatte sich darum gekümmerte, auch nicht, als wir um Hilfe riefen. Gott-sei-Dank war Sergej plötzlich aus dem Dunkel einer Seitenstraße aufgetaucht und hatte sich schützend vor uns gestellt. Schon aufgrund seiner imposanten Figur sorgte das augenblicklich für Ruhe, und er war es auch, der uns Frauen in allen ihm zur Verfügung stehenden Sprachen zuredete, diese Jugendlichen anzuzeigen, deren Anführer er auf dem Weg zur *Davidwache* hinter sich herzog wie einen alten Müllsack.«

Sie blickte bei ihren Worten ins Leere und fuhr erst nach einer Weile langsam fort: »Später lud er mich zu einem Kaffee ein und wir plauderten die restliche Nacht in irgendeinem drittklassigen Reeperbahn-Restaurant bei fettigen Lammkottelets und leckerem Salat bis die Morgenröte den Nachthimmel schon färbte. Am Ende tauschten wir unsere Adressen aus und gaben uns sogar zum Abschied noch brav die Hand, ich erinnere mich genau. Aber ich Trottel konnte zu diesem Zeitpunkt schon die Flugzeuge im Bauch spüren, nur hatte ich nicht diese lange Busreise gemacht, um mich weit weg von zu Hause zu verlieben.«

»Schon bei unserem nächsten Treffen einige Wochen später erzählte mir Sergej alles, was ich wissen musste, seine Vergangenheit, seine Arbeit, einfach alles. Daran hatte ich ziemlich zu schlucken, weil das weit davon entfernt war, was ich mir nach zwei gescheiterten, unruhigen Ehen von einem neuen Leben erhofft hatte, aber meine Zuneigung zu diesem gefühlvollen, großen Mann war stärker als meine Vorbehalte gegenüber seiner Vergangenheit. Als Sergej dann ein paar Monate später bei mir einzog, hatte er sein Leben in Hamburg von einem Tag auf den anderen hinter sich gelassen und war bei ihr untergetaucht.«

Deshalb das abrupte Ende von Sergejs krimineller Karriere im Jahr 2012, erinnerte sich Janssen an die Akte, die Brockmann ihm geschickt hatte.

»Vor zwei Jahren hatte er dann einen Job im Hafen von Vlissingen angenommen. Er arbeitete dort oft an Wochenenden, mal nachts, mal ein paar Tage hintereinander. Unregelmäßig fuhr er auch mit einem Schiff für eine Woche raus, aber ich war nie beunruhigt gewesen. Er hatte mir versprochen, dass er nichts Illegales tun würde. Gelegentlich brachte ich ihn mit meinem Auto zum Hafen in Vlissingen, was ganz in der Nähe liegt. Aber ich wusste immer, wo er war.«

Sie begann, laut zu schluchzten.

»Bis vor vier Wochen, als er einfach nicht mehr wiederkam.«

»*Mevrouw*«, hörte sie den Kommissar wie aus weiter Ferne sagen, »können Sie mir irgendetwas aus seinem Leben berichten, was uns bei unseren Ermittlungen weiterhilft?«

Sie schaute ihn fragend an.

»Was? Wobei?«

»Sie sagten gerade, er habe im Hafen in Vlissingen gearbeitet. Ist er denn von dort auch rausgefahren auf See?« Janssen schaute sie erwartungsvoll an.

»Nein, nicht von dort. Ich habe ihn dafür immer nach Rotterdam gebracht. Dann fuhr er mit einem Schiff für eine Woche oder so raus, und danach habe ich ihn dort auch wieder abgeholt.«

Sie zuckte wortlos mit den Schultern. Tränen rannen über ihr Gesicht.

»Bitte gehen Sie«, flehte die Frau, »ich möchte jetzt alleine sein!«

Janssen hatte das geahnt und erhob sich schnell und geräuschlos. »Das verstehe ich. Gibt es jemanden, der sich um Sie kümmern kann?«, fragte er.

»Meine Schwester wohnt in Rotterdam, da kann ich hinfahren. Sie kennt unsere Geschichte.« Sie brach erneut in Schluchzen aus. Janssen ging zu ihr und wollte ihr seinen Arm umlegen, aber sie wendete sich ab und wich einen Schritt zurück.

Der Kommissar legte seine Visitenkarte deutlich sichtbar auf einen kleinen Tisch zwischen ihnen. »Ich lasse Ihnen meine Karte mit meiner Telefonnummer da. Bitte rufen Sie mich an. Wir möchten den Tod ihres Partners aufklären, aber dazu brauche ich ihre Hilfe. Ok?«

Sie nickte kurz.

»Und noch etwas: Wenn es Ihnen möglich ist, würde ich mir gerne die Wohnung, ihre gemeinsame Wohnung meine ich, ansehen. Vielleicht finde ich dort einen Hinweis darauf, wohin seine Seefahrten gingen.«

Was für ein Scheißjob, schrie er gedanklich in den Himmel, als er wieder draußen vor der grünen Eingangstür stand. Ein seichter Regen hatte eingesetzt und die Stadt in ein dumpfes Grau gehüllt.

***

Der Regen war geblieben, als Janssen am nächsten Morgen in seinem hell erleuchteten, weiß gestrichenen Büro im Europol-Hochhaus saß und auf die unaufhörlich niedergehenden Tropfen vor seinem Fenster blickte. Unter ihm hasteten Kinder durch die frühmorgendliche Nässe zu einer nahegelegenen Schule, ihre Tornister wild im Lauf wippend, während sich Radfahrer durch die Karawane der Autos auf der schmalen Straße schlängelten. Eine Straßenbahn rumpelte hörbar vorbei und transportierte dicht gedrängt stehende Menschen hinter beschlagenen Scheiben zu ihren Büros.

Er war zufrieden mit dem gestrigen Tag, trotz des traurigen Besuchs bei der Freundin des toten Matrosen, genoss seinen Morgenkaffee und schwenkte dabei versonnen seinen Blick von den regennassen Dächern der Stadt vor seinem Fenster auf die Sammlung der Notizen und Unterlagen auf seinem Schreibtisch vor ihm. An der Wand hingen Fotos von dem Toten, dem er seit gestern sogar einen Wohnort zuordnen konnte: Sergej Brunisewicz aus Rotterdam. Neben dem Foto der Wasserleiche hing der kurze Bericht des Landarztes aus Thurso, daneben eine Karte der Küste von Nordschottland, in der eine rote Nadel auf den Fundort der Leiche bei dem kleinen Ort Thurso hindeutete.

»Was zum Teufel hast du da gemacht?«, fragte Janssen laut in den Raum, während sein Blick zwischen einigen Fotos des Toten auf seinem Schreibtisch und der Wand hin- und herpendelte. Was für eine Verbindung gab es zwischen dem roten Stecknadelkopf auf der Landkarte, wo die Leiche gefunden wurde, und den roten Aufklebern, die Rotterdam und die Kleinstadt Vlissingen markierten, wo der Tote gewohnt beziehungsweise gearbeitet hatte?

Janssen fuhr sich mit einem Seufzer durch seine langen, weißen Haare, als das sonore Brummen des Handys ihn unvermittelt aus seinen Gedanken riss. Das Display zeigte eine ihm unbekannte deutsche Mobilnummer und deshalb war er sehr überrascht, als eine weibliche Stimme am anderen Ende zögerlich sagte: »Hier ist Jorien Meijer«.

Er schluckte. »Ich freue mich sehr, dass Sie mich anrufen, *Mevrouw.*«

»Nennen Sie mich Jorien, einfach Jorien. Das Leben ist schon kompliziert genug.«

»Sehr gerne«, antwortete er sofort und versuchte, freundlich und entspannt zu klingen. »Was ist denn das für eine Telefonnummer?«

»Dies ist Sergejs Telefon. Er nahm es nie mit auf die Seereisen. Er hatte mir dieses Telefon immer gegeben und gesagt, dass ich es benutzen sollte, wenn ...«

Sie stockte.

»Geht es Ihnen bei ihrer Schwester den Umständen entsprechend gut?«, lenkte Janssen vom Thema ab.

Eine kurze Pause entstand, in der sie wohl über eine passende Antwort nachdachte.

»Draußen regnet es in Strömen, und das graue Wetter hilft nicht gerade dabei, traurige Dinge zu vergessen«, antwortete sie langsam. »Meine Schwester muss arbeiten und hat nicht viel Zeit. Leider!«

Ihre Stimme war voller Trauer.

»Egal!«, sagte sie und schluckte dabei hörbar. »Ich wollte nur sagen, dass ich Ihnen helfen möchte, und wenn Sie wollen, dann können Sie und Ihre Kollegen sich in der Wohnung in Rotterdam umsehen. Vielleicht finden sie ja etwas, das ihnen weiterhilft. Ich brauche die Wohnung nicht mehr.«

»Danke, Jorien, ich weiß das sehr zu schätzen. Und bitte, wenn ich etwas für Sie tun kann, dann rufen Sie mich einfach an. Genau so einfach wie jetzt, ok?«

Er spürte, dass die Frau am Telefon nickte.

»Ich werde Ihnen den Schlüssel zukommen lassen«, sagte sie nach einer Pause, »aber mehr kann ich im Augenblick nicht dazu beitragen.« Dann legte sie auf, ohne eine Antwort abzuwarten.

11
FRANKREICH
La Hague

Alexandre Dumas‘ weitläufiges Büro lag bereits im angenehmen rötlichen Halbdunkel, weil die Sonne langsam in den Wassern des nahen Ärmelkanals versank. Von seinem Fenster blickte der Franzose gedankenverloren über grüne Wiesen und Felder der normannischen Halbinsel Cotentin auf das nur wenige Kilometer entfernte Meer, welches im ausgehenden Licht mit jeder Minute schwärzer wurde.

In seinem Büro erhellte nur eine geschwungene, goldene Lampe mit ihrem Lichtkegel den wie immer ordentlich aufgeräumten Schreibtisch. Bilder an den dunkel getäfelten Wänden zeigten Segelboote auf türkisem Wasser mit aufgeblähten Spinnakern in den schönsten Farben - Relikte aus Zeiten, als Dumas noch ein Leben neben seinem Job hatte.

»Es gab Probleme bei der letzten Lieferung, habe ich gehört?«, fragte er in das Telefon. Dabei schaute er gedankenvertieft auf die Kurznachricht des einen Mobiltelefons, während er das zweite an sein Ohr hielt.

»Ein Mann ist ins Meer gefallen und ertrunken«, antwortete sein Gesprächspartner auf Englisch, aber mit starkem holländischem Akzent.

»Und?«

»Er ist untergegangen, wir haben ihn nicht mehr gefunden.«

»Gibt es deswegen Schwierigkeiten?«

»Nein, *Monsieur*, er wird nicht vermisst.«

»Die nächste Lieferung wird gerade vorbereitet. Sind Sie denn wieder einsatzbereit?«, wollte Dumas wissen.

»Wir haben schon Ersatz für den Mann gefunden«, antwortete der Holländer wortkarg und knapp.

»Verstehe. Ich werde mich auf die übliche Art in den kommenden Tagen bei Ihnen melde. Aber stellen Sie sicher, dass es wirklich keine Probleme wegen dieses ertrunkenen Matrosen gibt«, fügte Dumas mit drohendem Unterton in der Stimme hinzu. Dann legte er grußlos auf.

Sein Blick folgte einer Möwe hinaus auf das Meer.

Der Holländer war eine schlechte Wahl, ging es ihm durch den Kopf, *menschlich unzuverlässig und selbstverliebt.*

Eine gefährliche Mischung aus Ignoranz und Arroganz.

12
HAMBURG

Mit einem aufdringlich lauten ‚*Guuuten Morgen, meine Herren, guten Morgen*‘ flog die Bürotür unvermittelt auf und Brockmanns Chef fegte in einem neuen, schmucken, hellgrauen Sommeranzug in ihr Büro. Erschrocken duckte sich Heinz augenblicklich weg und verschwand hinter seinen beiden Bildschirmen.

»Sagen Sie mir bitte, bester Herr Brockmann, dass Sie mit der Statistik fertig sind, die sie für mein Treffen mit dem Polizeipräsidenten vorbereiten wollten.« Mit wenigen Schritten war er hinter Brockmanns Stuhl zum Stehen gekommen, aber der hatte schon bei dem ersten ‚*Guten Morgen*‘ eine Tastenkombination gedrückt, sodass jetzt nur eine zwar nichtssagende, dafür aber optisch ansprechende Excel-Tabelle auf dem Bildschirm erschien, die augenblicklich die Datenbankseite von Europol verdeckte.

»Ich weiß, dass es erst kommende Woche fertig sein muss, aber ich wollte nur sicher sein, dass Sie dran sind«, hörte Brockmann die Stimme hinter seinem Rücken und fühlte dann einen freundschaftlichen Klaps auf seiner Schulter. »Aber das, was ich da sehe, sieht ja schon schick aus! Ok, dann muss ich auch schon wieder. Termine, Termine!« Mit diesen Worten verschwand er durch die noch immer geöffnete Bürotür so schnell wie er gekommen war.

»Was zum Teufel war das?«, fragte Heinz irritiert und blickte dabei auf die noch vibrierende Türe.

»Das war der neue Sommeranzug von *Boss*«, schmunzelte Brockmann. Und nach einer kleinen Pause: »Sag‘ mal Heinz, bist du denn schon weiter mit seiner Tabelle und dieser Statistik?«

»Ist fast fertig, also keine Panik auf der Titanic«, antwortete der und zeigte ihm dabei den erhobenen Daumen. »Aber du musst mir auch über den Stand deiner Ermittlungen berichten. Vielleicht kann ich helfen!«, bettelte er.

Heinz hatte sich seit seinem Autounfall und dem dadurch erzwungenen ‚Innendienst' zum Datenbankspezialisten weiterentwickelt, der jede Zahl kannte und seither fachmännisch Statistiken und Grafiken zusammenstellte. Er kannte sich in *online*-Recherchen aus und fand sich spielerisch im Internet zurecht, wobei sich Brockmann mehr als einmal gewundert hatte, wo er all die Daten wirklich herbekam.

Und Heinz half gerne, auch deshalb hatte er den Auftrag des sommeranzugtragenden Chefs von seinem Kollegen Brockmann übernommen als Gegenleistung dafür, dass der seine Ermittlungsergebnisse im Fall der schottischen Wasserleiche mit ihm teilte. Brockmann wiederum tat das gerne, hatte er dadurch doch jemanden, der sich im Internet auskannte und für ihn digitale Recherchen machen konnte.

Die Ermittlungen zu dem Toten von Thurso machten Fortschritte. Gestern Nachmittag hatte Willem Janssen angerufen und ihm mittgeteilt, dass er Sergejs Freundin ausfindig machen konnte und nun wusste, wo dieser gewohnt hatte. Sie hatte ihm sogar den Schlüssel zu der gemeinsamen Wohnung gegeben hatte, sodass er sich zusammen mit Janssen dort umsehen konnte.

Brockmann fühlte sich daher in seiner Ermittlungsmethode bestätigt, denn gemeinsam hatten sie einer anonymen Wasserleiche einen Namen und einen Wohnort geben können, und die Spuren dahin waren in seinen Augen der Erfolg *richtiger* Polizeiarbeit: herumfragen, suchen, Kontakte finden.

Es machte ihn zufrieden.

»Wie hat Moni gestern Abend eigentlich auf deine Pläne

reagiert, am Freitag nach Rotterdam zu fahren, damit du dich mit Willem treffen kannst, um die Wohnung zu inspizieren?«, fragte Heinz beiläufig aber neugierig, als sie nach dem Mittagessen zusammen die Kantine verließen.

»Na ja, so mittelmäßig eben«, stotterte Brockmann, überrascht wegen der Nachfrage. »Ich habe mir einen Tag Urlaub genommen.«

»Weiß sie überhaupt davon?«, bohrte Heinz mit vorwurfsvollem, wissendem Unterton nach.

»Wovon?«

Brockmann drehte sich weg und versuchte, dem fragenden Blick seines Kollegen auszuweichen.

»Hast du ihr erzählt, dass der *Urlaub* in Holland eine Dienstreise für deine Ermittlung ist und kein Sightseeing mit Matjesessen sein wird?« Brockmann fühlte, dass Heinz ihn von seinem Rollstuhl aus weiter streng anblickte.

»Du weißt, dass es jetzt interessant wird, nach dem was Willem herausgefunden hat. Der Fall liegt nicht in Schottland, sondern anscheinend eher in Holland«, entgegnete Brockmann ausweichend.

»Peter, *ich* weiß das schon, aber meine Frage war, ob *Moni* das auch weiß. Es geht mich ja nichts an, ob und wie du ihr etwas erzählst, aber Offenheit und Vertrauen fangen genau da an, wo du offenkundig kneifst. Und daran wolltest du doch arbeiten!«

Brockmann schaute in seine Richtung.

Immer noch dieser bohrende Blick von Heinz.

»Und noch eines«, fuhr der unbarmherzig fort. »Wenn du das mit dem Privaten nicht in den Griff bekommst, ok! Aber es würde auch deine Arbeit behindern, wenn du nach Rotterdam fährst und nicht ausreichend Zeit für unseren Fall hast.« Dabei betonte er das Wort ‚*unseren*' deutlich. »Denn dann wirst *du* möglicherweise die Nachforschungen in Rotterdam versemmeln, und zwar nur, weil du nicht offen und ehrlich darüber reden kannst, was du eigentlich vorhast. Und das ist nicht nur Moni, sondern auch Willem gegenüber unfair.«

Heinz hatte den wunden Punkt getroffen. Letzte Nacht hatte er schlaflos im Bett gelegen und Monis ruhigen Atembewegungen zugehört und genau *darüber* nachgedacht. Musste Heinz das denn jetzt auch genau *so* noch einmal wiederholen und seinen Finger in diese Wunde legen?

Aber er hatte Recht mit seiner Bemerkung über Offenheit, auch wenn es Brockmanns Ego schwerfiel, das zu akzeptieren.

*

»Das klingt ja spannend!« Monis Augen leuchteten. »Und ich hatte schon befürchtet, dass wir so eine langweilige Sightseeing-Tour durch eintönige kleine Orte in Holland machen würden und ich öligen Matjes essen muss.«

Aufgeregt rückte sie auf ihrem Küchenstuhl zu ihm heran.

»Los, erzähl doch mal, worum geht es denn?«, fragte sie und tippte dabei mit dem langen Fingernagel ihres Zeigefingers schmerzhaft auf Brockmanns Oberarm herum.

Die Welt konnte sonderbar einfach sein, schmunzelte Brockmann. Er hatte eine völlig andere Reaktion von ihr erwartet und saß jetzt etwas taub und unbeholfen auf einem Stuhl in der Küche, wo sich schon so manches in seinem Leben in Richtungen entwickelt hatte, die er nicht vorhergesehen hatte. Die tiefstehende Abendsonne tauchte einen Strauß bunter Frühlingsblumen in der Mitte des Tisches in leuchtende Farbpunkte und Brockmann fühlte die Farbenpracht wie das Facettenspiel, das sein Leben zu bereichern begann, während er sich dumpf an einen Ausspruch seines jungen

Therapeuten erinnerte: *Offenheit und Vertrauen fangen dich auf, wenn du die Komfortzone deiner eigenen kleinen Gefühlswelt verlässt und dich auf das Glatteis einer Partnerschaft begibst.*

Er schaute seiner Moni in die Augen und lächelte sie mit Wärme an.

»Du bist anders geworden, Peter, und das ist wunderschön«, begegnete sie seinem Blick. Brockmann stand auf, küsste sie zärtlich und ging dann zum Weinregal.

»Die Geschichte ist lang, dafür brauchen wir Verstärkung!« Erleichtert grinsend studierte er das Etikett einer Flasche. »Der hier hat eine Schiffsreise von Südafrika hinter sich, der kennt lange Erzählungen und wird uns eine angenehme Unterstützung sein.«

Er entkorkte die dunkle Flasche, holte zwei Gläser aus dem Schrank und baute sich dann erwartungsvoll in der Türe zum Wohnzimmer auf.

»Aber nicht hier in der Küche!«, sagte er und deutete dann mit seinen Augen auf das knarzende alte Sofa vor dem großen Fenster.

13
NIEDERLANDE
Rotterdam

Kaum, dass Brockmann und seine Frau bei Osnabrück auf die Autobahn in Richtung Amsterdam gewechselt hatten, wurde die Welt um sie herum ruhiger. Während die nach Dortmund verlaufende A1 mit dem Feierabendverkehr überfüllt und eng und hektisch war, fuhren auf der A30 in Richgetung Amsterdam nur vergleichsweise wenig Autos in gemächlicher Fahrt der Sonne entgegen nach Westen. Sie kreuzten den unbefestigten Randstreifen der Bundesrepublik, wie das vor ihnen liegende Emsland auch genannt wurde, und waren auf dem Weg in ein Land, über welches Brockmann aus seinem Deutschunterricht noch einen Ausspruch Heinrich Heines erinnerte: Wenn etwas Schreckliches in der Welt passierte, wollte der nach Holland fahren, weil es dort erst hundert Jahres später geschehen würde.

Karge Kiefern auf sandigem Heideboden säumten die Autobahn rechts und links. Zuerst war die Landschaft um sie herum noch hügelig und fleckig bewaldet, aber je weiter die beiden nach Westen vordrangen, desto eintöniger und flacher wurde die Umgebung. Grüne Felder, Weiden mit Kühen und Schafen darauf und, wie mit einem Pinsel hineingetupft, kleine Bauernhöfe und Häuser. Mit jedem Kilometer, den sie fuhren, entfernte sich der Horizont behutsam immer weiter, glättete sich zusehends, und irgendwann war alles platt und eben, glitten die Autos hintereinander her, alle gleich schnell.

Langsam und bedächtig rollte man durch die holländischen Lande, dessen Kanäle die grüne Erde wie gewaltige Narben durchzogen. Und erst als am fernen Horizont die imposante zackige Skyline von Rotterdam auftauchte, kam Bewegung in die Monotonie der Landschaft und des Verkehrs. Sie würden bald da sein.

Die Zeit war wie im Flug vergangen.

»*Goede Middag, Peter!*«

Es war Samstag, Brockmann und seine Frau hatten lange geschlafen und dann *lecker* gefrühstückt, und so stand er jetzt bei herrlichem Sonnenschein entspannt vor seinem holländischen Kollegen und blinzelte ihn an. Janssen streckte ihm mit einem freundlichen Lächeln die Hand entgegen.

»Schön dich wieder zu sehen nach so vielen Jahren. Wo ist denn deine bezaubernde Frau?«

»Moin, Willem, auch schön, dich zu sehen. Moni ist im Hotel geblieben und wollte uns einen Männertag gönnen«, grinste Brockmann, »und ich wollte, dass du dich auf den Job konzentrierst und nicht abgelenkt wirst.«

Beide lachten.

»Wo müssen wir hin?« Brockmann blickte sich hilfesuchend um.

Sie standen vor mehreren gigantischen, plattenbauartigen Hochhäusern, jedes hunderte Meter lang und gefühlt genauso hoch, die eine schmale, holperige, mit rötlichen Klinkersteinen gepflasterte Straße einrahmten. Die Fußwege waren genauso uneben und löcherig wie die Straße selber, weil die grauen Gehwegplatten stellenweise lose und schief auf einem Untergrund lagen, der vor Jahrzehnten wohl das letzte Mal planiert worden war. An einigen Stellen fehlte die Pflasterung sogar völlig, sodass Hunde in dem losen Sand bereits ihre Toilette eingerichtet hatten.

Die Fassaden der Hochhäuser zeigten ebenfalls deutliche Alterungsspuren, welche die monotone Beton-Architektur noch unvorteilhafter erscheinen ließ. Die Wohnungen in den Blocks sahen aus wie eine Ansammlung von Schuhkartons, die jemand in ein riesiges Regal geschoben und dann am Straßenrand vergessen hatte, weil der Henkel oben fehlte, um es wegzutragen. Viele Balkone waren vollgestellt mit Möbeln, Unrat und anderen Gegenständen, und an jedem hing eine Satellitenschüssel, die, je nach kultureller Zugehörigkeit ihres Besitzers, auf eine andere Ecke des Universums ausgerichtet war.

Sieht aus wie Billstedt, dachte sich Brockmann, *hier will wahrscheinlich auch niemand freiwillig leben.*

»Dieses Haus dort!«, wies Janssen mit dem ausgestreckten Arm an.

Gemeinsam gingen sie auf einen der Hauseingänge zu, auf dem in riesigen Lettern die Hausnummern angegeben waren, jede Wohnung eine eigene Adresse: *9354 t/m 9752* stand dort. Fast vierhundert Wohnungen, rechnete Brockmann nach. Hier lebten sicherlich fast tausend Menschen.

Die Haustüre zu dem Gebäude stand offen, aber der Eingangsbereich war trotzdem dunkel und erfüllt von dem Geruch nach Urin, Alkohol und kaltem Zigarettenrauch. An der einen Seite des Flurs war eine endlos lange Reihe von Briefkästen angebracht worden, von denen nur die wenigsten ihren Zweck noch erfüllen konnten, denn bei den meisten standen die kleinen Metalltüren offen, waren absurd verbogen oder fehlten völlig. Nachrichten von der Außenwelt konnten für die Bewohner in dieser Gegend in der Regel nur schlecht sein, und sie dann auch noch hinter einem Schloss zu verwahren, erschien hier augenscheinlich niemandem sinnvoll.

Die den Briefkästen gegenüberliegende Flurseite war über die Jahre zum Lagerplatz für all den Unrat geworden, für den in den Wohnungen keiner mehr Verwendung hatte, sodass sich Mülltüten, alte Fernseher, Plastikstühle und Reste von Schränken zu einem fragilen Berg gegen die Wand auftürmten.

Janssen schaute seinen deutschen Kollegen entschuldigend an und zuckte mit den Schultern. »In diese Häuser traut sich schon seit Jahren kein Polizist mehr hinein. Das ist wie *Molenbeek* in Brüssel: eine abgeschottete Parallelgesellschaft und wir schauen einfach nicht hin und glauben, dass sie deshalb nicht existiert.«

»Ideal auch für Sergej, um sich zu verstecken«, versuchte Brockmann vom Thema abzulenken.

Die beiden Polizisten stiegen die steilen Stufen des engen Treppenhauses hoch, wobei sie sich vorsichtig in jedem Stockwerk umschauten. Aber es war keine Menschenseele zu sehen, kein Geräusch drang aus den Wohnungstüren zu ihnen nach draußen.

»Das ist ja die totale Anonymität«, stellte Brockmann frustriert fest. »Hier kennt sehr wahrscheinlich niemand irgendjemanden von nebenan.«

Die Durchsuchung der Wohnung verlief ähnlich deprimierend. Auch nachdem die beiden jeden Quadratmeter in dem für holländische Verhältnisse geräumigen Appartement abgesucht hatten, konnten sie keinen weiterführenden Anhaltspunkt zu Sergejs Arbeit auf einem Schiff finden. Overalls, dick gefüttert, Gummistiefel mit Stahlkappe, lange Unterhosen und mehrere Paare robuster Arbeitshandschuhe waren die einzigen Dinge, die überhaupt auf Arbeit hinwiesen. Der Rest der Bekleidung lag sauber zusammengelegt und gestapelt in der anderen Seite des Kleiderschrankes.

»Hier war eine Frau im Spiel«, bemerkte Janssen anerkennend.

Als sie im Begriff waren, die Wohnung zu verlassen, beobachtete Brockmann, wie der holländische Kommissar einen zigarettenschachtelgroßen, schwarzen Kasten über den Türrahmen der Eingangstür gegen die Wand klebte. Ein rotes Licht blitzte kurz fächerförmig aus dem Apparat auf und verschwand danach.

»Was tust du da?«, fragte er Janssen mit einem Blick auf den kleinen Kasten.

»Wir würden doch bestimmt gerne wissen wollen, wenn jemand ungefragt die Wohnung betritt, und dieser kleine Sender wird mir eine Nachricht auf mein Telefon schicken, sobald es Geräusche oder Bewegungen in der Wohnung gibt.« Er grinste dabei. »Ist natürlich rechtlich nicht ganz in Ordnung, aber wer hier nach uns reinkommt, macht das sicher nicht mit einem richterlichen Durchsuchungsbeschluss.«

Etwas später saßen die beiden niedergeschlagen in einem kleinen Straßencafé und grübelten über das weitere Vorgehen nach, während sie lustlos in ihren Kaffeetassen herumrührten.

Janssen brach als Erster das Schweigen.

»Meine Assistentin hat diese Schrottfabrik untersucht und den Besitzer herausgefunden. Nichts Auffälliges. Der Mann hat bestätigt, was mir der Vorarbeiter im Overall schon sagte. Sergej hatte dort manchmal die Spätschicht verstärkt, wenn Not am Mann war. Unregelmäßig. Kein Hinweis über irgendeine Tätigkeit auf einem Schiff bei dieser Firma. Wir kriegen die maximal wegen Steuerbetrugs 'ran und wegen illegaler Beschäftigung und Schwarzarbeit. Aber der Chef vom Wirtschaftsdezernat hat schon abgewunken. Kein Interesse, zu kleine Fische. So ist das hier bei uns. Leider!«

»Ok!«, sagte Brockmann. »Und in der Wohnung war auch nichts. Haben wir noch etwas? Es muss doch jemanden geben, der uns die Verbindung zu Sergejs Arbeiten auf See geben kann!«

»Hmm«, brummte Janssen, aber seine Augenbrauen hoben sich nach einer kurzen Bedenkzeit. »Ich glaube, den ‚Jemand‘ haben wir. Wir waren die ganze Zeit auf Sergej konzentriert, aber… «

Er schaute Brockmann mit großen fragenden Augen an und machte eine ausgedehnte Kunstpause.

»… wir können nochmals die Freundin befragen …«, ergänzte Brockmann den Satz.

»… die ihn gelegentlich auch nach Rotterdam in den Hafen gefahren hat! Aha, der Deutsche hat aufgepasst», frotzelte Janssen und knuffte Brockmann mit dem Ellenbogen unsanft in die Seite. Brockmann knickte auf seinem Stuhl unter Stöhnen leicht zusammen.

»Rijkaard gegen Völler«, bemerkte der Niederländer sticheInd, »Viertelfinale bei der WM in Italien 1990!«

Brockmann rollte genervt mit den Augen. »Und wer hatte gewonnen?«

Janssen schwieg schmollend, deshalb fuhr Brockmann fort: »In der Tat sollten wir die Freundin noch einmal befragen, vielleicht kann sie sich doch daran erinnern, wohin sie ihn in den Rotterdamer Hafen gefahren hat.«

»Das ist eine sehr gute Idee«, pflichtete Janssen bei, »und wir können das schnell umsetzen.«

Mit den Worten nahm er sein Mobiltelefon und suchte Jorien Meijers Nummer, unter der Jorien Meijer ihn vor ein paar Tagen angerufen hatte.

***

»Bieg‘ da hinten links ab, bei dem Containerturm, da hinten!«

Jorien Meijer hatte sich nach längerem Zureden bereiterklärt, zusammen mit den Kommissaren den Weg in den Rotterdamer Hafen zu suchen, auf dem sie Sergej mehrmals zu dem unbekannten Schiff gebracht hatte. Deshalb saß sie auf dem Beifahrersitz und streckte jetzt unvermittelt ihren linken Arm quer über Janssens Gesicht in die angewiesene Richtung. Irritiert lenkte der seinen kleinen Mazda abrupt in eine holperige, enge Seitengasse, auf der rechts und links Lastwagen aller Größe und Form geparkt waren. Vor einigen Fabriktoren standen Männer in der Mittagssonne und rauchten gelangweilt, weiter hinten war eine Gruppe vor einem LKW versammelt, wild gestikulierend und nicht erkennbar, ob im Streit oder wegen des unverhofften Wiedersehens.

In einiger Entfernung vor ihnen lag rechts ein kleiner Parkplatz, eingeklemmt zwischen schäbigen Fabrikhallen und verlassenen Häusern, die ihre besten Jahre lange hinter sich hatte. Auf der einen Seite des Platzes waren rostige, offene Abfallcontainer lustlos übereinandergestapelt worden und dann in Vergessenheit geraten, während auf der gegenüberliegenden Seite die Müllabfuhr offenkundig schon längere Zeit nicht mehr vorbeigekommen war, sodass sich Möwen und andere Tiere über den Inhalt eines losen Haufens blauer Plastiksäcke hergemacht hatten, der irgendwann einmal gegen einen alten Maschendrahtzaun aufgetürmt worden war. Jetzt lag der Inhalt aus Plastikverpackungen und Essensresten verteilt über den Platz davor.

»Ich erinnere mich jetzt: Ich habe ihn da vorne ein paar Mal rausgelassen, da an der Ecke von dem Parkplatz, bei der großen Halle«, sagte Jorien Meijer und deutete mit dem Finger nach vorne. »Dort ist er dann ausgestiegen. Und da hatte ich ihn auch wieder abgeholt.«

»Wie lange war er denn immer weg, wenn Sie ihn hierher nach Rotterdam gebracht haben?«, wollte Brockmann wissen. Jorien sprach sehr gut Deutsch.

»Verschieden. So fünf, sechs Tage.«

Janssen steuerte das Auto durch den Müll hindurch bis an das Ende des Platzes, wo ein großes schweres Eisentor einst den Durchgang versperrte. Jetzt war es beiseitegeschoben und nach seinem Äußeren auch schon sehr lange Zeit nicht mehr bewegt worden. Er parkte neben dem großen, alten Lagerschuppen, dessen gewaltige Schiebetore offenstanden. Die riesige Halle war leer, nur einige Laubblätter tanzten, von einem sommerlichen seichten Luftzug angetrieben, über den staubigen Boden, auf den durch Oberlichter ein paar spärliche Sonnenstrahlen fielen.

Die kleine Ermittlergruppe stieg aus und blickte sich neugierig um. Sie standen vor einem kleinen Hafenbecken, in dem Schiffe aller Größe und Form rechts und links von Ihnen vertäut an den Kais lagen und träge in der Mittagssonne herum dümpelten. Große imposante Schiffe mit turmhohen Aufbauten lagen zusammen mit kleineren, die am Heck hoch aufragende Rahmen aus Stahl hatten, welche wie ein riesiges ‚A' aussahen und von denen Taue und Netze herunterhingen.

Alles dort war alt und verrostet.

Brockmann deutete auf einen dieser alten Fischtrawler und fragte Jorien: »Hat Sergej mal etwas von Fischerei erzählt? Hat er vielleicht auf so einem Fischdampfer gearbeitet?«

»Auf keinen Fall!«, antwortete die Holländerin pikiert und wedelte abwehrend mit den Händen. »Das würde man doch riechen, oder?« Dabei rümpfte sie die Nase. »Ich mag nämlich keinen Fisch!«

An dem langen Kai zu ihrer Rechten lag ebenfalls eine Unzahl rostender Schiffe, kleine Barkassen, Schlepper und andere Schiffe, alle dicht gedrängt und miteinander vertäut. Das Wasser klatschte und blubberte zwischen den Schiffsrümpfen, es roch nach Tauen, Teer und fauligem Hafenwasser. Möwen kreisten kreischend über ihnen im Kampf um irgendeinen mageren Bissen.

In einiger Entfernung vor ihnen standen einige Hafenarbeiter in Overalls und beäugte die ungewöhnliche Besuchergruppe argwöhnisch aus den Augenwinkeln. Plötzlich erhellte sich der Blick von einem der Männer und er kam erfreut auf Jorien zu.

»Na, deinen Macker, diesen Riesen, hab‘ ich ja auch schon lange nicht mehr gesehen. Wo ist der denn? Gibt‘s den noch?«

Jorien bekam einen Kloß im Hals und schluckte.

»Kenne ich Sie?«

Die beiden Kommissare tauschten neugierige Blicke aus, obwohl Brockmann kein Wort verstand.

»Nee, aber ich kenne dich. So ’ne schöne Braut vergisst ein Seemann doch nicht!«, entgegnete er mit einem tiefen, grollenden Lachen und blickte dabei unverhohlen auf den Ausschnitt ihrer Bluse. »Ich hab‘ euch da vorne in dem schicken Auto knutschen gesehen«, wobei er mit seiner Hand in die Richtung des Eisentores bei der Halle zeigte, »und dann hab‘ ich deinen Macker einige Male mit meiner Barkasse zu seinem Schiff ‘rübergefahren, zusammen mit sei‘m Käpt‘n.«

Er sprach in breitem niederländischen Hafenplatt, und nur Jorien und Janssen verstanden halbwegs, was er sagte. Brockmann und Moni dagegen grinsten nur verständnislos.

»Es tut mir leid …«, antwortete Jorien, wurde aber von Janssen unterbrochen.

»… aber wir suchen genau diesen Mann, ääh, diesen Kapitän, meine ich, weil ihr *Macker* nämlich noch Heuer von ihm bekommt.«

Der Hafenarbeiter schaute den holländischen Kommissar argwöhnisch von der Seite an.

»Na, wie Schuldeneintreiber seht ihr vier aber nicht gerade aus!« Dabei lachte er erneut aus voller Kehle und schlug sich mit der flachen Hand auf den Oberschenkel.

»Aber egal! Is‘ ‘ne Sauerei. Ich kenne den Käpt‘n auch nicht mit Namen. Aber sein Schiff, die *Winterstar Pusher*. Ist aber schon länger nicht mehr hier im Hafen gewesen. Liegt wahrscheinlich draußen vor der Küste auf Reede und wartet auf Arbeit. Ist vielen Reedern zu teuer hier im Hafen.« Dabei schwenkte er seinen Arm über die Szenerie der im Wasser vor sich hin rostenden Schiffe. »Für uns bleibt da nicht mehr viel übrig, wenn keine neuen Schiffe mit Ladung kommen«, knurrte er. Seine Kumpel standen immer noch in einiger Entfernung lustlos herum und rauchten.

»*Winterstar Pusher,* sagtest du, hieß das Schiff, zu dem du die beiden damals gebracht hattest?«

»Jo, Mann, da kannst du einen d‘rauf lassen. Ist so‘n oller Versorger aus besseren Zeiten, als die hier in der Nordsee noch nach Öl gebohrt oder Pipelines verlegt haben.«

Mit dem Zeigefinger deutete er auf einen riesigen rostigen Koloss aus Stahl mit seltsamen Aufbauten ganz vorne auf dem Schiffsrumpf und einem langen, leeren Deck dahinter.

»So’n Pott ist das. Ungefähr!«, schrie er gegen den angestiegenen Möwenlärm an. Ein kleiner Fischkutter war in den Hafen eingefahren, verfolgt von einer Rotte Möwen, die sich über die Fischabfälle hermachte, welche ein Matrose über Bord warf. »Lag entweder auf der gegenüberliegenden Hafenseite, oder auf Reede draußen.«

»Frag‘ ihn mal, wann er das Schiff zum letzten Mal gesehen hat, oder den Kapitän«, raunte Brockmann Janssen ins Ohr.

»Und wann war das zuletzt? Ich meine: wann hast du die Männer das letzte Mal gesehen?«

»Sag‘ mal: seid ihr komischen Vögel von der Polizei? Ihr könnt ja neugierige Fragen stellen.«

Janssen wechselte schnell das Thema. »Und wie kommen wir dahin, wo die *Winterstar Pusher* auf Reede liegt?«

»Na mit mir Mann! Fünfzig pro Nase, aber den Ladies würde ich abraten. Schaukelt heute ziemlich da draußen, trotz des schönen Wetters. Kotzen ist zwar mit im Programmpaket, aber eure Fußbekleidung ist scheiße.« Dabei zeigte er auf Monis Highheels.

»Bingo, Bingo!«, rief Janssen aus als sie wieder im Auto saßen, und hämmerte dabei vor Freude auf sein Lenkrad. »Wir sind weiter im Spiel!«

Er drehte sich nach hinten zu Brockmann und Moni um.

»Versorger und Hochseeschlepper. Ein großes Problem für uns von der Polizei. Meist nur Schwarzarbeit, Tagelöhnerei, keine Steuerunterlagen, Hehlerei mit Waren aller Art, *you name it*. Diese Schiffe kommen und gehen, nur gelegentlich gibt es stichprobenartige Kontrollen durch den Zoll, weil die, wie wir, viel zu wenig Leute haben für viel zu viele Schiffe.«

»Ok«, sagte Brockmann von der Rückbank des Autos, »aber wir kennen jetzt wenigstens den Schiffsnamen. Kann man hier bei Euch nicht ‘rausfinden, wo die hingefahren sind? Müssen die Schiffe nicht Buch darüber führen?«

Janssen drehte sich noch ein Stück weiter nach hinten und antwortete dann bedächtig. »Peter, du bist hier in den Niederlanden, einem Land mit dem höchsten bürokratischen Pro-Kopf-Aufwand in Europa. Hier wird über *alles* Buch geführt. Es wird zwar nicht immer benutzt, was dort aufgeschrieben steht, aber es existiert. Irgendwo.«

Dann nahm er seine Sonnenbrille langsam von der Nase und dozierte mit wichtigem Gesichtsausdruck weiter.

»Ich habe das einmal im Fernsehen gesehen. Rotterdam ist ein Seehafen mit sehr viel Schiffsverkehr. Um Kollisionen insbesondere bei schlechtem Wetter zu vermeiden, müssen alle Schiffe, die hier rein- und rausfahren, ein Transpondersystem haben, damit sie auf dem Radar der Hafenaufsicht erkannt und gelenkt werden können. Man nennt das *AIS*, was für *Automatic Identification System* steht. Das funktioniert wie bei Flugzeugen, die ja auch ein Signal mit Kennung und Position für die Fluglotsen senden.«

Er zog seine Augenbrauen nach oben und schloss dann: »Wenn wir wissen, wie das Schiff heißt, können wir nachschauen lassen, wann die rausgefahren sind oder wann der Dampfer wieder reinkam, und vielleicht auch, wohin sie gefahren sind. Am Montag werde ich zur Hafenverwaltung Europoort fahren und mir die archivierten Daten über die Schiffsbewegungen ansehen.«

»Und deshalb ist jetzt Feierabend und Zeit, etwas zu essen! Wie wäre es mit frischem Fisch aus der Nordsee? Man kommt dabei auf andere Gedanken, auch wenn man keinen Fisch mag«, sagte er mit einem Seitenblick auf Sergejs Freundin.

14
WINTERSTAR PUSHER
Nordsee

Fast geräuschlos schob sich der riesige dunkle Schiffskörper der *Winterstar Pusher* durch die nächtliche Nordsee, nur gelegentlich war ein sanftes Gurgeln unter dem Rumpf zu hören. Die See war nur leicht bewegt, lediglich eine laue Brise wehte in dieser frühsommerlichen Nacht. Kapitän Johan van Welde stand hinter der Fensterfront seiner Schiffsbrücke und schaute gelangweilt auf das bedächtige Auf und Ab des Bugs. Mit seiner hünenhaften Gestalt füllte er den Rahmen eines Fensters fast vollständig aus und seinem massigen Körper gab er durch einen breitbeinigen Stand Halt, den er in über dreißig Jahren auf See gelernt hatte. Die kleinen, engstehenden Augen des Holländers blickten unablässig in die umgebende Dunkelheit und suchten den Horizont nach fremden, unerwünschten Positionslichtern anderer Schiffe ab.

Nach einer Weile ging er langsam und im Gleichtakt mit den rollenden Bewegungen des Schiffes in den hinteren Bereich der Brücke, schenkte sich bedächtig einen weiteren Becher Kaffee ein, den er dann mit dem braunen Inhalt einer kleinen Flasche aus seiner hinteren Hosentasche verdünnte, und während er einen Schluck aus dem Becher trank, schweifte sein Blick nach Achtern über das leere Schiffsdeck, wo der neue Leichtmatrose rauchend an der Reling stand. Das Unglück in der rauen See war jetzt mehr als vier Wochen her, aber das Bild, wie Sergej vor seinen Augen im Meer verschwand, wollte seinen Kopf nicht verlassen.

Einen Ersatzmatrosen hatte er sofort gefunden, das war das geringste Problem gewesen, wenn die Bezahlung gut ist und der Kapitän keine Fragen nach Papieren stellt. Aber mit

Sergej war er ein Team gewesen, das sich über unzählige Fahrten eingespielt hatte. Der Riese aus dem Osten war ihm vertraut geworden.

Van Welde drehte sich herum und seufzte hörbar. Er nippte noch einmal an dem heißen Kaffee und schaute dann forschend auf den Radarschirm zu seiner linken, auf dem sich der grüne Leitstrahl im Kreis drehte und über die weite Wasserfläche um das Schiff herum wischte. Die wenigen Lichtpunkte auf dem Bildschirm, die Schiffe anzeigten, bewegten sich in großem Abstand von dem Versorger in alle Richtungen. Keines fuhr auf sie zu.

Wie zur Bestätigung suchten seine Augen noch einmal den Horizont ab. Bei dem guten Wetter konnten die zwei Dieselmotoren die betagte Schiffsdame ohne Mühen mit zehn Knoten durch das Wasser schieben. Dann würde er übermorgen seine Fracht wie gewohnt übergeben, so wie er es schon ein Dutzend Male gemacht hatte.

Routine eben, bis auf die eine Fahrt.

15
NIEDERLANDE
Rotterdam

Janssen parkte sein Auto vor einem grauen, etwas schäbig aussehenden, zweistöckigen Gebäude mit kleinen Fenstern, das am Rand etwas außerhalb des Rotterdamer Hafengebiets lag. *ShipsTrack Europoort* stand auf einem kleinen Schild am Eingang, und nur eine unscheinbare Klingel neben der Tür zeigte, dass man dort auch jemanden sprechen konnte.

»Wir sind nicht so auf Publikumsverkehr ausgerichtet«, sagte Pieter van Veen, ein großgewachsener Mann von vielleicht vierzig Jahren, dessen etwas zu langes, blondes Haupthaar mit viel Gel wellig nach hinten gekämmt war. »Eigentlich sind wir hier eher unter uns, deshalb sieht es vielleicht ein wenig unordentlich aus«, entschuldigte er sich, während sie durch den langen Korridor auf eine graue Tür an dessen weit entfernten Ende zusteuerten. Janssens Blick fiel in leerstehende Büros und Räume vollgestellt mit Kartons.

»Ziehen Sie um?«, fragte er neugierig.

»Die Aufgaben haben sich über die Jahre geändert. Als wir mit *ShipsTrack* vor zehn Jahren anfingen, waren wir die Einzigen, und wir mussten uns damals schnell vergrößern, um bald den gesamten Hafenverkehr hier in Rotterdam und der angrenzenden Nordseeküste kontrollieren zu können.«

Van Veen blieb vor einem Büro stehen und deutete mit einer Hand auf den Tisch mit Stühlen.

»Dieses ist mein Reich, bitte setzen Sie sich. Möchten Sie einen Kaffee?«

Mit den Worten *‚Bedienen Sie sich!‘* schob er eine schwarze Warmhaltekanne aus der Mitte des Tisches zu seinem Besucher herüber. Janssen nahm einen Plastikbecher und schenkte sich ein.

»Wie gesagt: Wir hatten uns zehn Jahre lang vergrößert, hatten sogar Technik weiterentwickelt, um die Überwachung des Schiffsverkehrs im Hafengebiet auch in Echtzeit zu gewährleisten. Und wir waren *die* Institution, die gefragt wurde, wenn Schiffe zusammengestoßen waren oder etwas umgefahren hatten, weil wir aus den archivierten Daten ihren Kurs und ihre Geschwindigkeit zusammensuchen konnten, um gegebenenfalls die Frage nach der Schuld zu klären.«

»Klingt interessant«, bemerkte Janssen und unterdrückte dabei ein angewidertes Gesicht von dem bitteren Geschmack des lauwarmen Kaffees.

»Ja, *klang* interessant, müsste man eher sagen. Heute gibt es Dutzende von Firmen, die diesen Service anbieten, und mittlerweile nicht nur für Hafengebiete. Die sitzen irgendwo im Landesinneren, arbeiten mit ein paar externen Software-Ingenieuren zusammen und machen mit einer Handvoll Leuten das, was wir hier früher mit dreißig und mehr Mitarbeitern bewerkstelligt haben.« Van Veen schaute etwas bekümmert aus dem Fenster in das trübe Grau dieses Montagmorgens. Dann fuhr er langsam fort: »Alle großen Schiffe müssen heute dieses *Automatic Identification System*, oder einfach *AIS* genannt, haben. Überall, nicht nur, um in den Hafen einfahren zu dürfen. Das wird akribisch kontrolliert, wer es nicht tut, wird angehalten.«

Er grinste bei dem Wort.

»Aber dieses satellitengestützte Signal kann eben auch überall anders empfangen und die übermittelte Position des Schiffes dann auf jeder digitalen Seekarte verarbeitet werden. Es gibt heutzutage unzählige Webseiten, auf denen sie den internationalen Schiffsverkehr beobachten können. *Marinetraffic dot Com* oder *Schiffsradar24*, zum Beispiel. Dazu braucht man uns *hier* nicht.« Er deutete mit einer ausschweifenden Handbewegung um sich herum. »Diese digitale Entwicklung veränderte unser Leben. Deshalb wird es hier etwas leerer.«

Eine kurze Pause entstand. Van Veen seufzte hörbar und erhob sich dann ruckartig aus seinem Stuhl.

»Kommen Sie, ich zeige Ihnen unseren Kontrollraum und werde versuchen, Sie trotzdem zu beeindrucken!«

Dankbar über die Aufforderung, stellte Janssen den Pappbecher auf den Tisch zurück und folgte van Veen, wobei er hektisch versuchte, mit dessen langen Schritten mitzuhalten. Vor der grauen Tür am Ende des Korridors gab der einen Code auf einem kleinen Display ein, dann klickte es in dem Türschloss und sie traten in einen großen, dunklen, fast quadratischen Raum ein, dessen Decke und Wände schwarz gestrichen waren.

Janssens Augen gewöhnten sich nur langsam an das gedämpfte, bläuliche Licht. Auf einer Seite des Raumes flimmerte eine Unzahl kleiner und großer Monitore, vor denen eine Handvoll Mitarbeiter saß. Auf der Stirnseite dieser riesigen Dunkelkammer hing das Herzstück des *Operation Room*: eine gigantische Wand von Bildschirmen, die alle zusammen das Hafengebiet von Rotterdam und die unmittelbar angrenzende niederländische Küste zeigte. Das Blau der Wasserflächen war gesprenkelt mit Myriaden kleiner bunter Punkte, die sich in unterschiedlichste Richtungen auf gestrichelt markierten Wasscrstraßen bewegten. An diversen Schreibtischen mit Monitoren saßen weitere Mitarbeiter, die gedämpft telefonierten, und zwischen diesen standen Personen mit Headsets, die auf den riesigen Bildschirm zeigten und offenkundig Anweisungen in ihre Mikrofone sprachen.

»Wow!«, entfuhr es dem Kommissar. »*Das* nenne ich mal Verkehrsüberwachung.«

Van Veen lächelte. Er hatte das erwartet, es war bei jedem Besucher so. Voller Stolz ging er zu der Bildschirmwand hinüber.

»Hier sehen Sie alle Schiffsbewegungen im Hafengebiet. In Echtzeit! Jeder Punkt steht für ein Schiff, das mit der Transponderklasse A fahren muss. Sportboote und Kleinschiffe sind nämlich leider ausgenommen.«

»Und da kann keiner losfahren, ohne dass sie ihn erfassen?«, fragte der Kommissar.

»Die kleinen wie gesagt ja, aber die Großen nicht. Jemand könnte zwar ohne Transponder losfahren, aber an der nächsten Ecke würde er schon angehalten werden, weil die Lotsen und die Hafenbehörde noch zusätzlich mit Radar arbeiten und sofort erkennen würden, wenn bei einem Punkt auf dem Radarschirm die entsprechende *AIS*-Kennung fehlte.«

»Und so verfolgen sie hier jedes Schiff, dass im Rotterdamer Hafengebiet herumfährt?«, wollte sich Janssen versichern.

»Jepp!«, antwortete van Veen kurz. »Jedes größere Schiff! Aber eben nur hier im Hafengebiet.«

»Beeindruckend, wirklich!« Janssen nickte anerkennend. »Dann bin ich bei Ihnen hoffentlich richtig, weil Sie uns vielleicht weiterhelfen können. Europol ermittelt in einem mysteriösen Todesfall, der sich vor knapp einem Monat vor der schottischen Küste zutrug, und wir suchen ein Schiff, die *Winterstar Pusher*, von dem wir nur sehr vage wissen, dass es einige Tage vor Ostern ausgelaufen und so circa sieben Tage später wieder zurückgekommen ist. Und wir würden jetzt gerne wissen, wann *genau* das war und *wohin* sie gefahren ist.«

Janssen schaute seinen Gesprächspartner erwartungsvoll von der Seite an. »Vor allem interessiert uns, wohin das

Schiff gefahren ist.«

Van Veen blickte regungslos auf den Bildschirm.

Eine ausgedehnte Pause entstand, während der Janssen sich jede fortschreitende Sekunde sicherer wurde, dass er vergeblich hierhergekommen war.

»*Geen problem, mijn heer*!« Van Veen lachte aus vollem Herzen über seine kleine Foltereinlage. Er schlug Janssen auf die Schulter und grinste immer noch, als er sagte: »Nichts leichter als das. Wir können mit unseren Aufzeichnungen mehrere Monate zurückfahren. Wir können nach Datum suchen und Uhrzeiten und Schiffsnamen. Ich werde sie mit Sander Domburg bekannt machen, mit dem können sie sich zusammen hinsetzen und die Archivdaten durchsehen, bis sie ihren Dampfer gefunden haben.«

Der Mann von Europol tat einen tiefen Seufzer und begann ebenfalls entspannt zu lachen. Er hatte Brockmann gestern nicht zu viel versprochen. Es ging voran!

Der junge Mann, dem Janssen vorgestellt wurde, entsprach dem Prototyp eines Computerfreaks: Sander Domburg trug eine viel zu große schwarze Hornbrille, die nur unzureichend ein pickeliges Gesicht verdeckte, das pausbackig unter strähnigen, langen braunen Haaren hervorlugte, und das Hemd mit großem Karomuster, das er offen über einem grauen T-Shirt trug, gehörte wahrscheinlich schon zu seinem Klamotteninventar, als er noch zu Hause gewohnt hatte. Aber auch wenn die Erscheinung des jungen Mannes eher einschläfernd wirkte – seine Augen waren klar und blinzelten Janssen interessiert an.

Ein Datenproblem? Wie geil! hört man den Nerd förmlich rufen.

Minuten später glitten seine Finger geübt über zwei Tastaturen, während er mehr in seinem Schreibtischstuhl lag als dass er saß. Windows-Fenster wurden über die im Halbrund aufgestellten Bildschirme wie Tetris Steine geschoben, in denen Datenzeilen rasend schnell wie Wasserfälle herunterrauschten. Irgendwann erhob er sich gemächlich aus seiner Liegeposition und zeigte aus der Entfernung mit einem Finger auf einen der Bildschirme.

»Das sind die Daten der Schiffsbewegungen vom neunzehnten April. Und dieser Punkt hier ist das Schiff, das du suchst.«

‚... *das* du *suchst*'. Janssen zuckte leicht zusammen, während seine Augen versuchten, auf dem Wimmelbild eine Orientierung zu finden. Dann fand er das kleine Dreieck mit der winzigen Schrift daneben.

»Was bedeuten denn diese Zahlen daneben?«

»Das ist die offizielle Kennung des Schiffes«, antwortete der junge Mann knapp. »Ist in Curaçao registriert, dass sehe ich an den Anfangsbuchstaben.«

Das kleine Dreieck schob sich auf dem Bildschirm über das Blau, das den Hafen markierte, und weiter Richtung Nordsee, vorbei an dem kleinen Ort *Poortershaven* und dem bekannten *Hoek van Holland*, der ‚Ecke von Holland'. Dann bog es gemächlich nach rechts ab und tuckerte noch eine Zeitlang an der Küstenlinie entlang, bis es zum Stehen kam.

Kurz darauf verschwand das Signal.

Janssen stutzte und schaute noch einmal.

»Und jetzt?«

»Jetzt ist das Signal weg«, antwortete der Computerfachmann lapidar.

»Ja, das sehe ich. Aber warum? Kann man das einfach an- und ausschalten wie man will?«

»Ja klar. Das *AIS*-Signal ist ein aktiver Transponder. Eingeschaltet sendet er ein Signal. Und in diesem Fall hier würde ich mal vermuten, dass das Schiff dort geankert hat.

Deshalb wurde er wohl ausgeschaltet.«

Er scrollte weiter durch die Archivdaten, schob wieder einige Listen auf den Bildschirmen hin und her, und deutete nach einer Weile erneut auf den Bildschirm.

»Hier bewegt sich das Schiff wieder. Das ist am siebenundzwanzigsten April. Da sind die wieder in den Hafen gefahren, warum auch immer.«

Das kleine Dreieck wanderte gemütlich zurück in Richtung Rotterdamer Hafen. Irgendwo in dem Wirrwarr aus Küstenlinie und Kaianlagen verschwand das *AIS*-Signal dann wieder.

»Und dort haben sie dann festgemacht. Signal aus!«

Janssen lehnte sich enttäuscht zurück.

»Das bedeutet jetzt für meine Ermittlungen, dass dieses Schiff in dem fraglichen Zeitraum da irgendwo vor der Küste geankert hat und sich nicht bewegt hat. Und danach wieder zurück in den Hafen gefahren ist?«

»Ja genau«, war die desinteressierte Antwort des jungen Mannes.

»Und was haben die dort die ganze Zeit gemacht?«

Der Nerd rollte mit den Augen. »Herr Kommissar! Wir achten hier nur darauf, dass alle richtig fahren und nichts passiert. *Was* die tun, und warum, das ist uns egal.«

Janssen fuhr erschrocken zusammen. Die Antwort war eindeutig!

Etwas konzilianter fügte der junge Mann dann doch noch hinzu: »Fragen sie doch die Hafenbchörde und ihre Kollegen von der Wasserschutzpolizei. Die können ihnen das vielleicht beantwortcn.«

»Wissen Sie, Herr Kommissar, es ist leider so«, stotterte der Wasserschutz-Kollege am anderen Ende der Telefonleitung herum, »dass wir nicht wirklich nachprüfen, ob und wo ein Schiff vor der Küste vor Anker liegt.«

»Es geht uns dabei primär nur um die Verkehrssicherheit. Wenn ein Schiff einen Reede Platz wünscht, dann reservieren wir den und stellen diesen Platz in den digitalen Seekarten als Hindernis dar. Das ist alles. Wenn Sie mir erzählen, dass die in dem besagten Zeitraum dort gar nicht vor Anker lagen und stattdessen auf der Nordsee unterwegs waren, dann haben die eine Gebühr für nichts gezahlt. Mehr ist das nicht!«

»Und Sie kontrollieren das nicht?«, fragte Janssen erstaunt.

»Stellen sie sich diesen Ankerplatz wie eine Garage vor. Sie zahlen Geld dafür, an wen auch immer, aber keiner wird nachsehen, ob sie ihr Auto dort auch wirklich abstellen.«

»Aber, wenn Sie oder ihre respektable Behörde offiziell gefragt würden, ob das Schiff dort gelegen hat, dann würden Sie in ihre Bücher schauen und dem Anfragenden mitteilen: Ja, das Schiff lag dort vor Anker. Oder nicht?«

»Ja, wahrscheinlich!«

Janssen seufzte vor Enttäuschung. Sein Gesprächspartner spürte dies.

»Es tut mir sehr leid, dass ich ihnen da nicht weiterhelfen kann. Eine Verkehrsaufsicht im engeren Sinn sind wir nicht wirklich.«

Janssen hört, wie sein Telefonpartner in irgendwelchen Unterlagen blätterte.

»Die *Winterstar Pusher* selber können sie nicht einfach so anrufen oder erreichen, wenn die auf See sind. Aber in meinen Unterlagen steht, dass es hier in Rotterdam einen Vertragsreeder gibt. Eine Firma namens *Noordzee Berging* in Rotterdam. Ich suche die Adresse raus und maile sie ihnen.«

Na, das ist ja wunderbar, dachte Janssen, nachdem er

enttäuscht den Hörer aufgelegt hatte. *Wir* müssen mit großem Aufwand nachweisen, dass die *Winterstar Pusher* in der Nordsee herumgefahren ist, während der Kapitän oder der Reeder einfach nur auf die Hafenbehörde als Alibi-Lieferant verweisen können, welche die Angabe nicht einmal nachprüft!

Er zog das Telefon zu sich heran und wählte die Nummer des Reeders. Es klingelte eine gefühlte Ewigkeit in der Leitung, dann vernahm Janssen entfernt eine müde Stimme: »Ja bitte?«

»Cees van Berg?«

»Wer spricht denn da?«, brachte der Mann zwischen zwei Gähnern hervor.

»Hier spricht Willem Janssen von Europol in Rotterdam. Wo erreiche ich Sie denn gerade?«

»Ich bin auf Curaçao, *Mijnheer*, und es ist vier Uhr morgens!«

»Das tut mir leid, aber das wusste ich ja nicht. Ich wollte mit ihnen über ihr Schiff, die *Winterstar Pusher*, sprechen.«

»Und das muss jetzt Mitten in der Nacht sein?«

»Wann sind sie denn wieder in Rotterdam?«

»In der übernächsten Woche«, antwortete der Reeder.

»Dann befürchte ich für Sie, dass es jetzt sein muss. Wir haben einen Toten in Schottland gefunden, der nach Augenzeugenberichten Matrose auf der *Winterstar Pusher* war, als diese kurz vor Ostern den Hafen von Rotterdam verlassen hat. Und ich rufe an, weil mich interessicrt, ob sie vielleicht wissen, wo das Schiff vor vier Wochen, also um Ostern herum, genau unterwegs war.«

Eine lange Pause hindurch rauschte es nur in der Leitung.

»Sind Sie noch dran, Herr van Berg?«

»Ich habe viele Schiffe, aber in diesem speziellen Fall erinnere ich mich genau. Wir haben das Schiff vor der Küste von Rotterdam auf Reede gelegt, weil eine Reparatur ausgeführt werden sollte, die sich verzögerte. Deshalb erinnere ich mich so gut. Das kann Europol bei der Hafenbehörde auch offiziell nachprüfen.« Er gähnte noch einmal, bevor er fortfuhr: »Grundsätzlich arbeiten meine Kapitäne allerdings auf eigene Rechnung. Ich bin nur, wie man das in unserer Fachsprache nennt, ein sogenannter Vertragsreeder, der für Fracht sorgt und Ausrüstung. Das Schiff gehört nicht mir, sondern einem ausländischen Konsortium.«

»Kann es denn sein, dass das Schiff gar nicht auf dem Liegeplatz geankert hat und stattdessen irgendwo unterwegs war?«

Janssen wollte nicht kampflos aufgeben.

»Kommissar Janssen!«, fuhr ihn der Reeder plötzlich ziemlich unwirsch an. »Es ist halb fünf Uhr morgens und ich muss noch ein paar Stunden schlafen, weil ich nachher einen anstrengenden Tag habe. Fragen Sie nicht mich, wo der Kapitän war und warum. Mit ihrem Auto können sie ja auch herumfahren, wann und wohin sie wollen.«

Wieder dieser blödsinnige Vergleich mit Autofahren. Schiffe sind doch keine Autos, sondern Riesen aus Stahl, dachte Janssen.

»Und wenn ich den Kapitän sprechen möchte?», fragte er irritiert.

»Dann kann ich ihnen einen Termin machen, wenn er das nächste Mal in Rotterdam ist. *Wenn* er kommt. Denn das kann dauern. Das Schiff ist nicht in den Niederlanden registriert, eine Vorladung geht nur im Heimathafen. Also, solang wie der auf der Nordsee oder so herumfährt, ist er sein eigener Herr.«

Janssen legte schlechtgelaunt auf und blickte dann aus den großen Bürofenstern nach Westen über die endlose Wüste rotbrauner Dächer des Den Haager Stadtviertels *Staa-*

tenkwartier zu seinen Füssen. In einiger Entfernung erkannte er die Plattenbauten am Strand von Den Haag, graue Betonhochhäuser als Zeitzeugen einer dunklen Periode des architektonischen Geschmacks. Im Dunst des Horizontes konnte er sogar die verschwommenen Silhouetten von Schiffen auf der Nordsee erahnen.

Sollte wirklich jedes dieser Schiffe unkontrolliert und unerkannt in der Weltgegend herumfahren können?

In der heutigen Zeit?

***

Das Mobiltelefon von van Welde klingelte schon zum wiederholten Mal. Der Kapitän der *Winterstar Pusher* schob das fleischige Bein seiner weiblichen Begleitung weg und fummelte auf dem mit Flaschen überladenen Glastisch nach seinem Handy. Von der gegenüberliegenden Hafenbar drang ein fades Licht von der roten Neonbeleuchtung in den kargen Raum, die Luft war abgestanden und es roch nach Schweiß.

»Ja?«, knurrte er ins Telefon.

»Mich hat heute früh ein Kommissar von Europol angerufen und mir erzählt, dass die einen Toten in Schottland am Strand gefunden haben. Und die wissen, dass der aus Rotterdam kommt. Das muss dein Matrose gewesen sein!«

Am anderen Ende der Leitung war Cees van Berg, der Reeder, von dem van Welde seine Aufträge bekam.

»Hä?«

Der Kapitän tippte genervt auf der Fernbedienung für den Fernseher herum, um den Ton leiser zu stellen. Als er sie zurück auf den Tisch warf, fiel eine Reihe von Flaschen klirrend um.

»Können die doch gar nicht beweisen«, entgegnete er mit schwerer Zunge.

»Und wie ich hörte, hat man sich letztes Wochenende im Hafen nach deinem Schiff erkundigt. Irgend so ein Clown ist dort herumgerannt und hatte gemeint, du würdest einem Matrosen noch Heuer schulden.«

Die Frau neben ihm grunzte. »Wer is'n das?«

»Ach halt's Maul!«, entgegnete van Welde und drückte ihren beleibten Körper barsch ein Stück weiter zur Seite, um sich ganz aufrichten zu können.

Van Berg fuhr unbeirrt fort: »Ich habe dem Kommissar gesagt, dass dein Schiff vor Rotterdam auf Reede lag. So wie wir das immer gemacht haben. Und das können die ja gerne bei der Hafenbehörde nachprüfen.«

Van Weldes alkoholbenebeltes Gehirn gewöhnte sich nur langsam an das dröhnende Geschrei im Telefon.

»Und ich habe denen auch gesagt, dass du mit deinem Schiff herumfahren kannst wo du willst, wenn du von mir keinen Auftrag hast. Aber hör zu, du Penner: Wir haben noch ein paar Transporte, also verkack' das nicht«, drohte er ihm, »hörst du? Bis hier hin ist alles gut gelaufen und du hast viel Geld verdient.«

Dann fuhr der Reeder etwas ruhiger fort: »Das mit dem Matrosen können die nicht beweisen, das stimmt, solange sie seinen Aufenthalt auf deinem Schiff nicht beweisen können. Hast du die Kabine von dem Mann gereinigt und alles weggeworfen?«, bohrte er deshalb nach.

»Ja, schon«, brachte der Kapitän schwerfällig stammelnd heraus.

»Hör gut zu, Käpt'n. Du wirst sofort mit deinem Schiff auslaufen, verstanden? Und dann fährst du mit geringer Fahrt vor der Küste im Kreis, bis ich dich für eine neue Fahrt anrufe. Hast du das verstanden?«

»Geht nich', Sir«, entgegnete van Welde dumpf, »der Motor is' nich' ok. Wird noch 'n paar Tage dauern.«

»Hast du verstanden, was ich gesagt habe? Du musst da weg, und zwar schnell. Also Scheiß auf den Motor. Fahr' raus und komm' erst wieder, wenn ich dir das sage. Verstanden?«

»Aye, aye, Sir! Auslaufen und im Kreis fahren bis zum Anruf!«

»Und wenn du da draußen vor der Küste herumfährst, machst du die Kabine von dem Matrosen noch einmal blitzblank sauber. Kein Krümel, kein Haar darf da rumliegen. Auch nicht das alte Geschirr! Klar?«

Van Welde rollte die Augen, wobei der Kopf zu schmerzen begann. Der Typ ging ihm auf die Nerven.

Nachdem er das Telefonat beendet hatte, warf er das Handy auf den Glastisch und zog den warmen Frauenkörper grob zu sich heran.

»Wer war 'n das?«, fragte seine Begleitung schwerfällig. »Musst du wieder los?«

»Nee, Barbie, alles easy. Erst später! Und jetzt komm' noch mal her!«

»Ich heiße Carmen«, beklagte sich die dicke Frau lallend.

16
HAMBURG

»Das war Willem«, sagte Brockmann mit einem Unterton von Enttäuschung zu seinem Zimmerkollegen und knallte dann den Telefonhörer in die Halterung. »Der war gerade bei der *ShipsTracking*-Firma in Rotterdam, den Leuten, welche die Schiffsbewegungen im Rotterdamer Hafen aufzeichnen.«

Er ließ sich müde in seinem Bürostuhl zurückfallen und blickte aus dem Fenster auf die regennassen Dächer der Häuser unter ihm. Die Rückreise aus Holland steckte Brockmann noch in den Knochen. Stundenlang hatten sie in dem Sonntagabendstau auf der Autobahn gestanden, weil das gesamte Ruhrgebiet, so fühlte es sich zumindest an, auf der Rückfahrt von einem Wochenendausflug an die holländische Nordseeküste war. Sein niederländischer Kollege Janssen hatte einmal im Scherz gesagt, dass sich an einem sonnigen Sommerwochenende die deutsche Westgrenze einfach um zweihundert Kilometer bis an den Strand von Den Haag verschiebt. Dann würden Pommes Frites und Bier in einem auch für den Rest der Bundesrepublik unverständlichen Ruhrpott-Dialekt bestellt und sich später noch darüber beschwert, wenn der niederländische Imbissverkäufer auf der Strandpromenade nicht sofort verstand, was die Worte *Hey-mach-mir-mal-'ne-Curry-Pommes-Schranke* bedeuteten.

Moni hingegen war irgendwann auf der langweiligen Fahrt einfach eingeschlafen und erst kurz vor Hamburg entspannt und wohlgelaunt aufgewacht mit der Feststellung, dass sie doch ganz flüssig durchgekommen waren und sie jetzt Hunger hätte.

»Es ist zum Verzweifeln!«, fluchte Brockmann laut in

den Raum. »Wir haben den Namen des Schiffes, und Willem hatte beim Abspielen der archivierten Daten vom April quasi auf dem Bildschirm ‚zugesehen', wie die *Winterstar Pusher* aus dem Hafen herausgefahren ist. Mit Sergej an Bord, wenn Sergejs Freundin sich richtig erinnerte und der Hafenarbeiter keinen Unsinn erzählt hat!«

Ein tiefer Seufzer folgte.

»Aber dann, kurz hinter der Rotterdamer Hafenausfahrt, verschwindet dieses *AIS*-Signal, und die Logbücher von dieser Rotterdamer Hafenbehörde besagen, dass die *Winterstar Pusher* dort auf Reede verankert war. Das ist mal gerade so zehn Kilometer entfernt. Und gemäß den Archivdaten dieser Hafenbehörde gab es keine weiteren Bewegungen bis zum siebenundzwanzigsten April, als das Schiff unvermittelt wieder in den Hafen einfuhr.«

»Das heißt, unser Schiff konnte zu dem fraglichen Zeitpunkt nicht vor der schottischen Küste gewesen sein«, resümierte Heinz nachdenklich.

Brockmann machte eine abfällige Handbewegung. »Und Sergej wohnte eine Woche lang auf dem Pott, obwohl er nur wenige Kilometer davon entfernt eine Wohnung und eine Freundin hat? Pah, nie!«, rief er aus. »Die waren mit dem Schiff unterwegs, hundert Pro!«

»Vielleicht irrt sich ja diese Freundin in dem Termin und die Fahrt war früher. Oder später!«, entgegnete sein Kollege vorsichtig.

»Das glauben ich kaum, denn wie du weißt, war das um Ostern herum. So etwas bringt man nicht durcheinander. Und Frauen schon gar nicht. Und trotzdem hatte Willem ebenfalls in deine Richtungen gedacht, aber in dem Zeitraum zwei Wochen davor und zwei Wochen danach sind gar keine Schiffsbewegung der *Winterstar Pusher* bei der Hafenbehörde registriert!«

»Also meinst du, dass etwas mit den Angaben über die Liegezeiten des Schiffes nicht stimmt«, schlussfolgerte Heinz, »aller bürokratischen Perfektion der Holländer zum Trotz?«

Eine kurze Pause entstand, in die er unvermittelt hineinfragte: »Wie war der Name des Schiffes noch?«

»*Winterstar Pusher.*«

»Habt ihr den 'mal gegoogelt?»

Brockmann schaute Heinz verlegen und mit großen Augen an. Auf diese simple Idee war er nicht gekommen. Aber es war immer dasselbe Problem in letzter Zeit: Früher *wusste* man etwas, durch viel Lesen genährt, wodurch Einige zu anerkannten ‚wandelnden Lexika' wurden. Heute dagegen suchte jeder - auch ohne konkrete Frage – erst einmal in irgendeiner Suchmaschine, einfach so, um sich zu informieren. *Wissen* spielte keine Rolle mehr, viel mehr ging es darum, einfach nur nach Information zu suchen.

Er antwortete lieber nicht.

Stattdessen hörte er das Klackern auf Heinz Computertastatur, das klang wie der mahnende Weckruf der nächsten Generation.

»Hier sind Fotos von dem Schiff, technische Daten, Schiffskennung und so weiter.«

Einen Augenblick Ruhe.

»Ist in Curaçao registriert.«

»Das ist doch dieses blaue Zeug, das man mit Organgensaft zu ‚Grüner Wiese' vermischt«, sagte Brockmann, immer noch etwas kleinlaut.

»Nee, Peter, das ist eine Insel in der Karibik, die früher zu den Niederlanden gehörte.«

Dann blätterte Heinz offenkundig weiter. Brockmann vernahm das Ratsch-Ratsch der Computermaus.

»Eigentümer des Schiffes ist ein Konsortium aus Firmen,

die alle auf den Cayman-Inseln gemeldet sind. Bereedert, also ausgerüstet und mit Aufträgen versehen, wird das Schiff aber von einer Firma *Noordzee Berging* aus Rotterdam.«

Schweigen, während Brockmann erneut das schnarrende Geräusch des Mausrades hörte.

Dann plötzlich: »Ach schau mal hier. Ein Foto der *Winterstar Pusher* in einem Forum über Schiffssichtungen.«

Wieder langes Schweigen. »Ist ja irre! Diese *Spotter* sitzen auch überall. Der hier schreibt in einem *Blog*, dass er die *Winterstar Pusher* am ...«

Heinz stockte.

»Das gibt es ja nicht!«, rief er plötzlich aus. »Komm‘ mal her Peter, hier ist die Lösung für dein Problem!«

Brockmann umrundete hastig den Schreibtisch und betrachtete dann hinter Heinz stehend dessen Bildschirm.

»Der hier schreibt, dass er die *Winterstar Pusher* am dreiundzwanzigsten April vor dem berühmten Leuchtturm auf dem Duncansby-Felsen in Schottland beobachtet hat und er rühmt sich damit, weil es ein Schiff ohne *AIS*-Kennung war. Das ist wohl unter den *Ship-Spottern* so etwas wie ein Sechser im Lotto. Ein großes Schiff ohne Kennung! Siehst Du ja hier: die Nachricht verbreitete sich im Internet unter ihresgleichen wie Feuer im Heu.«

»Das ist ja super, Heinz! Also waren die doch in Schottland.« Anerkennend klopfte Brockmann seinem Kollegen auf dessen schmale Schultern. »Aber ist das jetzt unser Beweis, dass die *Winterstar Pusher* nicht in Rotterdam, sondern in Schottland war? Ein Handy-Foto von einem anonymen Gaffer aus dem Internet?«

Oller Nörgler, dachte Heinz. Aber Recht hatte sein Kollege mit der Bemerkung schon.

17

Als Brockmann am nächsten Morgen das Büro betrat, begrüßte ihn Heinz nicht mit dem sonst üblichen, brötchenkrümmeldekorierten Mund, sondern mit einem breiten Grinsen, und noch bevor sich Brockmann überhaupt an seinem Schreibtisch organisieren konnte, platzte sein Kollege mit der Frage heraus, die ihm wahrscheinlich schon seit Stunden auf der Zunge gelegen hatte.

»*Winterstar Pusher*«, fragte Heinz und konnte sich dabei ein Grinsen nicht verkneifen, »so heißt doch der Dampfer, den wir suchen, oder?«

»Hä? Ja, wieso fragst du so scheinheilig?«

Brockmann hob genervt die Augenbrauen. Er hatte keine Lust auf Quizduell am Morgen ohne Frühstück.

»Soll doch vor Rotterdam auf Reede gelegen haben, nicht wahr?« fuhr Heinz nach einer kurzen Pause fort.

»Und?«

»Nur als Intro vorweg«, sagte Heinz fast schon entschuldigend, um die Geduld seines Kollegen nicht über Gebühren zu strapazieren. »Gestern Abend rief Willem an und erzählte mir, dass er noch einmal mit diesen Leuten von der Rotterdamer Firma gesprochen hat, die den Hafenverkehr mittels *AIS* überwachen. Und die hatten ihm gesagt, dass es heute eine ganze Reihe anderer Firmen gibt, die diese *AIS*-basierte Schiffsverfolgung als kommerziellen Service im Internet anbieten. Ist also kein Hexenwerk mehr! Und eine dieser Firmen sitzt sogar hier bei uns in Hamburg. Dort hatte ich dann angerufen und nachgefragt, ob die mehr haben als das, was Willem von der holländischen Firma und dieser Behörde über den Verbleib der *Winterstar Pusher* erfahren hat.«

Heinz lehnte sich zufrieden in seinem Rollstuhl zurück.

»Heinz, bitte!«, forderte Brockmann ungeduldig.

»Wie Willem ja schon selber herausfand, hatte die *Winterstar Pusher*, kaum, dass sie auf Reede vor der Küste war, ihren *AIS*-Transponder ausgeschaltet. Das konnten auch die Hamburger anhand ihrer Daten bestätigen. Und Willems Wissenstand war, dass das Schiff dann angeblich bis siebenundzwanzigsten April dort vor Rotterdam auf Reede lag, denn so wurde es auch bei der Hafenbehörde gemeldet.«

»Heinz, *bitte*, komme zum Punkt. Das wissen wir ja schon und mir ist bewusst, dass wir in einer Sackgasse stecken«, flehte Brockmann ihn an. »Also vielen Dank schon 'mal im Voraus für deine fantastische Arbeit!«

»Na geht doch!«, freute sich sein Kollege und holte Luft.

»Aaalso«, begann Heinz ausgedehnt, »haben die Hamburger in *ihren* Archivdaten zu dem Schiff nachgeschaut und bestätigten, dass der Dampfer in der Tat bis an die Küste bei Rotterdam gefahren ist, wo sie auf Reede gehen wollten. Mit eingeschaltetem Transponder! Aber dann kommt es: keine zwölf Stunden später tauchte das Schiff plötzlich in der virtuellen *Tracking*-Welt unvermittelt wieder auf, und zwar einhundert Seemeilen südlich von Rotterdam vor der Straße von Dover. Aber eine halbe Stunde später verschwindet das Signal dann plötzlich wieder. Puff! Kein *AIS*, keine Ortung mehr!«

In der Luft öffnete er die Finger seiner Faust mit einem Ruck. Puff!

»Und um das herauszufinden, musstest du die ganze Nacht bei Cola und Chips hier verbringen?«, fragte Brockmann und musterte dabei Heinz Schreibtisch, der übersät war mit Verpackungsresten von Marsriegeln und Chipstüten.

»Nicht so mürrisch, die Arbeit hat sich gelohnt, denn das Allerbeste kommt doch noch«, frohlockte Heinz während er den Bildschirm seines Computers schwenkte und Brockmann eine Karte von der Nordsee zeigte. »Keine vierundzwanzig Stunden danach erscheint das Schiffsignal nämlich erneut in der Straße von Dover, dieses Mal allerdings mit Kurs nach Norden! In den archivierten Daten der Hamburger Firma konnte ich den Kurs der *Winterstar Pusher* dann bis vor die englische Ostküste bei Yarmouth verfolgen. Aber nördlich davon verschwindet das *AIS*-Signal erneut.«

»Puff!«, imitierte Brockmann seinen Kollegen und schüttelte dabei den Kopf.

»Nicht ganz, Peter!«, entgegnete Heinz. »Wir wissen ja, dass die *Winterstar Pusher* zwei Tage nach diesem Verschwinden, nämlich am dreiundzwanzigsten April, von unserem unbekannten *Ship-Spotter* bei dem Leuchtturm in Schottland fotografiert wurde. Also ist das Schiff in den zwei Tagen von England aus bis nach Schottland gefahren.« Er fuhr dabei mit seinem Zeigefinger auf der Karte des Bildschirmes von der prägnanten Ausstülpung der britischen Küstenlinie bis zur Nordspitze des Königreiches.

Brockmann ließ sich ratlos in den Besucherstuhl vor Heinz Schreibtisch fallen.

»Begreife ich nicht! Die fahren erst nach Süden, verschwinden irgendwo für einen Tag hinter Dover, kommen dann zurück, tauchen dann erneut ab, um zwei Tage später am anderen Ende der Nordsee wieder hochzupoppen?« Erneut schüttelte er den Kopf. »Die fahren mit ihrem Dampfer in der Nordsee spazieren, so sieht es jedenfalls aus. Aber warum gaben sie denn für den Zeitraum vor, an der holländischen Küste vor Anker zu liegen?«

»Vielleicht, weil die etwas Illegales tun, Peter? Wenn du deine Frau während einer Geschäftsreise betrügst, dann sagst du ihr ja auch, dass du im Bett im Hotel warst, während du dir in Wahrheit irgendwo anders in der Stadt die Seele aus dem Leib gevögelt hast.«

»Heinz!«

»War ja nur so ein Vergleich.«

Brockmann schwieg. Dann kam er langsam auf Heinz zu und legte seinen Arm anerkennend auf dessen schmale Schultern.

»Trotzdem Wow, Heinz. Ich bin schwer beeindruckt, denn du kennst ja meine Haltung zu Computern und dieser ‚elektronischen Fahndung', wie ich immer gesagt habe«, entschuldigte er sich, »aber jetzt hast du mich ernsthaft beeindruckt. Das hätte *ich* nie im Leben herausgefunden!«

Nachdenklich ging Brockmann auf die Landkarte an der Wand zu.

»Wo ist denn dieses Foto von dem *Ship-Spotter* genau gemacht worden?«

Heinz klackerte auf seiner Tastatur herum und rief seinem Kollegen dann eine Zahlenkolonne von Längen- und Breitengraden zu. Brockmann markierte den Sichtungspunkt der *Winterstar Pusher* auf der Karte, wo die kleinen, selbstklebenden Sticker bereits den Fundort der Leiche bei Thurso und Rotterdam, den Wohnort Sergejs, markierten. Dann glitt sein Blick über die Karte. Nördlich der schottischen Küste war nur Blau, also alles Wasser, und in keinem der kleinen Küstenhäfen war das große Schiff eingelaufen, das hatte Jack Grisham schon eruiert, erinnerte er sich. Also: welche Verbindung gab es von dem Sichtungspunkt des Schiffes zu dem Fundort des Toten bei Thurso? Wo sind die hingefahren, ging es ihm durch den Kopf.

»Gut«, sagte er zu sich, hörbar unzufrieden, »dann lass' uns mal rechnen.«

»Was murmelst du da vor dich hin?«, fragte Heinz, während er um den Schreibtisch zu seinem Kollegen herumrollte, der gedankenversunken vor der Seekarte stand.

»Ich habe gerade gesagt, dass wir mal rechnen müssen.«

»Wenn wir einmal den Ausflug nach Dover in den Süden ignorieren, einfach, weil wir nicht wissen, was das sollte, dann haben wir aus deiner nächtlichen Arbeit in den Trackingportalen dieser Welt einen Datenpunkt der *Winterstar Pusher* aus der Nacht auf den zwanzigsten April vor der englischen Ostküste aufgrund ihres letzten *AIS*-Signals in der Nordsee. Dieser Punkt liegt ungefähr auf derselben geographischen Breite wie Rotterdam, wo sie losgefahren sind. Den können wir folglich stellvertretend als Startpunkt der Reise nach Norden nehmen.«

»Für die Strecke von dort bis zu dem Sichtungspunkt in Schottland haben die zwei Tage gebraucht, aber sie waren erst nach einer Reisezeit von drei Tagen wieder zurück in Rotterdam. Daraus folgere ich, dass das Schiff noch die Zeit von einer Tagesreise von dem Sichtungspunkt des *ShipSpotters* aus unterwegs war.«

Er drehte sich zu Heinz um.

»Klar soweit?«

Der nickte bedächtig. »Alles verstanden!«

»Das bedeutet, dass das Schiff von dort aus«, und dabei tippte er noch einmal auf den Sichtungs-Sticker, »einen halben Tag irgendwo *hin*gefahren ist und einen halben Tag brauchte, um zu diesem Sichtungspunkt *zurück*zukommen. Also machen wir mal einen Schlagkreis um diese letzte Sichtung mit dem Radius einer halben Tagesreise, weil …«

»… einen halben Tag weg von dem Sichtungspunkt und einen halben Tag zurück, ich folge dir, Peter!«, bemerkte Heinz bissig hinter Brockmanns Rücken, während dessen Arm auf der Karte umherwanderte und dabei den Schlagkreis nachzeichnete. Dann rückten beide etwas von der Seekarte ab und schauten verstört auf die Karte an die Wand.

»In der Gegend ist auf dem Wasser absolut nichts«, stellte Brockmann nach einer kurzen Bedenkzeit fest.

»Und was sind das für schwarze Punkte auf der Karte, dort mitten im Meer? Da oben, am Rand!«, fragte Heinz.«

Brockmann beugte sich vor, schob seine Lesebrille zurecht und las von der Karte ab: »Dort steht …. Schie-..-hall-..-ion. *Schiehallion*«, wiederholte er noch einmal langsam, »und dahinter steht: ‚*Ölfeld*'!«

»Und was soll das dort?«, fragte Heinz irritiert.

»Im Allgemeinen sind diese schwarzen kleinen Dinger auf einer Karte Seezeichen, die für Gewöhnlich Hindernisse für die Schifffahrt markieren, Schiffswracks zum Beispiel oder Untiefen. Aber ein Ölfeld? Das sagt mir auch nichts!«, entgegnete Brockmann.

Nachdenklich trat er einen Schritt von der Wand zurück. Eine Pause entstand, in der Brockmann mit einem Auge auf den gefahrenen Kurs der *Winterstar Pusher* auf Heinz Bildschirm blickte.

»Ich fasse das also 'mal zusammen, was du mit deinen nächtlichen Recherchen herausgefunden hast: Die *Winterstar Pusher* liegt also nicht vor Rotterdam auf Reede, sondern dampft von dort irgendwohin nach Süden, wohin genau wissen wir nicht, weil das Signal abbricht. Aber einen Tag später taucht sie bei Dover an der Ostküste Englands auf und wird nochmal zwei Tage danach vor den Orkney-Inseln gesichtet und fotografiert. Alles in allem eine Rundreise in der Nordsee. Aber warum? Schau dir das Foto an: das Deck ist leer, da ist nichts drauf!«

Brockmanns Blick schweift gedankenverloren nach draußen in die Ferne.

»Wir müssten das einmal mit Willem und Jack diskutieren und ihnen deine Arbeit zeigen und diese Karte. Dann kämen wir vielleicht einen Schritt weiter. Jeder für sich betrachtet denkt vielleicht zu engstirnig.«

Heinz glaubte nicht, was seine Ohren hörten. Diese

Worte aus dem Mund seines Kollegen, der über Jahre der Inbegriff von Eigenbrötlerei und Technik-Aversion war. Bob Dylans Oldie ‚*The times they are a changin*' erklang leise aus dem Radio im Hintergrund.

18

Zwei Tage später hatte Heinz es mit viel Überzeugungskraft geschafft, seine drei Mitstreiter, nämlich den schottischen Kollegen Jack Grisham aus Inverness, Willem Janssen aus Den Haag in den Niederlanden und seinen Kollegen Peter Brockmann davon zu überzeugen, dass in der heutigen Zeit keine gegenseitigen Besuche in einer der drei möglichen Städte notwendig waren, um den Stand der Ermittlungen zu besprechen. Genauso gut konnte man sich über *video conferencing tools* auch digital zusammenschalten.

Alle drei kannten *Skype*, aber das funktionierte nur auf den privaten Laptops und nicht im Büro. Ein virtueller Konferenzraum mit Präsentationen, Fotos und digitalen Notizblöcken, und dann noch dazu zwischen drei Organisationen und hinter Behörden-Firewalls verborgen?

»Das ist aber schwierig«, bemerkte der Internetadministrator lapidar knapp.

»Ich dachte, wir leben in Zeiten der Digitalisierung und Polizei 3.0?«, konterte Heinz.

Er musste sich auf dem tagelangen Weg dahin zwar noch viele *das-ist-aber-schwierig*-Kommentare auch von Janssens und Grishams Internetverwaltern anhören, aber irgendwann erhielt er einen *Link* zu einem virtuellen Besprechungsraum und die notwendigen Passwörter und Zugangsdaten, die er an seine Mitstreiter in Europa verteilen konnte.

Und nun beobachtete er, wie sein Kollege Brockmann erwartungsvoll vor dem großen Bildschirm seines Computers saß und die Anleitung studierte. Heinz vernahm die langsame Folge von Mausklicks und resümierte, hinter seinem eigenen Bildschirm versteckt, dass sich sein Bürokollege wohl vorsichtig in die Katakomben des *web-conferencing* vorarbeitete.

»Ich bin drin!«, jauchzte Brockmann nach einer langen Phase schweigenden Klickens. »Und jetzt?«

Heinz verbarg sich mit einem Grinsen tiefer hinter seinem Monitor. »Jetzt wartest du ab, dass die anderen beiden dazukommen. Nur Geduld!«, grinste er. Auf seinem Kontrollbildschirm konnte er verfolgen, dass Janssen und Grisham ebenfalls dabei waren, sich anzumelden.

»Jetzt sehe ich Willem!«, freute sich Brockmann nach einer Weile.

Dann war plötzlich eine etwas verstellte männliche Stimme aus dem Off zu hören. »Hallo Peter, kannst du mich hören?«, fragte der Mann aus Den Haag mit etwas Hall in der Stimme entzückt.

Heinz rollte die Augen. Für die Jungs war es ein neues Abenteuer, sagte er zu sich.

»*Hello, this is Jack Grisham. Anyone out there?*« Der letzte der Drei war zugeschaltet.

Heinz beobachtete die Doku-Soap auf seinem Kontrollbildschirm. Das war besser als jedes Fernsehprogramm, freute er sich.

Alle drei Kommissare musterten sich gegenseitig in den geöffneten kleinen Fenstern ihres geteilten Bildschirms, schauten, wo der jeweils andere saß, wie dessen Raum oder Büro aussah. Und Heinz grinste über die sehr unterschiedlichen Charaktere, die da unfreiwillig über den Fall der Wasserleiche zusammengeraten waren.

Grisham saß kerzengerade in einiger Entfernung vor der Webkamera, er trug eine etwas altmodisch breite und zu kurz gebundene, dunkelgrüne Krawatte und ein grüngestreiftes Hemd, das über dem fülligen Bauch schon erkennbar spannte. Die Nase und seine Backen glänzten rötlich und die wenigen Haare hatte er offenkundig mit einem Kamm kurz vorher noch akkurat geglättet. Seine kleinen Augen blinzelten in die Kamera, da er offensichtlich vor einem Fenster saß und in die Sonne schaute.

Willem Janssen, der Holländer, saß dagegen entspannt zurückgelehnt in einem Bürostuhl vor einem langen Tisch, der in einem größeren Raum stand. Die Kamera hatte ihn etwas herangezoomt. Im Hintergrund an der Wand prangte das Bild des holländischen Königs Willem-Alexander. Janssen trug eine braune, etwas verschlissene Lederjacke, die bei jeder seiner Bewegungen im Stuhl hörbar knarzte. Seine weißen, vollen Haare standen in alle Richtungen ungeordnet ab, was, wie er Brockmann einmal gesagt hatte, immer öfters auch dem inneren Zustand seines Kopfes entsprach. Sein Gesicht war gebräunt und gegerbt von Wind und Wasser, ein Umstand, der ihn sorgenvoll aussehen ließ, aber mit seinen blauen Augen lachte er freundlich und entspannt in die Kamera. Vor sich hatte er einige Akten liegen, die ihm für die Besprechung wohl helfen sollten.

Als Dritten des Kommissar-Trios zeigte das kleine Fenster in Heinz Kontrollbildschirm den Kollegen Peter Brockmann. Der Anblick ließ Heinz erneut grinsen, zeigte es doch den völlig verzückten Gesichtsausdruck eines kleinen Jungen, der ein neues Spielzeug mit seinen Augen erforschte. Brockmann war dicht an die Kamera herangerückt, so als könne er auf diese Weise seine Gegenüber besser sehen, wodurch im Prinzip aber nur sein Kopf auf dem Bildschirmfenster zu erkennen war. Der Hamburger blickte unruhig auf dem Bildschirm hin und her und drehte dabei gelegentlich seinen Kopf, um so vermeintlich eine andere Perspektive auf die Kollegen zu erheischen.

Peter, setze dich mal entspannt hin, wollte Heinz schon sagen, verkniff sich aber den Kommentar. Der kommt schon selber darauf, dachte er, und lehnte sich in Erwartung des kommenden Schauspiels in seinem Rollstuhl zurück.

»*Yes, Jack, we can hear you loud and clear*«, rief Janssen in den Äther.

»Und ich bin Heinz Grabowski«, stellte sich Heinz dann selber vor, »Kollege von Peter und Kommissar im Ruhesitz.« Dabei zeigte er mit seiner Hand auf seinen Rollstuhl. »Ich mache deshalb die online-Recherchen.«

Brockmann war unbehaglich zumute und er begannen nur langsam, sich an die neue Arbeitsumgebung zu gewöhnen. Er fand es seltsam, ein Team nur virtuell versammelt zu sehen.

»Gentlemen«, begann er deshalb sehr förmlich, »ich dachte, dass wir so eine Computer-Umgebung nutzen sollten, um uns über die bisherigen Ergebnisse auszutauschen, denn zugegeben sind wir vier hier ja letztlich unfreiwillig zusammengewürfelt worden: Jack hat die Wasserleiche gefunden, ich konnte dem Toten einen Namen gegeben und Willem hat Sergej Brunisewicz Wohnort sowie seine Vita nach seinem Verschwinden in Hamburg ermittelt. Es schien mir deshalb sinnvoll, mit euch gemeinsam einmal unsere Erkenntnisse in diesem Fall zu erörtern.«

Er holte tief Luft, bog den Rücken durch und entspannte sich dabei etwas.

»Ich vermute mal, dass wir alle die gleiche Art Landkarte bei jedem von uns im Büro an der Wand haben: Auf dieser Karte markiert wahrscheinlich ein Sticker, oder eine Nadel, den Fundort der Leiche, ein anderer ist auf Hamburg geklebt, wo der Tote lange lebte, und eine dritte Markierung zeigt Rotterdam, wo Sergej zum Schluss gewohnt hat. Und jeder von uns hat sich beim Betrachten dieser Karte sicherlich auch die Frage gestellt, wie die Sticker oder Nadeln um alles in der Welt zusammenpassen.«

»Der springende Punkt unserer Karten ist, dass Sergej mit einem Schiff gefahren sein muss, um vor der schottischen Küste ertrinken zu können. Hört sich makaber an, ist aber leider so. Wir wissen, dass seine Freundin ihn in den Hafen gefahren hatte, und ein Hafenarbeiter bestätigte uns, dass er Sergej zusammen mit dem Kapitän auf die *Winterstar Pusher* gebracht hat. Aber wir können nicht beweisen, dass er wirklich an Bord geblieben war. Problematisch deswegen, weil die Unterlagen der Hafenbehörde in Rotterdam belegen, dass das Schiff offiziell vor der Küste auf Reede lag, also gar nicht unterwegs war.«

Brockmann warf seinem Bürokollegen einen Blick zu, damit dieser übernehmen konnte. Heinz fuhr deshalb fort: »Ich habe den Namen des Schiffes gegoogelt und dabei herausgefunden, dass das Schiff in dem fraglichen Zeitraum, also Ende April, *nicht* in Rotterdam war.« Er zeigte das Foto hoch, welches die *Winterstar Pusher* vor den Orkney-Inseln zeigte. »Aufgenommen von einem sogenannten *Ship-Spotter*. Der hatte das Schiff am dreiundzwanzigsten April vor den Orkney-Inseln gesehen und fotografiert. Es ist also der Beweis, dass die *Winterstar Pusher* nicht in Rotterdam war.«

»Außerdem war Willem so nett und hatte noch einmal mit den *ShipsTrack*-Leuten in Rotterdam gesprochen, die mir eine Liste von Firmen gegeben haben, welche diese Art der Verfolgung von Schiffen mittels *AIS*-Signal weltweit anbieten. Auf der Liste stand auch eine Tracking-Firma hier in Hamburg, und mit deren Hilfe konnte ich die Route rekonstruieren, welche die *Winterstar Pusher* im April gefahren ist, nämlich hier …«

Dabei präsentierte er seinen Zuhörern die Karte, die er am Tag zuvor Brockmann bereits gezeigt hatte.

»Die Daten sind sehr unvollständig, weil offenkundig das *AIS*-Signal immer wieder ausgeschaltet wurde, aber die Daten belegen, dass das Schiff nicht vor Anker lag, sondern gefahren ist.«

Er rollte den Bildschirm und fuhr mit seinem Mauszeiger der roten Linie nach, die sich entlang der englischen Ostküste schlängelte.

»Und wenn wir Eins und Eins zusammenzählen führt uns die Fahrtroute, auch wenn sie sehr rudimentär ist, zu dem Sichtungspunkt, wo der *Ship-Spotter* das Schiff am dreiundzwanzigsten April fotografiert hat.«

Dann leitete er wieder zu Brockmann über, der auf die Karte zeigte, welche in seinem Rücken an der Wand prangte.

»Heinz und ich haben diesen Punkt, wo die *Winterstar Pusher* von dem *Ship-Spotter* gesichtet wurde, hier auf diese Karte eingetragen.« Dabei deutete er auf den bunten Sticker hin. »Und dann haben wir versucht, den Kurs, den das Schiff gesteuert hat und die Entfernung, die es zurückgelegt hat, zu extrapolieren, also nach vorne zu verlängern. Die Idee war, dass, wenn die zwei Tage gebraucht haben, um von Rotterdam bis zu dem Sichtungspunkt in Schottland zu kommen, aber erst nach einer Reisezeit von drei Tagen wieder zurück in Rotterdam waren, noch die Entfernung von einer Tagesreise von dem Sichtungspunkt des *Ship-Spotters* aus nach Westen unterwegs waren.«

»Genauer gesagt: eine halbe Tagesreise weiter, und eine halbe Tagesreise zurück zu diesem Punkt«, bemerkte Janssen richtig.

Heinz war beeindruckt von der schnellen Auffassungsgabe des Holländers.

»Korrekt, Willem, sehr richtig!«, bestätigte Brockmann.

»Und deshalb haben wir einen Schlagkreis um diesen Punkt mit dem Radius einer halben Tagesreise gezogen.« Er deutete auf den Kreis auf seiner Karte. »Aber da ist nichts auf der Karte, wo ein Schiff hinfahren kann. Kein Land, kein Hafen, keine Insel.«

Er holte Luft.

»Was wir innerhalb dieses Schlagkreises auf der Karte gefunden haben sind viele kleine schwarze Markierungen, die Seezeichen darstellen, also Schiffswracks oder Untiefen. Aber alle verstehen wir nicht, denn hinter einem dieser Seezeichen steht ‚*Schiehallion Ölfeld*', und Ölfelder auf See stellen doch kein Hindernis dar, weil sie doch unter Wasser liegen!«

»Der *Schiehallion* ist einer der höchsten Berge in Schottland«, bemerkte Grisham, ebenfalls ratlos. »Aber der steht auf dem Land ...«

»Mensch sind wir blöd!«, unterbrach der Holländer unvermittelt und fast schreiend, sodass seine Zuhörer erschrocken zusammenfuhren. »Natürlich! Es ist viel einfacher, als wir dachten. Ein Schiff wie die *Winterstar Pusher* ist ein Versorger, hat uns der Hafenarbeiter doch erzählt. Erinnerst du dich, Peter? Versorger für Ölbohrinseln! Die *Winterstar Pusher* hat keinen Hafen angelaufen, sondern sie brachten etwas zu einem Ölfeld oder einer Bohrinsel oder holten dort etwas ab. Bohrinseln braucht man, um im Meer nach Öl zu bohren oder es zu fördern. Und die schwimmen auf dem Meer und stellen natürlich ein Schifffahrtshindernis dar.«

»Männer«, fuhr er deshalb nach einer Pause fort, »wir waren auf dem Holzweg! Denn wir suchen keine feste Markierung auf einer gedruckten *Land*karte, wie Peter sie an der Wand hat, sondern eine bewegliche Bohrinsel auf einer digitalen *See*karte. Deshalb finden wir auch nichts auf deiner Karte, Peter! Was wir brauchen, ist eine interaktive Karte, wo auch Bohrinseln markiert sind und andere temporäre Seehindernisse!«

Zur Überraschung aller tauchte nach einigen Sekunden in jedem Bildschirm der drei Videokonferenzteilnehmer ein kleines Fenster auf, das einen Ausschnitt aus einer digitalen Seekarte zeigte, mit vielen Punkten, schrägen Symbolen, Linien, Kreuzen und Zeichen. Heinz hatte sie den Herren eingeblendet und sagte jetzt mit ruhiger Stimme in die Runde: »Sorry für die Störung, aber ich habe euch mal die neuste digitale Seekarte der schottischen Küstenwache aus dem Gebiet auf den Bildschirm gelegt, und Peters Schlagkreis von seiner Karte mit daraufgelegt.«

Und plötzlich starrten alle zur gleichen Zeit wie gebannt auf das Ergebnis: Nur ein einziger, kleiner schwarzer Punkt lag innerhalb des Kreises, den Brockmann konstruiert hatte.

Janssen war der Erste, der seine Überraschung überwand. »Was steht denn da neben dem Punkt?«, fragte er.

»TepCo 123«, meldete Heinz und zoomte den Ausschnitt der Karte für die Kollegen heran. »Eine Bohrinsel der Firma TepCo Oil aus Holland.«

»Den *Niederlanden*«, verbesserte Janssen unwirsch.

»Den Niederlanden, genau!«, wiederholte Heinz brav.

»Dann ist also wohl ziemlich klar«, griff Brockmann vermittelnd ein, »dass die *Winterstar Pusher* zu dieser Bohrinsel gefahren ist, da irgendetwas gemacht hat und dann wieder zurück nach Rotterdam gefahren ist. Richtig?«

Eine Pause entstand.

»So sieht es aus«, freute sich Grisham. »Aber was war das? Das Schiffsdeck ist leer, kann man ja auf dem Foto von dem Spotter deutlich erkennen. Also haben die doch eher etwas bei der Bohrinsel abgeholt, oder? Und dabei ist der Sergej ins Wasser gefallen und ertrunken.«

»Und warum war er dann radioaktiv verstrahlt?« Es war

Janssen, der die Euphorie über die ausgekundschaftete Fahrtroute dämpfte. »Bei Bohrungen in die Erde gibt es meiner Kenntnis nach nichts Radioaktives, nur Öl, Gas und Gestein.«

»Sehr gute Frage. Keine Ahnung!«, sagte Brockmann wahrheitsgemäß. »Was machen denn Versorger so im Allgemeinen bei Bohrinseln?«

»Weiß ich auch nicht so genau, versorgen eben, aber ich werde das erfragen«, merkte Janssen an.

»Oder *googeln*«, fügte Heinz kleinlaut hinzu.

»Auf alle Fälle kamen die aber ohne Ladung wieder in Rotterdam an, das hatte ich bei der Hafenbehörde erfahren«, fügte Janssen hinzu. »Nichts ausgeladen, nichts aufgenommen. Steht in den Logbüchern der Hafenbehörde.«

»Ok, Kollegen, trotzdem gute Arbeit«, rief Grisham freudig in die Kamera. »Also können wir jetzt davon ausgehen, dass die *Winterstar Pusher* direkt zu dieser Bohrinsel gefahren ist, ohne Umwege, denn das Schiff hatte nachweislich keinen Hafen in der Gegend angelaufen, das haben wir ja bereits geklärt. Und wir gehen davon aus, dass dieser Sergej an Bord war und zwei Tage nach der Sichtung während des Sturms über Bord ging.«

»Denn ohne Schiff hätte er dort nicht zum Ertrinken hinkommen können …«, witzelte Janssen.

»Stimmt!«, hakte Brockmann ein. »Und das ist eine wichtige Tatsache und Erkenntnis, auch wenn sich das trivial anhört! Er *muss* mit einem Schiff gefahren sein, um dorthin gekommen zu sein, und alle Indizien deuten darauf hin, dass es die *Winterstar Pusher* war, mit der er gefahren ist. Wir sollten deshalb das Schiff in Rotterdam aufsuchen und den Kapitän oder diesen Reeder zu der Diskrepanz zwischen dem offiziellen Ankern vor Rotterdam und der belegten Sichtung vor den Orkney-Inseln befragen.«

»Aber für eine offizielle Durchsuchung des Schiffes haben wir wahrscheinlich keine Grundlage, weil wir nicht beweisen können, dass auf dem Schiff ein Verbrechen begangen wurde«, resümierte Janssen. »Das hatte mir der Beamte von der Hafenbehörde erklärt. Ein fremdes Schiff ist extraterritoriales Gebiet, wo die Polizeirechte des Gastlandes eingeschränkt sind. Nur bei Zollvergehen oder bei Verdacht auf Mord wird dieses Recht gelockert. Aber ohne *AIS*-Signal auf der Nordsee herumzufahren ist keines solcher Delikte.«

»Und dennoch sollten wir es untersuchen. Das Schiff ist doch erst einmal unser einziger Anhaltspunkt!«, rief Grisham dazwischen. »Irgendein Vorwand wird es doch geben, um auf den Dampfer zu kommen, oder Willem?«

»Ich werde die Hafenbehörde fragen, wo das Schiff ist oder wann es kommt«, entgegnete Janssen. »Und ich werde in jedem Falle den Reeder noch einmal befragen. Der ist momentan allerdings nur telefonisch in Curaçao erreichbar.«

Er schrieb etwas in sein kleines Notizbuch.

»Ist aber als Aufgabe notiert! Und ich werde mich auch um diese Firma TepCo kümmern, denen die Bohrinsel gehört«, fügte er noch hinzu. »Es wird für mich einfacher sein, etwas zu der Firma herauszufinden, weil die ja hier in den *Niederlanden* sitzen.«

Heinz rollte mit den Augen.

19
NIEDERLANDE
Rotterdam

Mit dem Foto des *Ship-Spotters* unterm Arm fand Janssen die Gruppe der Schauerleute an fast genau der gleichen Stelle auf dem Hafenkai wie bei seinem ersten Besuch zusammen mit Brockmann vor einer Woche. Als hätten sie sich in ihrer Lethargie in den vergangenen Tagen keinen Meter bewegt. Derselbe kritische Blick des Hünen, der gleiche Arbeitsoverall. Aber er brachte Janssen mit seiner kleinen Barkasse ohne weitere Nachfragen für einige Scheine Schwarzgeld hinüber zu dem Liegeplatz der *Winterstar Pusher*, die etwas außerhalb des Hafengebietes verankert lag.

»Das hast du aber Glück, denn ich habe gehört, dass der Dampfer erst seit Sonntagabend wieder da ist«, sagte der Hüne, als beide Männer sein kleines Schiff bestiegen.

»Ach ja? Wo waren die denn die ganze Zeit?«

»Keine Ahnung. Kann ich hellsehen? Bei mir meldet sich der Kapitän bestimmt nicht ab«, antwortete der Mann unhöflich und kurz.

Damit war das Gespräch für die kurze Überfahrt auch beendet.

»Warte auf mich hier!«, befahl Janssen ihm, als er das schwankende kleine Boot verließ und sich anschickte, eine schmale, wackelige Strickleiter an der haushohen Bordwand zu erklimmen. Fasziniert bemerkte er, dass er mit jeder kleinen Stufe weiter nach oben in diesen charakteristischen Geruch von Farbe, Öl und Diesel eintauchte, der Schiffen so gemein ist wie Babys der nach Penaten-Creme. Und trotz der Tatsache, dass das Schiff untätig verankert lag, dröhnte und wummerte es auf dem Deck. Der Schiffsmotor lief und produzierte Strom für hunderte von Lampen und Scheinwerfern, die auch bei Tag das Deck beleuchteten.

Etwas atemlos von der Kletterei auf dem Deck angekommen, schaute Janssen sich neugierig um. Die Decksfläche war riesig, gefühlt ein halbes Fußballfeld lang und so breit wie eine zweispurige Straße. An dem vorderen, bugwärts gelegenen Ende des Decks stand eine gewaltige Winde mit einer Trommel, auf der ein armdickes Stahlseil aufgerollt war. Der Rest des Decks war leer. Der Boden bestand aus Planken aus ausgefasertem Holz mit schwarzen Fugen, die an vielen Stellen aber schon in Streifen herausquollen und wie Haare aus dem braun-grauen Holz lugten. Die weiße Farbe der halbhohen Stahlreling zu beiden Seiten des Decks war an unzähligen Stellen bereits abgeplatzt und gab ihren rostroten Untergrund preis.

Nach hinten war das Deck offen, nur begrenzt von zwei mannshohen, schwarzen, runden Stahlpollern, die wie riesige Tonnen aussahen und wohl dazu dienten, den Lauf der Stahltrosse von der Trommel nach rechts und links zu begrenzen.

Der vordere Teil des Schiffes gehörte den Aufbauten, die sich in einem schmutzig-weißlichen Farbton über vier Stockwerke neben Janssen in den Himmel erhoben und oben von einer durchgehenden Reihe großer Glasfenster gekrönt waren. Dort war die Kommandobrücke.

Janssen spürte, dass er von da oben beobachtet wurde. Nach einer Weile öffnete sich hoch über ihm eine Seitentür und ein Mann trat auf das Brückennock heraus, wie der verlängerte, nicht überdachte Ausleger der Brücke genannt wurde.

»Ich bin Kapitän van Welde, kann ich etwas für Sie auf meinem Schiff tun?«, rief er Janssen von oben zu.

»Mein Name ist Willem Janssen von Europol in Den Haag. Ich hätte ein Paar Fragen wegen eines toten Mannes, der in Schottland angeschwemmt wurde. Darf ich heraufkommen?«

»Was habe ich hier in Rotterdam mit einem Toten aus Schottland zu tun«, fragte der Kapitän, ohne auf das Gesuch einzugehen.

Janssen musste nach oben zu ihm aufsehen, gegen die Sonne und in die gleißende Helligkeit der Aufbauten. Er kniff die Augen zusammen, um nicht geblendet zu werden.

»Wir ermitteln in dem Fall, und wie wir bisher herausgefunden haben, war der Tote ein Matrose und stammte aus Rotterdam. Und wie es nach unseren Ermittlungen aussieht, waren Sie mit ihrem Schiff zu dem fraglichen Zeitpunkt in dem Seegebiet.«

Der Kapitän begann herzhaft zu lachen und hielt sich dabei mit beiden Händen an der Reling fest.

»Und weil der aus Rotterdam kommt, muss ich damit etwas zu tun haben? Ich komme herunter! Bleiben Sie, wo Sie sind. Auf Schiffen darf man nicht einfach herumspazieren. Viel zu gefährlich für Landratten!«

Einigen Minuten später öffnete sich eine dieser Deckstüren mit den schweren Beschlägen und dem runden kleinen Bullauge, und van Welde schob seinen massigen Körper umständlich durch die schmale Türöffnung heraus. Er musterte Janssen von oben bis unten und baute sich drohend vor dem Kommissar auf.

»Wir laufen gleich aus, ich habe also keine Zeit für dumme Fragen!«, knurrte er unwirsch.

»Weiß ich, ist bei allen so, die ich befrage.« Janssen holte das Foto von Sergej Brunisewicz aus seiner Jackentasche und hielt es dem Kapitän hin. »Kennen Sie den?«

Van Welde schüttelte seinen Kopf. »Habe ich noch nie

gesehen. Wer ist das?«

»Der Tote aus Schottland. Und wo ist *ihr* Matrose zurzeit?«

»Schläft unten in seiner Koje.«

Janssen holte das Foto des *Ship-Spotters* hervor.

»Dieses Foto wurde am dreiundzwanzigsten April bei den Orkney-Inseln gemacht. Das ist ihr Schiff, da steht es: *Winterstar Pusher*. Was haben Sie denn dort gemacht?«

Der Kapitän betrachtete das Foto flüchtig.

»Das ist mein Schiff, das stimmt schon, aber das war letztes Jahr, glaube ich, oder vorletztes Jahr. Da hatten wir einen Törn zu einer Bohrinsel. Ist lange her. Leider!«, antwortete er ohne zu zögern.

Janssen blickte aus großen Augen erstaunt erst auf den Mann vor ihm und dann auf das Foto in seinen Händen. Mit allen Antworten hatte er gerechnet, nur nicht damit. Der Schiffsname war deutlich lesbar und das hatten sie wie einen Beweis gewertet. Aber das Datum der Sichtung war in der Tat nicht verbürgt. Irgendjemand hatte es fotografiert und behauptet, dass sei am dreiundzwanzigsten April dieses Jahres gewesen! Wie dämlich von ihm anzunehmen, dass dieses *das* Beweisfoto war.

»Wir haben außerdem festgestellt, dass Sie mit ihrem Schiff in der fraglichen Zeit um den dreiundzwanzigsten April nicht vor Rotterdam auf Reede gelegen haben, sondern in der Nordsee unterwegs waren. Bei Dover und so!«

Er reichte ihm den Ausdruck von Heinz Tracking-Recherchen. Der Kapitän betrachtete das Stück Papier und schüttelte den Kopf.

»Wir reservieren bei der Hafenbehörde immer einen Liegeplatz, sonst wird es manchmal eng auf dem Parkplatz. Aber kommt auch vor, dass wir den nicht benutzen. Ist ja nich‘ vorgeschrieben.«

»Und dann fahren Sie so in der Nordsee herum?«

»Wenn ich Bock hab'«, antwortete van Welde mit einem hämischen Grinsen.

»Kann ich mich auf ihrem Schiff einmal umsehen?«, fragte Janssen.

»Nöö«, entgegnete der Kapitän barsch, »es sei denn, Sie haben einen Durchsuchungsbeschluss vom Zoll.« Dabei rückte er noch etwas dichter an Janssen heran. »So ein Schiff ist kein Spielplatz, auch nicht für Polizisten. Zu gefährlich!«

Er schaute Janssen feindselig an. »Und deshalb glaube ich, Herr Kommissar, dass Sie jetzt ihr Paddelboot da unten wieder nehmen«, und deutete dabei auf die Reling und die Leiter, »und uns hier unsere Arbeit machen lassen, denn wir wollen, wie schon gesagt, gleich auslaufen!«

Zurück im Büro berichtete Janssen seinem Kollegen aus Hamburg von dem enttäuschenden Besuch auf dem Schiff.

»Mit allem hatte ich gerechnet, aber nicht damit, dass der Kapitän einfach die Authentizität des Fotos anzweifelt!«, schrie Janssen fast vor Frust in das Telefon.

»Willem, wir waren auch naiv einfach anzunehmen, dass wir mit dem Foto eines anonymen *Ship-Spotters* irgendwo reingehen können und alle sofort ehrfürchtig werden und ihre Missetaten zugeben.«

In Janssens Kopf drehte es sich, als er erneut die große Wandkarte mit den gelben Stickern in seinem Büro anschaute. Er hatte in den vergangenen zwei Tagen so viel mehr Information aufgenommen, aber die Ergebnisse waren bruchstückhaft, nichts wollte zusammenpassen! So wie die gelben *Post-it*-Zettel auf der Landkarte an seiner Bürowand. Ihn überkam ein frustrierendes Gefühl, weil kaum, dass sie irgendetwas ermittelt hatten, wie zum Beispiel dieses Foto des Schiffes vor Schottland, sich sofort wieder Lücken ergaben, wenn sie mit dem Ergebnis zum nächsten Schritt weitergingen. Und das Ermittlerteam, wenn man es denn überhaupt so nennen durfte, war über halb Nordeuropa verteilt, und konnte schon aus diesem Grund nur hakelig zusammenarbeiten.

***

»Was sucht ihr denn außer Umweltsündern noch für Verbrecher bei einer Ölfirma?«, wollte Janssens Kollege aus dem Bereich Wirtschaftskriminalität im Scherz wissen, während er den Computer nach Einträgen und Daten über die Firma TepCo Oil durchforschte. Fünf Minuten später begann ein Drucker mit rauschendem Klappern Seite um Seite auszuspucken. Janssen bedankte sich artig und zog ohne eine Antwort auf die Frage ab, denn er wusste selber nicht, was genau er eigentlich suchte. Auf dem Weg zurück zu seinem Büro blätterte er oberflächlich durch den Stapel Papier, sah Zahlen, Umsätze, Steuerzahlungen, sogar ein digitales Foto von dem Chef der Bohrfirma.

Gedankenverloren schüttelte er seinen Kopf. »Das ist ‘ne Sackgasse«, murmelte er, als er am Kaffeeautomaten nach dem Becher griff.

»Was grummelst du da vor dich hin, Willem Janssen?«, fragte eine bekannte Stimme plötzlich hinter ihm.

Er zuckte zusammen, drehte sich erschrocken um und blickte unvermittelt in die blauen Augen von Berit de Jong, eine Kommissarin, die den Bereich Menschenhandel und Prostitution leitete.

Sein Herz machte einen angenehmen kleinen Aussetzer.

»Ach«, winkte er ab und versuchte, ungerührt zu erscheinen, »ich führe nur Selbstgespräche, um meinen Frust über dieses Ding hier rauszulassen«, wobei er mit den TepCo-Unterlagen herumwedelte.

»Was ist denn das?«, fragte sie neckisch und griff im richtigen Moment blitzschnell nach dem Papierstapel.

»TepCo Oil aus Den Haag«, las sie laut vor und schüttelte ungläubig den Kopf, »bohren nach Öl in der Nordsee. Na, das ist doch klar, dass du davon nichts verstehst. Du kannst doch nur Betrüger!«

Sie kicherte dabei schelmisch und fuhr dann frotzelnd fort: »Da musst du 'mal meinen Neuen fragen, der arbeitet bei einer Ölfirma in Amsterdam. Ich bin sicher, dass er dir diese Diagramme und Zahlen erläutern kann.«

Berit war Anfang Fünfzig, bereits zwei Mal geschieden und immer noch auf der Suche nach der großen Liebe zu jemandem, der wahrscheinlich noch geboren werden musste. Janssen hatte mit ihr vor einigen Monaten eine kurze Affäre gehabt, nachdem sie von einer Weihnachtsfeier kommend bei ihr zu Hause gelandet waren. Aber schon nach ein paar Wochen hatte er das Intermezzo beendete, weil ihm seine Gierigkeit nach ihr und ihre Bedingungslosigkeit zu ihm Angst gemacht hatten.

»Das ist ja toll, das würde ich sofort annehmen«, sagte er und wollte nach der Akte greifen, aber Berit hielt sie triumphierend über ihrem Kopf.

»Und was kriege ich dafür?« Dabei reckte sie ihre attraktiven Brüste etwas vor.

»Berit, hör' auf damit! Du bist der Männer Tod, und das weißt du genau.«

»Oh danke, das reicht mir als Kompliment für den Moment«, kokettierte sie und rückte etwas von ihm ab. »Ich rufe meinen Freund an und gebe ihm deine Telefonnummer, dann könnte ihr euch 'mal unter Männern austauschen.«

Sie drehte sich zum Gehen weg. »Und der kann von dir lernen, aber erzähl ihm das lieber nicht«, kicherte sie und entschwand dann um die Ecke.

‚Männermörderin', dachte er, als er sehnsüchtig in die Richtung schaute, in die sie gegangen war. Janssens Knie waren weich geworden, in seinem Kopf sausten tausend Gedanken an die kurze, gemeinsame Zeit mit ihr. Er musste dringend in sein Büro und sich entspannen.

Aber sie machte ihr Versprechen wahr, und deshalb saß Berits neue Bekanntschaft Roderick Veltmaar schon am nächsten Tag hochgewachsen vor ihm. Er war sicherlich zehn Jahre jünger als sie und zwanzig jünger als Janssen, hatte vielleicht etwas zu wenig Haare auf dem Kopf aber ein schmales, freundliches Gesicht mit weichen Zügen. Sein Anzug war modisch und der Hemdkragen lässig offen, sodass eine Lederkette um den Hals zum Vorschein kam, die Janssen bekannt vorkam. Er hatte damals von Berit auch so eine bekommen.

»TepCo Oil? Habe ich noch nie gehört«, sagte Roderick zwischen zwei Schlucken aus der Kaffeetasse. »In unserem niederländischen Sektor der Nordsee sind die aber nicht aktiv, oder?«

Janssen schob ihm die Akte zu, die er von seinem Kollegen aus dem Wirtschaftsdezernat erhalten hatte.

Roderick blätterte flüchtig darin herum, während er einen frittierten *bitterballen* mit Senf in seinen Mund schob. Brösel von der Panade fielen auf die Akte und auf seine Hose.

»Die haben ja auch noch nie Öl gefunden«, konstatierte er mit vollem Mund und blätterte in den Tabellen herum. »Nur gebohrt, nichts gefunden. Das wird aber auf die Dauer teuer.«

»Wie meinen Sie das?«, fragte Janssen.

»Na sehen Sie«, antwortete Roderick und zeigte dabei mit dem fettigen Finger auf eine Tabelle in der Akte, »nur

Ausgaben, keine Einkünfte wie beispielsweise aus der Produktion und dem Verkauf von Öl. Und das Übersichtsblatt von der Steuerbehörde zeigt auch keine anderen Einkünfte und hohe Verlustvorträge aus den Jahren davor. Keine Ahnung, wie lange die das durchhalten wollen, bis die Geldgeber unruhig werden.«

»Und wo arbeiten die so?«, fragte der Kommissar.

»Keine Ahnung. Ich habe, wie schon gesagt, den Namen noch nie gehört, was wirklich komisch ist, weil die Gruppe der in den Niederlanden agierenden Ölfirmen eigentlich klein ist und sich daher alle kennen.«

Mit diesen Worten rückte er näher an den Tisch heran und schob den leeren Teller zur Seite. Seine eigene Aussage schien ihn gefesselt zu habe. »Das kann ich aber herausfinden, wenn das so wichtig ist.« Er blickte Janssen fragend an.

»Ich kann dazu momentan nicht mehr sagen. Nur so viel, dass das unter uns bleiben muss. Wir ermitteln nicht in diese Richtung, ich suche nur Informationen zusammen.« Janssen versuchte bei seinen Worten dem durchdringenden, fragenden Blick standzuhalten.

»Schon klar, Herr Kommissar! Nur so Informationen zusammentragen. Berit hat mich schon gewarnt, dass ich da nichts 'rauskriegen werde. Sagte mir allerdings auch, dass du auch schon mal an ihr dran warst und mir vielleicht Tipps geben kannst!«

Janssen zuckte zusammen und wurde rot. Was für eine taktlose Wortwahl! Dieser Mann war ein völlig anderes Kaliber, frei, unbefangen und um keinen Deut verlegen, Dinge aus dem intimsten Bereich zu fragen, während Zentimeter neben ihnen am Tisch andere Gäste saßen und zuhörten. Und der Fremde duzte ihn jetzt einfach.

»Es wäre wirklich hilfreich, wenn wir über Sie einiges mehr über die Firma erfahren könnten, was deren Geschäftsbereich und Aktivitäten angeht.«

»Verstehe, keine Intimitäten heute.«

Roderick sammelte die Unterlagen ein, rollte sie zusammen und war schon auf dem Weg nach draußen, bevor Janssen protestieren konnte.

»Ich melde mich!«, rief er ihm von der Tür zu und schwenkte dabei die Papierrolle, während er durch den Eingang verschwand.

»Danke für die Einladung, Herr Janssen. Keine Ursache, Herr Berit-Freund, gerne geschehen«, murmelte der Kommissar leise zu sich. *‚Du warst ja auch ‘mal an ihr dran‘* rezitierte er Roderick und schüttelte ungläubig den Kopf. Miesmutig zahlte er die Rechnung für dessen Snacks und Kaffees.

***

»Guten Morgen, Willem, hier ist dein Nachfolger bei Berit«, begrüßte ihn Roderick lachend am Telefon.

Janssen zuckte zusammen. »Es ist Samstagmorgen!«, gähnte er verschlafen in sein Mobiltelefon.

»Ich weiß«, entgegnete der junge Mann, «aber ich muss mich ‘mal entspannen und da habe ich die Unterlagen noch einmal quergelesen.«

Janssen stellte sich die Szene mit dem ‚*kurz entspannen*‘ bildlich vor und wurde rot. In der Küche klapperte seine Frau mit dem Frühstücksgeschirr.

»Diese Firma«, fuhr Roderick am anderen Ende der Telefonleitung fort, während man ihn in Papieren blättern hörte, »diese Firma TepCo hat keinerlei *track-record* bei den Ölfirmen hier in den Niederlanden. Niemand kennt die. Der Name hatte mich ja selber schon bei unserem ersten Gespräch verblüfft. Vor allem aber haben die keine Webseite mit dem gewöhnlichen, allgemeinen Bla-Bla darüber, wo die tätig sind und wie super sie dabei sind, so wie das bei anderen Ölfirmen üblicherweise ist. Ist dir doch sicher auch aufgefallen, oder?«

Janssen errötete noch einmal und rutschte vor Scham etwas tiefer in seinen Stuhl. Nein, es war ihm nicht aufgefallen, weil er nicht auf diese einfache Idee gekommen war, sich vor einen PC zu setzen und eine *Google*-Recherche durchzuführen.

Er überging Rodericks Frage.

»Und der Hammer ist«, fuhr dieser unbeirrt fort, »nachdem ich mir die Bilanzaufstellung dieser Firma in eurer Akte noch mal genau durchgesehen habe, dass die eine *eigene* Bohrinsel haben! Das ist ja total verrückt!« Seine Stimme überschlug sich fast vor Aufregung.

»Wieso, die sind doch eine Ölfirma. Die bohren doch nach Öl, da brauchen die doch auch eine Bohrinsel«, warf der Kommissar zögerlich ein.

Die Länge der Gesprächspause, die daraufhin entstand, war der Gradmesser für die Unsinnigkeit von Janssens Bemerkung. Deutlich vernahm er Rodericks tiefen Seufzer am anderen Ende der Telefonleitung.

Nach einer Weile, in der sich dieser wohl seine Worte für eine Antwort auf *Sendung-mit-der Maus*-Niveau zurechtgelegt hatte, antwortete der junge Mann dann langsam und mit Bedacht: »Willem, das ist so. Wenn du eine Ölfirma bist, dann suchst du auf der Welt nach Öl, indem deine Geologen und Geophysiker Erkenntnisse erarbeiten und zusammenführen, wo Öl oder Gas sein könnten. Aber das Bohren selber machen große Bohrfirmen, die ihre Bohrinseln an deine Firma vermieten, gegen eine horrende Gebühr von einer halben Million Dollar am Tag und mehr. Weil diese Dinger eben so teuer im Unterhalt sind, machen das nur spezialisierte Firmen. Und die machen auch *nur* das!«

»Früher«, fuhr er fort, »hatte die großen Ölfirmen eigene Bohrgeräte, das stimmt, aber so ein Gerät zu kaufen band so viel Kapital, dass sie ihr Geschäftsmodell in den achtziger Jahren des letzten Jahrtausends änderten und das Bohren auslagerten, eben an Bohrfirmen.«

Des letzten Jahrtausends, wiederholte Janssen in seinen Gedanken. So abwegig war die Frage gewesen. So alt war er.

»Aha!«, bemerkte er laut. Mehr fiel ihm nicht ein.

Aber Roderick, jetzt richtig in seinem Element, resümierte auch schon weiter: »Das Merkwürdige an dieser Firma TepCo Oil ist, dass sie, entgegen dem Trend, zwar eben eine teure Bohranlage besitzen, aber, völlig anders als alle anderen Ölfirmen, keine eigenen Geologen und Geophysiker haben.«

»Hmm«, raunte Janssen noch einmal.

»Verstehst du worauf ich hinauswill?«, fragte Roderick.

»Nö!«, antwortete Janssen wahrheitsgemäß. Er hatte wirklich kein Wort verstanden. Das Telefon fühlte sich schon heiß an, sein rechtes Ohr auch, und der Kopf dröhnte ihm von Bohrgeräten und Bilanzen, von denen Roderick sprach.

»So, wie das hier aussieht, ist das einfach keine richtige Ölfirma. Man könnte sogar fast sagen, die suchen gar kein *Öl*!«

»Aber warum habe die denn eine teure Bohrinsel?«, fragte Janssen ganz vorsichtig, um sich nicht schon wieder als Depp zu outen.

»Das ist eine wirklich gute Frage, Willem«, kam es überraschend von Roderick zurück, »das wunderte mich auch, denn man könnte sogar fragen: *Wozu* haben die dann das Bohrgerät? Oder besser gefragt: Wenn sie nicht nach Öl suchen, wonach bohren die dann?«

»Und, was sagst du? Wozu haben sie das Bohrgerät?« Janssen hielt den Hörer schon etwas von seinem heißen Ohr weg.

»Kannst du das nicht alles für mich auf ein Stück Papier schreiben, was du mir gerade erzählt hast, damit ich das gegebenenfalls noch einmal nachlesen kann?«

»Vergiss es, keine Zeit. Ich habe es für dich gelesen, dir meine Meinung gesagt, jetzt bist du dran. Frage die doch einfach mal selber. Ich habe selber einen Haufen zu tun. Und ich muss jetzt Schluss machen. Viel Spaß noch!« Dann legte er abrupt auf.

Janssen brummte der Kopf. Er blickte durch sein Wohnzimmerfenster hinaus auf die Dächer der benachbarten Häuser. In einiger Entfernung konnte er das Strandpanorama von Scheveningen erkennen. Der Himmel war azurblau und ein leichter Wind strich durch die Bäume vor dem Haus, was seinem geübten Auge verriet, dass auf dem Wasser guter Segelbedingungen herrschten.

Ihr könnt mich alle 'mal mit euren Bohrinseln, sagte er zu sich selber, klappte seine Papiere auf dem Esstisch zusammen, die er während des Gesprächs mit Roderick aus seiner Aktentasche gezogen hatte, und schlenderte in die Küche.

»Ist was passiert, Willem, Schatz? Mit wem hast du gesprochen?«

»Hast du Lust aufs Boot zu gehen und das schöne Wetter auf dem Wasser zu genießen?«

»Was ist passiert, Willem?«, fragte sie noch einmal, jetzt mit einem besorgten Unterton in der Stimme.

»Es ist alles anstrengend. Ich habe gerade mit einem jungen Mann telefoniert, der Unterlagen für mich durchgesehen hat, aber ich habe kein Wort seiner Erklärungen verstanden.

Mehr erzähle ich dir beim Prosecco auf dem Boot.«

»So schlimm?«

»Ach egal!«

Seine Frau hauchte ihm einen Kuss auf die Wange. Was würde er ohne sie machen, fragte er sich. Sie wusste immer sofort, was mit ihm los war, sogar dann, wenn er es selber noch nicht erkannt hatte.

Zehn Minuten später waren die Janssens gerade im Begriff zu gehen, als das Mobiltelefon erneut klingelte.

»Ich begleite dich zu der Ölfirma«, sagte Roderick mit einem ärgerlichen Unterton in der Stimme. »Kannst mich ja zu deinem Hilfssheriff machen.«

»Oh, wirklich? Das würde mir wirklich sehr helfen, weil ich von dem, was du vorhin gesagt hast, ehrlich gesagt nur die Hälfte verstanden habe.«

»Hatte Berit auch gesagt.«

»Was hatte sie gesagt?«

»Das du wahrscheinlich nichts verstanden hast von dem, was ich gesagt habe, und dass ich dir deshalb helfen soll!«

»Hat sie nicht!«, fauchte Janssen ins Telefon.

»Hat sie doch, und offenkundig stimmt es ja, hast es ja eben selber gesagt. Also sage mir Bescheid, wenn du beabsichtigst, zu dieser Firma zu gehen. Aber nicht erst eine halbe Stunde vorher! Wir arbeiten hier *richtig*, und ich habe noch andere Aufgaben, als dubiosen Ölfirmen hinterher zu spionieren!«

Janssen war sehr froh darüber, dass Roderick ihn begleiten würde. Das hob seine Laune deutlich.

Mit Berit musste er allerdings noch einmal sprechen. Von wegen, dass er nur die Hälfte begriffen hatte.

20

Ronald Veenstra saß entspannt an seinem riesigen, antiken Schreibtisch aus feinstem hellem Eichenholz, vor sich eine Sammlung von Broschüren über Villen in der Umgebung von Den Haag, die er sich von einem Makler bestellt hatte. Es war Montagmorgen, und der Wetterbericht hatte warme Temperaturen und Sonne auch für die kommenden Tage vorhergesagt. Aber besser als alles das war, dass er gefunden hatte, wonach er schon so lange gesucht hatte: ein Geschenk für seine Frau zu ihrem Geburtstag. Oft schon hatte sie sich in den vergangenen Monaten indirekt darüber beschwert, dass ihr Reihenhaus klein und zu wenig repräsentativ war für jemanden, der Chef einer Ölfirma war. Veenstra selber fand das Haus, das sie vor Jahren gekauft hatten, ausreichend groß für die fünfköpfige Familie und den Golden Retriever-Hund, aber seine Frau wollte eben mehr sein, mehr zeigen, vor allem *sich* zeigen als die Frau eines Firmenchefs. Caren Veenstra war zwar etwas dicklich und groß und sie hatte diesen holländischen Überbiss, der ihrem Kinn ein fliehendes Aussehen gab, aber seit einiger Zeit schon versuchte sie, ihren verblichenen Model-Ambitionen durch neureiches Auftreten entgegenzuwirken.

Veenstra blätterte gerade in einer Broschüre mit den Außenansichten der zwei Millionen-Euro Villa, als die Sekretärin ihm den Besuch von zwei Beamten von Europols Wirtschaftsdezernat ankündigte, die nicht warten wollten.

Schnell schob er alles in die breite Schreibtischschublade vor seinem Bauch und zog eine Unterschriftenmappe vom Vortag zu sich heran, die er gerade noch rechtzeitig aufgeklappt konnte, als die Tür von seinem Vorzimmer erneut aufschwang.

Janssen hatte sich und Roderick als Europolbeamte angemeldet, die Fälle von Geldwäsche bei Auslandsgeschäften untersuchten. Einen Ausweis für Roderick brauchten sie nicht, denn Janssens Dienstmarke war der obrigkeitshörigen Sekretärin schon genug Eintrittskarte gewesen, um ihren Chef bei seiner wichtigen Besprechung stören zu dürfen.

»Guten Tag, meine Herren. Ich bin Ronald Veenstra. Wie kann ich ihnen helfen?«

Er deutete mit dem Arm auf einen großen, seicht geschwungenen Tisch in der Mitte des Raumes, um den herum vier kostbare, antike Stühle standen.

»Bitte setzen Sie sich.«

Roderick blickte sich in dem Büro neugierig um, bevor er vorsichtig auf einem der guten Stücke mit samtblauen Kissen Platz nahm.

Janssen räusperte sich.

»*Mijnheer* Veenstra, vielen Dank, dass sie sich Zeit für uns nehmen. Europol untersucht seit geraumer Zeit schon Fälle von Geldwäsche, bei denen Firmen mit ausländischen Geschäftspartnern Scheingeschäfte gegen fiktive Rechnungen abwickeln. Und routinemäßig müssen wir deshalb alle Firmen durchgehen, die Verbindungen zu und mit ausländischen Firmen haben. Ihre Firma stand eben auch auf der Liste.«

Er schaute dabei Veenstra forschend an und suchte in dessen Augen nach einer Reaktion.

»Und wie kann ich ihnen da jetzt helfen? Ihre Liste muss ja tausende von Firmen lang sein«, fragte der ungerührt.

»Wie gesagt«, fügte Janssen hinzu, »dieses ist nur eine Routinebefragung im Zuge von Ermittlungen in eine Richtung von Wirtschaftskriminalität, aber nicht gegen Sie. Wir wollen uns nur einen Überblick verschaffen.«

Während Janssens Eingangsworten waren Rodericks Augen in dem riesigen Büro aufmerksam herumgewandert. Jetzt, da Janssen offenkundig nicht weiterkam, breitete er wichtig die Akte vor sich aus und tippte mit seinem Finger auf ein Papier darin, wobei er Veenstra fortgesetzt anschaute.

»Aus unseren Unterlagen geht hervor, dass sie viel in der Nordsee bohren, ohne Partnerbeteiligung, wie sonst üblich, aber auch, und das machte uns stutzig, ohne Erfolg. Und da fragten wir uns, wie ihr Geschäftsmodel wohl aussieht, weil man doch auf diese Art eigentlich kein Geld verdient.«

Eine kurze Pause entstand.

»Verstehe«, antwortete Veenstra und schaute etwas irritiert von einem Gesprächspartner zum anderen ob der wundersamen Wendung dieses Gesprächs.

»Sie bohren in der Nordsee, besitzen sogar ein eigenes Bohrgerät, wie ich sehe, aber Sie haben weder Öl noch Gas gefunden, so jedenfalls steht es in ihrer Steuererklärung und Bilanz.«

»Und da fragen Sie sich natürlich, wo das Geld herkommt für dieses teure Geschäft und warum wir nichts finden«, konterte Veenstra gereizt, wobei er sich langsam erhob und an die Wand neben dem Besprechungstisch ging. Er drückte auf einen unscheinbaren Lichtschalter, und mit einem leisen Summen senkte sich eine Landkarte aus einer Vertiefung in der Decke, welche die Nordsee und die angrenzenden Küstenstreifen Großbritanniens, der Niederlande und Deutschlands zeigte. Unregelmäßig verteilt auf der Karte war eine Reihe roter Punkte zu erkennen.

»Die Antwort auf Ihre Frage ist einfach, meine Herren: Wir bohren auch nicht nach Öl oder Gas!«

Janssen und Roderick blickten sich ungläubig an, als Veenstra fortfuhr.

»Haben sie schon einmal etwas von Kohlendioxid gehört, technisch bekannt als Ze-O-Zwei? Ein klimaschädliches Treibhausgas, das wir in gigantischen Mengen in unseren Industrien produzieren. Es gibt große internationale Projekte, bei denen man versucht, dieses Gas unter der Erde zu lagern, statt es in die Atmosphäre zu blasen. Und genau das ist es, was wir tun.« Dabei zeigte er auf die roten Punkte auf der Karte. »Man kann davon ausgehen, dass große Firmen bereit sind, viel Geld auszugeben, wenn sie ihre Umweltbilanz derart verbessern können, indem ihr Kohlendioxid irgendwo eingelagert werden kann. Unsere Geldgeber, die anonym bleiben wollen, haben uns sogenanntes Risikokapital gegeben, nicht unbedeutende Summen, um nach einem Konzept für diese Form der Endlagerung zu suchen.«

Er betrachtete seine Gesprächspartner aufmerksam.

»Und *‚Ja'* zu ihrer Feststellung, dass wir noch nichts gefunden haben, was vielversprechend ist. Der Rest ist, sie entschuldigen bitte, Geschäftsgeheimnis.« Mit den Worten ging er zurück an seinen Platz am Besprechungstisch.

»Das ist ja sensationell!«, war das Einzige, was beiden dazu einfiel.

»Stimmt«, entgegnete Veenstra sichtlich zufrieden mit sich.

»Und dafür brauchen Sie keine Geologen in ihrer Firma, oder andere Sachverständige?« Roderick hatte sich wieder gefangen, fuhr mit seinem Finger erneut über die aufgeklappte Akte und tat noch einmal so, als stünde dort etwas Substantielles zu dem Thema drin.

»Wir sind klein und verfolgen eine völlig neue Geschäftsidee! Da können wir uns keinen großen Mitarbeiterstamm leisten. Noch nicht. Wir kaufen diese Arbeiten und Expertisen im Markt ein, da draußen«, wobei Veenstra mit dem Finger auf das Fenster nach draußen zeigte, »wo es hunderte von Experten gibt, die ihr Wissen meistbietend verkaufen: Geologen, Geophysiker, Gesteinsexperten und Lagerstätteningenieure, sie alle stehen dort draußen zur Verfügung.«

Er schaute seine Gäste mit einem arroganten Lächeln an.

»Man nennt diese Leute *consultants*, und das Geschäftsmodell nennt man *outsourcing*«, fügte er in Dozentenmanier selbstsicher hinzu. Er war sich seiner Überzeugungskraft sicher.

»Ja, das kennen wir!«, sagte Janssen eifrig. »Sie haben sicherlich für alle diese Leute Verträge, Rechnungen und Nachweise für die geleistete Arbeit?«

»Natürlich, *Mijnheer* …? Wie war noch ihr Name?«

»Janssen, Willem Janssen.«

»Natürlich, *Mijnheer* Janssen. Für alles. Ich dachte, die Ermittlungen richteten sich nicht gegen mich?«

»Na, gegen *Sie* sowieso nicht, wenn dann gegen die Firma TepCo«, antwortete Janssen.

»Na, das bin dann ja ich, im weiteren Sinne«, folgerte Veenstra.

»Eine letzte Frage noch. Wenn die Firma TepCo, oder im weiteren Sinne *Sie«,* fragte der Kommissar mit einem süffisanten Grinsen, »in der Nordsee oder anderswo bohrt, kommt dann auch ein Schiff zu der Bohrinsel und bringt Sachen und Geräte dorthin oder holt etwas ab?«

Janssen bemerkte, wie sich Veenstras Haltung in seinem Stuhl plötzlich versteifte. Unruhig begann der nun, auf der Sitzfläche herumzurutschen, schlug die Beine übereinander und stellte sie dann wieder nebeneinander auf den Boden. Die Frage hatte den Mann offensichtlich irritiert.

»Natürlich! Warum fragen Sie?«, antwortete der TepCo-Chef kurz und ausweichend.

»Ach, nur so. Im Fokus unserer Ermittlungen sind insbesondere Scheingeschäfte, bei denen Schiffe und ihre Dienstleistungen abgerechnet werden, obwohl diese nur leer in der Nordsee herumfahren.«

Veenstra verzog keine Miene.

»Wo bohren Sie denn gerade?« Roderick hatte noch einmal einen Blick auf die Nordseekarte geworfen.

»Zurzeit? Sie meinen jetzt gerade?«

»Ja klar, jetzt zurzeit, in dieser Minute«, witzelte Roderick.

Veenstra schaute irritiert, erhob sich dann umständlich von seinem Stuhl und ging langsam wieder auf die Karte an der Wand zu.

»Hier!«, antwortete er zögerlich und bewegte einen Finger kreisförmig über ein Gebiet auf der blauen Wasserfläche der Karte. »Hier werden wir bohren, vor der Küste der Shetland-Inseln, so hier etwa«, ergänzte er fahrig.

»Also zurzeit bohren sie nicht?«, fragte Janssen mit einem investigativen Unterton nach.

»Die Bohrinsel, wie Sie zu sagen pflegten, wird in den kommenden Tagen dorthin geschleppt.«

Janssen schrieb etwas in sein kleines Notizbuch, das vor ihm lag. »Noch einmal zu meiner Frage von eben: Kennen Sie eine Firma *Noordzee Berging* aus Rotterdam? Hat einer von deren Versorgern auch mal die Bohrinsel von ihnen angefahren?«

Veenstra blieb irritiert stehen.

»Operative Einzelheiten kann ich ihnen leider nicht aus dem Stehgreif nennen. Könnte sein, dass die für uns gearbeitet haben.«

Er blickte unruhig von einem Besucher zum anderen. »Meine Herren, wenn Sie mich jetzt entschuldigen wollen, ich bin sehr beschäftigt und muss mich um die Geschäfte kümmern. Meine Sekretärin wird Sie hinausbegleiten. Es war mir ein Vergnügen und ich hoffe, dass ich Ihnen helfen konnte!«

*

»Merkwürdiger Laden«, platzte es aus Roderick heraus, kaum, dass sie eine halbe Stunde später in dem kleinen *Eet*-Cafe an der Ecke zur Frederik-Hendrik-Laan Platz genommen hatten. »Nichts in den Räumen erinnert einen daran, dass die eine Ölfirma sind oder Ze-O-Zwei-Versenk-Firma, wie dieser Veenstra uns das glaubhaft machen wollte. Da gibt es keine bunten geologischen Karten, keine Querschnitte durch die Erdschichten, keine Bohrturmmodelle in einer Ecke, nicht mal eine Vitrine mit Steinen oder Bohrkernen.«

Noch immer ratlos blickte er Janssen an und fuchtelte bei seinen Worten hektisch in der Luft herum.

»Wenn du zu uns ins Büro kommst, findest du die Wände vollgehängt mit geologischen Karten, seismischen Linien oder Schichtprofilen von Bohrungen, all der dämlichen *clean-desk-policy* zum Trotz. Bei dem Veenstra hing gar nichts davon an den Wänden. Null!«

Roderick lehnte sich zurück und zog die Speisekarte zu sich heran. »Wenn du mich fragst, sieht das Büro eher aus, als wenn die von Geologie und Bohren keine Ahnung haben! Aber eine riesenteure Bohranlage besitzen.«

Gedankenverloren blätterte er in der Speisekarte herum.

»Das passt irgendwie nicht zusammen.«

»Von diesen Dingen verstehe ich natürlich nichts«, entgegnete Janssen von seiner Seite des Tisches, »aber was *mich* sehr irritierte war, dass er auf deine Frage, wo sie jetzt gerade bohren, die Stelle bei den Orkney-Inseln nicht erwähnte, wo die Bohrinsel jetzt gerade ist.« Dabei blickte er noch einmal aufmerksam in sein Notizbuch.

»Er sagte doch, dass die Bohrinsel auf dem Weg zu den Shetland-Inseln ist. Vielleicht ist die ja schon von dort weggeschleppt worden«, entgegnete Roderick.

»Aber dann würdest du doch eher auf den alten Punkt

zeigen und sagen, dort waren wir, weil das viel einfacher zu erklären ist, da du diesen Punkt schon vielleicht tausendmal gezeigt hast, als umgekehrt auf der Seekarte einen völlig neuen Ort zu suchen, den du dir vorher noch nie auf der Karte angesehen hast, eben, weil sie da erst hingehen werden. Warum hat er den alten mit keinem Wort erwähnt?«

Janssen machte eine Notiz in sein Büchlein. Er wollte bei Brockmanns Kollegen Heinz nachfragen. Irgendwo im weltweiten Web fand der sicherlich etwas dazu, womit sie Veenstras Aussage überprüfen konnten.

Die Bedienung brachte zwei Toasts und zwei Tassen Kaffee zu ihrem Tisch nach draußen. Sie aßen eine Weile schweigend und genossen den sonnigen Tag und die geschäftige Atmosphäre dieser mondänen Den Haager Einkaufsstraße. Menschen mit Einkaufstüten hasteten an ihrem Tisch vorbei, Kinder schrien nach Eis, Hunde bellten, und überall schlängelten sich Radfahrer in halsbrecherischer Fahrt durch den Straßenverkehr. Roderick schauten gedankenverloren einigen vorbeigehenden Frauen in ihren sommerlichen Kleidern nach.

»Berit spricht noch ziemlich viel von dir, Willem«, sagte er plötzlich und unvermittelt und stellte dabei die Tasse mit dem Kaffee vorsichtig auf dem Tisch ab. »Ich glaube, sie ist damit noch nicht fertig.«

Janssen blickte ihn überrascht an.

»Du bist fast zwanzig Jahre jünger als ich«, entgegnete er, »da brauchst du dir bestimmt keine Gedanken über mich als Konkurrenten zu machen.« Er fühlte sich unwohl bei dem Thema. »Sie sucht doch genau das, Jugendlichkeit und Stehvermögen. Hat sie mir ja mehr als einmal vorgeworfen. Also mach‘ dir ‘mal keinen Kopf.«

Er wollte das Gespräch schnell beenden, es wühlte ihn auf, und zwar mehr als er vertragen konnte. Die, wenn auch nur wenigen, Wochen mit Berit waren das Aufregendste, was er bis dahin in seinem eher faden Sexleben erfahren hatte. Unglaubliche Dinge hatte sie eingefordert, die nur in seiner Fantasie existierten, und er hatte Momente zusammen mit ihr erlebt, wo er ohne zu Denken nur fühlen konnte und es in ihm diese Explosionen von Befriedigung und Lust gegeben hatte.

Aber gleichzeitig hatte er sich auch permanent gefordert gefühlt, es musste immer Neues versucht werden, und wenn er einmal nicht ‚konnte', gab es dieses unterschwellig vorwerfende *Ist-schon-gut-das-kann-ja-jedem-mal-passieren*, das, aus Frauenmund, einem sexuellen Todesurteil gleichkam.

Und irgendwann, in einer vermeintlich hellen Stunde in seinem verwirrten Kopf, hatte Janssen gespürt, dass die Ehe zu seiner Frau ihm die ganzen Jahre genau dieses Recht gegeben hatte, ohne Vorwürfe oder Reue, wenn es bei *ihm* nicht ging. Janssen hatte es irgendwann begriffen, und plötzlich war Sex aus dem grellen Lichtkegel herausgerückt, wo er ihn bis dahin immer gesehen hatte - kein zentrales Bedürfnis, nicht das Zentrum einer Beziehung.

Dies war *seine* Lehre aus der Affäre mit Berit. Aber als sie vor einigen Tagen überraschend vor ihm stand, waren seine Knie wieder weich geworden. Abgeschlossen hatte er damit in der Tat auch noch nicht.

»Lass' mich zahlen, Roderick, als Dank dafür, dass du mir geholfen hast! Ich muss schnell los, meine Frau wartet auf mich.«

Wenige hundert Meter von dem kleinen Café entfernt ging Ronald Veenstra, kaum, dass er die beiden Europol-Kommissare seiner Sekretärin übergeben hatte, hastig zu seinem Schreibtisch zurück, öffnete mit einem gekonnten

Griff in einer Schublade ein geheimes Fach und zog ein Mobiltelefon heraus. Er schob die Abdeckung auf der Rückseite des Gerätes beiseite, legte die SIM-Karte ein und wartete ungeduldig auf die Aktivierung. Mit feuchten Fingern tippte er eine SMS an die einzige Telefonnummer, die im Adressbuch angezeigt wurde:

Wir bekommen Schnupfen. Die Viren waren da

Dann drückte er auf *Senden*.

21
FRANKREICH

Alexandre Dumas betrachtete zum wiederholten Mal die Nachricht von Ronald Veenstra.

Wir bekommen Schnupfen. Die Viren waren da

Jahrelang hatte alles reibungslos funktioniert, aber jetzt kamen Schwierigkeiten auf, seit der nachlässige Kapitän von diesem Reeder aus Rotterdam seinen Matrosen im Meer verloren hatte. Wie auch immer die Polizei es geschafft hatte, eine Verbindung zwischen der Leiche, die sie ja offenkundig irgendwo gefunden haben mussten, und Veenstras Bohrfirma in Den Haag herzustellen - das Projekt durfte dies nicht gefährden.

Er durchsuchte die Kontakte seines Mobiltelefons nach einer Telefonnummer, dann drückte er auf *Wählen.*

»*Qui, Monsieur Dumas*?«

»Wieviel haben wir noch, das verladen werden muss?«

»Knapp zwei Tonnen, *Monsieur.*«

»Also noch eine Verladung?«

»*Oui, Monsieur!*«

Nachdenklich legte Dumas auf.

Einmal musste der Holländer also noch durchhalten. Er sollte besser ein wachsames Auge auf ihn haben.

22
HAMBURG

Als Heinz am folgenden Morgen um kurz nach sieben Uhr die Tür zum Büro mit seinem Rollstuhl aufstieß, verharrte er für einen Moment im Türrahmen in völliger Starre angesichts des Anblickes, der sich ihm bot: sein Kollege Brockmann war *vor* ihm im Büro *und* er arbeitete, wie Heinz an dem Chaos der Zettel, Papiere und Akten auf den beiden Schreibtischen zweifelsfrei erkennen konnte.

»Was ist denn hier los?«, fragte er erstaunt und ziellos in den Raum hinein, denn er konnte seinen Kollegen nirgendwo sehen.

»Heinz?«, tönte die vertraute Stimme von hinter einer der mannshohen braunen Stellwände herüber. »Ich konnte nicht mehr schlafen und bin deshalb schon etwas früher gekommen.«

»*Das* sehe ich. Was zum Teufel machst du da?«

Brockmann tauchte zwischen den zwei Pinnwänden auf. Er sah müde und blass aus.

»Ich habe die ganze Nacht wachgelegen und über das magere Ergebnis unserer Videokonferenz von letzter Woche nachgedacht. Nichts passt zusammen! Wir kommen einfach nicht weiter und es ist zum Verzweifeln, auch weil es technisch so unendlich schwierig zu verstehen ist.«

»Wir haben herausgefunden, wer der Tote war, wo er die letzten Jahre gelebt und gearbeitet hat.« Er zeigte müde mit dem Finger auf die rechte Pinwand, ohne selber hinzusehen. Einzelne Blätter Papier waren lustlos darauf geheftet, teilweise übereinander, Fotos lugten unter Zetteln hervor. »Dann wissen wir, dass er auf das Schiff kam. Aber da geht es schon los mit unserem Dilemma: wir können weder nachweisen, dass der Dampfer in der Nähe der Fundstelle war, noch dass der Tote an Bord gearbeitet hat. Unser einziger Beleg dafür, dass sich das Schiff in dem Seegebiet aufhielt, ist das Handyfoto eines anonymen *Ship-Spotters*, der behauptet, dieses Bild am dreiundzwanzigsten April aufgenommen zu haben. Wozu der Kapitän Unsinn sagt und wiederum behauptet, dass es aus dem vergangenen Jahr stammt.«

»Wir drehen uns verdammt noch mal im Kreis. Um zu Ertrinken, musste Sergej mit einem Schiff auf den Ozean vor der schottischen Küste fahren. Und seine Freundin und der Hafenarbeiter sagen, dass dies die *Winterstar Pusher* war. Aber wir können es nicht beweisen!«

Er ging zu seinem Schreibtisch herüber und ließ sich auf den Stuhl sinken.

»Also habe ich mich heute Nacht gefragt, ob wir es nicht von der falschen Warte aus betrachten. Sergej Brunisewicz ist im Atlantik ertrunken, weil er von dem Schiff gefallen war. Ok! Aber *warum* war er dort? Warum fahren die mit dem Schiff dort herum? Was war das Motiv? Und als wenn das nicht schon genug Beweisnotstand ist, können wir auch keinen Deut erklären, warum der Matrose Sergej Brunisewicz radioaktiv verseucht wurde.«

Dabei zeigte er, ohne den Kopf zu drehen, mit seinem Arm nach hinten auf die Pinnwände in seinem Rücken. »Also: *Was* haben die Illegales getan, weshalb sie sich offiziell nicht vor der schottischen Küste befanden, sondern in Holland vor Anker lagen? Ich habe das dumme, unbestimmte Gefühl, dass wir etwas Wesentliches übersehen haben. Eine Kleinigkeit vielleicht nur, aber in dem Puzzle fehlt der Zentralstein.«

Brockmann legte seinen Kopf zwischen die Hände seiner aufgestützten Arme.

Heinz Blick huschte über die Fotos und die weißen Papierzettel auf der braunen Pappe der Stellwände. Brockmann hatte zwar alles angeheftet, aber in wilder Unordnung. Der kleine Mann im Rollstuhl schaute mitleidsvoll zu seinem Kollegen hinüber, der seinen Kopf noch tiefer zwischen den Händen vergraben hatte.

»Komm, Peter, wir schauen uns das einmal *zusammen* an. Vielleicht kommen wir im Team ja weiter.«

Er rollte zu den Stellwänden.

Man müsste das chronologisch ordnen, dachte Heinz für sich, oder vielleicht thematisch gruppieren, dann könnten wir möglicherweise fehlende Details erkennen. Er versuchte, von seinem Rollstuhl aus die angepinnten Fotos zu erreichen, aber sie hingen unerreichbar hoch für ihn.

»Wir können das zusammen 'mal neu organisieren«, wiederholte Heinz, während er sich vergeblich nach den über ihm hängenden Fotos streckte. »Was hältst du davon, wenn wir es nach Themen gruppieren, oder nach der Chronologie der Ereignisse?«

Stille hinter seinem Rücken.

»Peter, ich komme da nicht an. Die Fotos hängen zu hoch. Ich brauche deine Hilfe dabei. Bitte!«, beschwerte sich Heinz lautstark.

Er hörte, wie sich Brockmann träge erhob und dann schwer atmend neben ihm erschien.

»Was möchtest du denn umgehängt haben?«, fragte er desinteressiert.

»Wir haben riesige Stellwände, lasse Sie uns nützen. Du hast alles auf eine Wand gehängt …«

»Jetzt kritisiere du auch noch an mir 'rum!«, polterte Brockmann unvermittelt los. »Alle kritisieren an mir herum! Moni meinte auch schon, dass meine Laune unerträglich sei, und dass …«

»Jetzt reicht es mir aber, Peter! Keiner kritisiert dich! Ich versuche nur, dir zu helfen und habe einen Vorschlag gemacht, der aber offenkundig noch nicht bis zu dir durchgedrungen ist. Es war keine Kritik! Also: Wollen wir *zusammen* deine gute Idee, alles auf diesen Stellwänden zu zeigen, vielleicht noch etwas optimieren, oder willst du dich in deinem Mitleid suhlen?«

Brockmann stand orientierungslos neben Heinz und starrte auf die Dokumentensammlung. Langsam sackte er in sich zusammen.

»Es tut mir leid«, entgegnete er leise.

Heinz blickte zu ihm auf. Sein Kollege sah echt scheiße aus.

»Also, Peter, ich mache nur einen Vorschlag, wenn ich frage, ob wir das Ganze nicht anders auf den Stellwänden organisieren sollten. Zusammen haben wir möglicherweise neue Ideen, verschiedene Blickwinkel. Dann erscheint vielleicht dein fehlendes Puzzlestück, wenn es denn eines gibt.«

Er schaute ihn noch einmal an. »Und danach fährst du nach Hause und redest mit Moni und bringst das wieder in Ordnung, was immer du da angerichtet hast.«

Ein Lächeln huschte über Brockmanns Gesicht.

»Ok, Heinz. Was schlägst *du* vor?«

»Vorschlag: wir gruppieren alles nach Themen. Hier die Wasserleiche und alles was es dazu gibt, dort das Schiff mit allem, was wir darüber in Erfahrung gebracht habe, dann die Firma TepCo, und so weiter. Damit verschaffen wir uns einen Überblick über das, was wir überhaupt haben. Und, ob das alles zusammenpasst.«

In der folgenden Stunde suchten sie zusammen, was sie an Unterlagen besaßen und ordneten es zu Themengruppen. Als alles fertig aufgehängt war, verharrten beide in respektvoller Entfernung vor den vollgepflasterten Stellwänden und betrachteten ihr Arbeitsergebnis.

Ganz links klebten die Fotos von der Wasserleiche, die Röntgenaufnahmen des Landarztes und der Autopsiebericht der Pathologen aus Schottland. An der Stellwand daneben hing alles zum Thema *Winterstar Pusher*: Eigentümer, Fotos vom Schiff im Hafen, das Foto von dem *Ship-Spotter* aus dem Internet sowie ein schönes, weil altes Archivfotos des Schiffes aus besseren Zeiten, zusammen mit einem Bild des Kapitäns.

Rechts daneben stand auf einem anderen Zettel ‚*TepCo*'. Darunter hingen ein Foto von Ronald Veenstra und eines von der Bohrinsel Tepco123. Darauf hatte Brockmann handschriftlich Zahlen notiert und Pfeile eingezeichnet: ‚*Höhe vom Wasser bis zum Arbeitsdeck dreißig Meter*'. Daneben stand: ‚*steht auf vier Stahlfüssen, jeweils fünfzig Meter hoch*'.

»Und wie passt diese blöde Bohrinsel dazu?«, fragte Brockmann in den leeren Raum. »Da kommt keiner ohne Fahrstuhl rauf. Die Arbeiter kommen per Hubschrauber. Wie willst du da etwas verstecken oder klauen? Und warum?«

Dann wanderte sein Blick zurück auf die Seite der Stellwand mit den Unterlagen über die Wasserleiche.

»Was sind denn das für schwarze Punkte und Flecken auf dem Foto?«, fragte er unvermittelt und zeigte mit seinem Finger auf eines der Röntgenbilder, welche der Landarzt aus Thurso gemacht hatte.

Heinz blätterte durch den Bericht der Pathologie aus Inverness, den Grisham ihnen seinerzeit zugeschickt hatte.

»Das sind die Röntgenbilder des Landarztes, der die Leiche zuerst untersucht hatte«, bemerkte er nach einer Weile wilden Blätterns in dem graugrünen Aktendeckel. »Der Bericht der Pathologen in Inverness sagt dazu weiter nichts. Die haben sandartige, kleine Steinchen und andere Brösel in den Überresten der Kleidung des Toten gefunden, wovon einige wohl radioaktiv waren. Steht so hier in der Akte.«

Brockmann kratzte sich nachdenklich am Kopf.

»Heinz, haben wir uns eigentlich schon einmal gefragt, *wodurch* jemand radioaktiv wird?«

»Wenn jemand in der Nähe einer radioaktiven Quelle stand.«

»Aber dann müssten ja alle amerikanischen Soldaten, die bei den Atombombenexplosionen zugesehen haben, ihr Leben lang radioaktiv strahlen. Tun die aber nicht!«, bemerkte Brockmann. »Also: wie wird man selber radioaktiv?«

Brockmann tippte ‚*Verstrahlung*' auf seiner Tastatur in den Computer. Die Suchmaschine listete hunderte von Einträgen, Zeitungsartikel und Videos über Atombombenversuche oder zu dem Tschernobyl-Unfall auf. Nur nach minutenlangem Scrollen durch die voyeuristische Basisinformation des Internet blieb sein Blick auf einem Aufsatz hängen, den ein Wissenschaftler über einen russischen Agenten geschrieben hatte, der in London an den Folgen einer Strahlendosis gestorben war.

Georg Henningsen, Institut für Strahlenforschung an der Universität Kiel, stand am Ende des Artikels. Brockmann druckte den Artikel aus und überflog noch einmal die Zeilen. Dann suchte er im Internet nach der Telefonnummer des Autors.

***

Professor Georg Henningsen saß hinter einem riesigen Schreibtisch, dessen unbelegte, freie Fläche trotz der Dimensionen der Schreibplatte überschaubar war. Links von ihm türmten sich Berge von Büchern auf, zu deren oberster Lage Brockmann von seinem Besucherstuhl aus aufschauen musste, und auch rechts von dem Professor verstellte eine Wand aus Papier, zu mehreren Haufen nebeneinander und voreinander aufgeschichtet, den freien Blick. Die Zimmerwände waren mit Bücherschränken vollgestellt, alle in unterschiedlichen Höhen, keines glich dem anderen. Offensichtlich waren sie mit der steigenden Anzahl der Bücher in Etappen zu dem Mobiliar hinzugekommen und eher unter dem Aspekt der Nützlichkeit als nach innenarchitektonischem Design angeschafft worden. Bücher standen dort aufrecht auf Regalböden, auf den stehenden Reihen lagen weitere, aber auch vor den Stehenden und Liegenden parkten bereits Lexika und Nachschlagewerke in zweiter und dritter Reihe.

Weitere Stapel von Papieren und dünnen Heften lagen auf den Fensterbänken. Das Zimmer des Professors war ein einziges Archiv.

Bücher füllten auch den zweiten Besucherstuhl.

»Wie gut, dass ich mir einen Sitz mitgebracht habe«, frotzelte Heinz bissig.

Brockmann hatte es mit Geschick und Diplomatie geschafft, ihren sommeranzugtragenden Chef davon zu überzeugen, diese achtzig-Kilometer-Dienstfahrt nach Kiel auch für Heinz zu genehmigen. In unregelmäßigen Abständen hatte er sich immer wieder über den Stand der Ermittlungen informiert und zur Überraschung aller insbesondere die radioaktive Verstrahlung der Leiche *‚sehr interessant‘* gefunden. Deshalb durfte Heinz zur Verstärkung mit an die Ostsee.

Der Professor blätterte aufmerksam durch die großformatigen Fotos der Wasserleiche, die Brockmann mitgebracht hatte. Gelegentlich blickte er seine Besucher über den Rand einer Brille hinweg aus freundlichen, kleinen Augen an, die in seinem großen runden Gesicht lagen wie zwei dunkle

Punkte in einem Kürbis ohne Haare.

»Hmm«, entfuhr es dem mächtigen Leib immer wieder. Mehrmals nahm er die Brille ab, um sich einzelne Fotos genauer anzusehen.

»Geht besser, wenn man stark kurzsichtig ist, dann kann man kleine Dinge besser erkennen«, erklärte er, allerdings ohne dass einer der beiden Kommissare gefragt hatte.

»Hmm«, brummte er nach einiger Zeit noch einmal.

Durch die gekippten Fenster rauschte der Verkehrslärm des Kieler Westrings ungehindert durch Henningsens Arbeitszimmer, und auch die Wärme der Sonne konnte sich ohne Behinderung durch Jalousien in dem Raum ausbreiteten. *Sehr wahrscheinlich, dass solche eher profanen Dinge des alltäglichen Lebens einen Wissenschaftler nur peripher tangierten,* dachte Brockmann.

Sein Blick ging gerade hinüber zu Heinz, als der Professor plötzlich seinen massigen Körper mit einem Ruck aus dem Stuhl hob und zielstrebig auf ein Bücherregal am gegenüberliegenden Ende des Raumes zusteuerte.

»Es ist natürlich schwer, von den Fotos auf die Ursache der Verstrahlung zu schließen«, sagte er, ohne dabei seine Gesprächspartner anzusehen. Sein Blick war auf das Regal geheftet. »Die Qualität der anatomischen Merkmale, die von dem Toten noch übriggeblieben sind, ist äußerst mangelhaft, aber ich muss wohl davon ausgehen, dass wir Besseres nicht bekommen.«

Brockmann und Heinz schauten sich fragend an.

Sekundenlang verharrte der Professor regungslos vor dem Papierchaos.

»Da ist es ja!«, jauchzte er plötzlich und zog ein dünnes Heft aus einem viellagigen Haufen farbiger Buchrücken hervor.

»Hier!«, triumphierte er und klopfte nach ein paar Sekunden des Blätterns mit seinem Zeigefinger auf eine Seite in dem Heft.

Die beiden Kommissare saßen nach wie vor am Schreibtisch. Henningsen sprach mit sich selber.

»Wenn man davon ausgeht, dass die Person sich einer Strahlenquelle, zum Beispiel einem Fass mit radioaktivem Abfall genähert oder mit dem Fass hantiert hatte und dadurch eine hohe Dosis an radioaktiver Strahlung erhalten hat, so wird von dieser Person *selber* keine Gefahr ausgehen. Eine derartig verstrahlte Person strahlt also *selber* nicht und auch das Dosimeter einer Kontaktperson, wie zum Beispiel diesem Arzt in Schottland, würde nichts anzeigen. Je nach Höhe der erhaltenen Dosis wird nur die mit dem Fass hantierende Person infolge der Strahlung mehr oder weniger selbst geschädigt. Klar soweit?«

Er blickte zum ersten Mal in die Richtung seiner beiden Gäste aus Hamburg. An einer Antwort war er aber nicht interessiert.

»Sofort sichtbare Schädigungen als Folge radioaktiver Strahlung, sogenannte deterministische Strahlenschäden«, fuhr er deshalb auch unbeirrt fort, »wie zum Beispiel eine Rötung der Haut oder eine Nekrotisierung des Gewebes oder Übelkeit und Erbrechen, würden erst nach sehr hohen Strahlendosen auftreten, wie sie nur bei einem Aufenthalt in der direkten Nähe von Atombombenexplosionen auftreten können.«

Eine kurze Pause entstand, weil der Dozent Luft holen musste. »Das können wir wohl ausschließen!«

Heinz schaute in Brockmanns Richtung. »Was können wir ausschließen?«, fragte er leise.

»Eine Atombombenexplosion als Ursache für Sergejs Verstrahlung«, raunte Brockmann zurück.

Fragend zog Heinz die Augenbrauen hoch.

»Unterhalb einer Strahlendosis von hundert Millisievert«, fuhr der Professor unbeirrt fort, »ist mit derartigen, deterministischen Schäden nicht zu rechnen. Hier spielt der sogenannte stochastische Strahlenschaden die entscheidende Rolle, also das statistische Risiko, an einen durch die Strahlung verursachten Krebs zu sterben. Und es gilt: je höher die Strahlendosis war, desto höher ist das Risiko, an Krebs zu sterben.«

Henningsen begann mit dem Heftchen in der Hand durch den Raum zu pilgern. »Aber es kann durchaus sein, dass eine Person, die hundert Millisievert erhalten hat, keinen Krebs bekommt, dafür aber eine andere Person, die nur ein Millisievert erhalten hat, schon.« Er blickte zum zweiten Mal seine Besucher an. »Alles eine Frage der Wahrscheinlichkeit und des Risikos«, konstatierte der Professor.

»Der andere hat dann eben Pech gehabt«, murmelte Heinz zu Brockmann.

Bei seinen letzten Worten näherte sich Henningsen wieder seinem Schreibtisch, nachdem er den Raum während des Vortrags mehrmals durchschritten hatte. Kleine Schweißperlen standen auf seiner Stirn. Als er an den Gästen vorbeikam, hielt er inne und schaute Brockmann plötzlich unvermittelt direkt an.

»Aber diese Person würde eben nicht selber strahlen!«, rief er aus und hielt den ausgestreckten Arm nach oben, als wenn er den Tusch einer imaginären Kapelle für seine Schlussfolgerung einforderte. Dann ging er weiter um den Schreibtisch herum, ließ sich schwerfällig in den Stuhl fallen und resümierte kurz: »Bleibt folglich nur die sogenannte Inkorporation!«

»Inkorpo… *was*?«, fragte Heinz laut.

»Inkorporation! Das bedeutet die unmittelbare, also direkte Aufnahme *in* den Körper«, maßregelte der Professor den Unwissenden mit einem stechenden Blick, »durch Schlucken, Wundverunreinigung oder Anhaftung.«

»Denken Sie zum Beispiel an den Fall des russischen Geheimagenten Litwinenko im Jahre 2006. Dem hatte man Polonium zweihundertzehn mittels einer Tasse Tee zugeführt, also eine Inkorporation durch Schlucken. Das war sehr geschickt gedacht, denn Polonium ist ein sogenannter Alpha-Strahler, bei dem die Strahlung nur eine Reichweite von einigen Millimetern in das menschliche Gewebe hinein hat. Das Polonium verabreicht der betroffenen Person selber eine lokale sehr hohe Dosis, ist aber außerhalb des Körpers nicht messbar. Ich bin mir sicher, dass die Verursacher dieser Vergiftung nicht mit der starken Wirkung gerechnet hatten, die schon wenige Wochen danach auftrat. Ich denke, man wollte mit dem Polonium erreichen, dass der russische Agent mit hoher Wahrscheinlich an Krebs stirbt, aber nach außen keine Symptome einer Verstrahlung aufweist.«

Professor Henningsen drehte sich auf seinem Stuhl zu seinen Gästen hin. »Nur war es quasi Künstlerpech, dass die Dosis doch so hoch war, dass dem Opfer nach kurzer Zeit schon die Haare ausfielen und er alle typischen Symptome der Strahlenkrankheit zeigte, wie Übelkeit und Erbrechen, und bereits wenige Wochen darauf verstarb.«

Er blätterte weiter in den Unterlagen, stutzte dann plötzlich, nahm die Brille erneut ab und drehte dann eines der dunklen Röntgenfotos des Landarztes aus Thurso zu den beiden Kommissaren hin.

»Daraus müssen wir also folgern, dass diese tote Wasserleiche …«

»Wasserleichen sind immer tot!«, murmelte Heinz.

»Psst!«, fauchte Brockmann.

»… nur mittels Inkorporation oder durch unmittelbaren, direkten Hautkontakt mit dem strahlenden Material selber zur Strahlenquelle wurde. So wie die Röntgenfotos von der Leiche das ja auch sehr schön zeigen!«

Die beiden Kommissare schauten zuerst sich, dann den Professor und das Foto fragend an.

»Was zeigen die?«

Jetzt blickte Henningsen etwas ungläubig aus seinen kleinen Augen auf die Besucher.

»Na, die Inkorporation! Die Röntgenfotos zeigen sehr klar eine Unmenge kleiner Anomalien. Hier, alle diese schwarzen Punkte hier!«

Er beugte sich vor und legte den beiden das Röntgenfoto auf den Tisch. Mit seinem dicken Finger deutete er auf die schwarzen Punkte auf dem Bild.

»Einige radioaktive Isotope sind sogenannte Gammastrahler, und Gammastrahlung ist physikalisch identisch mit Röntgenstrahlung. Röntgenaufnahmen werden dadurch zusätzlich belichtet, was man natürlich in Anführungsstriche setzen muss, weil es ja mit Licht nichts zu tun hat. Wenn sich auf oder in der Wasserleiche also beispielsweise Cäsium Einhundertsiebenunddreißig oder Strontium Neunzig befunden haben, wäre ein späteres Röntgenbild so einer Leiche als Folge der Gammastrahlung dieser Substanzen an einigen Stellen zusätzlich belichtet worden, also überbelichtet, was im Falle einer Röntgenaufnahme dunkle Flecken oder schwarze Punkte ergäbe.«

»Genau so, wie es auf diesen Röntgenaufnahmen zu erkennen ist. Die kennen sie doch? Und das Dosimeter einer anderen Person, wie zum Beispiel das des Arztes, der die Leiche untersucht hat, würde diese Strahlung ebenfalls anzeigen. Das würde die Verstrahlung des Arztes, von der sie mir erzählten, erklären«, fügte er noch hinzu.

Wie ein Schuljunge hob Brockmann den Arm, um sich zu melden.

»Und wie kommen solche radioaktiven Teile an die Wasserleiche, wenn im Umkreis von tausend Seemeilen nichts ist, was radioaktives Material aussendet, das man essen oder anfassen kann?«, unterbrach er vorsichtig.

»Das kann ich ihnen nicht beantworten, man müsste …«

In diesem Augenblick öffnete sich am entfernten anderen Ende des Zimmers quietschend eine Türe und ein Frauenkopf kam in dem Türspalt zum Vorschein.

»Herr Professor, in fünf Minuten beginnt ihre Vorlesung!«, unterbrach sie schüchtern und mit leiser Stimme.

Henningsen stutzte. »Ach Herrje, das hatte ich ja völlig vergessen!«

Er arbeitete sich umständlich wieder aus seinem Stuhl heraus, griff anscheinend wahllos nach einigen Unterlagen auf dem Schreibtisch und stürmte an seinen Gästen vorbei in Richtung auf die halbgeöffnete Tür.

»Sie entschuldigen mich, meinen Herren. Sie wissen ja: die Pflicht!«

»Was bedeutet das denn nun für unsere strahlende Wasserleiche?«, rief ihm Heinz hinterher.

Der Professor war schon fast durch die Tür hinaus, als er seinen Kopf noch einmal zurückdrehte.

»Der Mann muss dieses radioaktive Material bei sich getragen haben, wodurch es später in seine Wunden eindringen konnte. Anders kann man die von dem Toten selber ausgehende Strahlung nicht erklären.«

Dann verschwand der mächtige Glatzkopf.

Als Heinz und Brockmann einige Minuten später wieder in ihrem Auto saßen, schüttelte Brockmann den Kopf, während er das Auto startete. »Sergej muss diese radioaktiven Stoffe *bei sich* getragen haben. Er war also nicht nur in Nähe davon, sondern sozusagen mitten drin.«

»Aber wenn es Sergej absichtlich getan hat, dann widerfuhr ihm selber wiederum kein Verbrechen! Er wurde sozusagen freiwillig radioaktiv«, stellte Heinz fest. Er erschauderte wie aus Ekel über ein ungenießbares Essen. »Aber kein Mensch fasst doch so etwas freiwillig an!«

Brockmann schaute seinen Kollegen an. »Aber wenn du nicht weißt, was du anfasst?«

»Also müssen wir Jack fragen, ob die noch Etwas von diesen Bröseln haben, damit man das untersuchen kann.«

Zurück im Büro in Hamburg schickte Brockmann die Anfrage nach Schottland. Grishams Antwort kam eine Stunde später:

An: Peter Brockmann
Von: Jack Grisham
Cc: Willem Janssen, Heinz Grabowski

Datum: Mittwoch 20.6., 10:59
Betr.: AW: Kriminaltechnische Untersuchung der Leiche
Anlage: KTU_Bericht_30042015.pdf

Peter,

wie du in dem angehängten Bericht unserer KTU (s.o.) lesen kannst, sind in der Kleidung des Toten aus Thurso Unmengen von Sand, Brösel aller Art und Glassplitter gefunden worden. Der Overall als Ganzes ist strahlend und liegt in einem speziellen Behälter, um entsorgt zu werden. Da kommt niemand mehr heran. Genauere Untersuchungen von dem Sand oder den Bröseln gab es nicht, weil sie definitiv nicht der Grund für den Tod sind.
Leider habe ich an zwei Fällen zu arbeiten, die mich stark beschäftigt halten, und mein Chef lässt mich nicht aus den Augen, wohl weil er ahnt, dass ich den Fall dieser Wasserleiche entgegen seiner Anweisung doch noch nicht „beerdigt" habe.
Grüße zurück aus einem verregneten, kühlen Inverness

Jack Grisham
Detective Chief Inspector, Police Inverness

»Wir haben uns weder diese Röntgenaufnahmen von dem Arzt noch den Bericht der KTU jemals richtig angesehen«, folgerte Brockmann, nachdem er die E-Mail gelesen und den Bericht noch einmal gründlich studiert hatte. Verärgert über die eigenen Versäumnisse schrieb er deshalb postwendend an Grisham zurück:

An: Jack Grisham
Von: Peter Brockmann
Cc: Willem Janssen, Heinz Grabowski

Datum: Mittwoch 20.6., 11:27
Betr.: AW: AW: Kriminaltechnische Untersuchung der Leiche
Anlage: KTU_Bericht_30042015.pdf

Jack,

Es tut mir leid, wenn ich noch einmal auf diese Brösel oder Sandkörner zurückkommen muss. In dem Bericht, den du uns noch einmal geschickt hast, sind die Röntgenaufnahmen von dem Landarzt, auf denen eine Unzahl dunkler Punkte und größerer Flecken zu erkennen sind, nicht weiter diskutiert worden.
Heinz und mir sind diese Punkte und Flecken aufgefallen, und wir haben vorhin mit einem Strahlungsexperten gesprochen, der meinte, dass eine derartige Überbelichtung nur von radioaktiven Körnern ausgelöst wird, die selber sehr starke sogenannte Gammastrahler sind. Daher denken wir hier in Hamburg, dass es wichtig wäre, diese Körner einmal richtig zu untersuchen, um ihre Zusammensetzung zu bestimmen.

Kannst du das nicht doch irgendwie bewerkstelligen?

Gruß
Peter

Nach einer Weile ließ das E-Mailprogramm von Brockmanns Computer mit dem bekannten Piepton vernehmen, dass eine weitere Nachricht eingegangen war:

An: Peter Brockmann
Von: Jack Grisham
Cc: Willem Janssen, Heinz Grabowski

Datum: Mittwoch 20.6., 11:51
Betr.: AW: AW: AW: Kriminaltechnische Untersuchung der Leiche
Anlage: KTU_Bericht_30042015.pdf

Peter,

Bei uns ist der Fall ja offiziell erledigt, ich kann also unsere KTU nicht damit belasten, ohne begründen zu müssen, warum und wofür sie das bearbeiten sollen.
Aber ich kenne jemanden, der im mineralogischen Institut der Universität von Edinburgh arbeitet. Das liegt nur einen Steinwurf von meinem Büro entfernt. Den werde ich gleich anrufen und fragen, ob er sich diese Brösel-Sammlung ansehen kann - auf freundschaftlicher Basis. Wir haben ja hier eine Stunde Vorsprung vor Euch, so gewinnen wir etwas Zeit.
Ich melde mich, wenn ich mehr weiß.

Gruß

Jack Grisham

Der Nachmittag floss zäh und träge dahin. Beide, Brockmann und sein Kollege, lasen sich zum wiederholten Mal durch die Unterlagen, die sie über die vergangenen vier Wochen angesammelt hatten. Sie ordneten die Fotos, Dokumente und Berichte auf den Stellwänden neu, verwarfen diese Neuordnung wieder, versuchten es auf andere Art und Weise und kamen doch wieder zur Ausgangsfrage zurück, der auf der linken Stellwand deutlich in Form großformatiger Fotos dargestellt war: eine Wasserleiche, die vorher mit etwas Radioaktivem in Kontakt gekommen war. Und dieser Kontakt musste auf dem Schiff geschehen sein, dessen Foto auf der mittleren Stellwand prangte. Die Frage blieb aber bestehen: wie war das geschehen?

Es war fast Feierabend, als ein erneuter Piepton aus dem

Computer die beiden aus ihrer aufkommenden Lethargie riss.

An: Peter Brockmann
Von: Jack Grisham
Cc: Willem Janssen, Heinz Grabowski

Datum: Mittwoch 20.6., 17:09
Betr.: strahlende Reste in Sergejs Kleidung
Anlage: Bericht_für_Jack.docx

Peter, Willem,

mein Freund und Jagdkollege Rupert O'Reilly ist Mineraloge und forscht am Mineralogischen Institut der Universität von Edinburgh. Er war so nett, sich die Proben anzusehen. In der Anlage ist sein kurzer Bericht.

Wie ihr lesen könnt, handelt es sich bei einem Teil der Brösel um Bruchstücke einer glasartigen Substanz (es ist nicht alles Sand). Nach Richards Untersuchungen sind das sehr sicher nicht radioaktive *Minerale*, die in der Natur vorkommen könnten, sondern es handelt sich dabei um eine Substanz, die einem Schmelzprozess entstammt. Das kann ein Mineraloge offenbar sehr klar erkennen. Diese Substanz ist später in die vielen kleinen scharfkantigen Splitter zerbrochen, die in der Kleidung des Toten gefunden wurden. Diese glasartigen Bruchstücke sind stark radioaktiv.
O'Reilly schlussfolgerte, dass diese Bruchstückchen einmal Teile viel größerer Stücke gewesen sind, und dass unser Toter diese stark radioaktiv strahlenden Teile aufgenommen haben muss und einen Teil davon wohl in seinen Hosentaschen getragen hatte. Deshalb auch die Verbrennungen an den Händen und in der Beckengegend, so O'Reilly, nachdem ich ihm den Bericht der KTU gezeigt hatte.
Also: Diese radioaktiv strahlende Substanz (was immer es war) wurde auf dem Schiff transportiert, und der Tote hat sie angefasst. Wie heute Morgen schon erwähnt, habe ich leider an zwei Fällen zu arbeiten, die mich stark beschäftigt halten, aber lass uns (auch Willem) darüber in den kommenden Tagen per Videokonferenz sprechen.

Jack Grisham
Detective Chief Inspector, Police Inverness

Brockmanns klatschte vor Freude in die Hände. *Das* war das Puzzleteil, das sie übersehen hatten!

23

»Opa, Opa, guck' was iis 'baut hab'!« empfing ihn der zweijährige Enkel und hielt stolz einen bunten Haufen wirr zusammengesetzter Legosteine hoch, während er mit der freien Hand seine schnodderige Nase abwischte.

»Das ist ja eine tolle Rakete«, versuchte Brockmann das Gebilde zu beschreiben.

»Ein Auto, Opa!«, beschwerte sich der Kleine und hielt mit bösem Blick wie zur Bestätigung das Legogebilde noch etwas höher.

Am gegenüberliegenden Ende des Hausflurs hörte Brockmann eine sonore männliche Stimme und sein Herz machte einen Sprung. Er bahnte sich einen Weg über Kleidungsstücke, Bobbycars und Bauklötze hin zur Küche.

»Guten Abend Thomas, schön dich zu sehen!«, freute sich Brockmann, als er die Küche betrat und den älteren seiner beiden Söhne am Tisch sitzen sah. Thomas erhob sich und drückte seinen Vater in der distanzierten Manier eines Dreißigjährigen.

»Hi Dad!«

Moni stand am Herd vor einer Reihe dampfender Kochtöpfe und hielt Brockmann eine Wange zum Kuss hin. Legosteine pflasterten den Weg zu seiner Frau, und der Fußboden der kleinen Küche war übersät mit Spielzeug jeder Größe und Art.

»Mama erzählte, dass du gestern in der Ostseemetropole Kiel warst?«

»Ja, bei einem sehr interessanten Professor in einem Ambiente, das dem in dieser Küche hier sehr nahekommt«, lachte Brockmann.

»Wir räumen gleich auf«, entschuldigte sich Thomas, »aber die Zwei schaffen es in Sekunden, den gesamten Inhalt ihrer Spielzeugkoffer auf dem Boden zu verteilen und damit jede Wohnung im Nu in ein Chaos zu verwandeln.«

Im Wohnzimmer hörte Brockmann Fritz, den älteren seiner beiden Enkelkinder, lautstark spielen.

»Das ist schon ok«, grinste er Thomas an, »ihr wart keinen Deut besser. Komm, ich helfe dir beim Aufräumen, damit die Mama ungehindert ihren Küchendienst vollenden kann.«

»Ich werfe gleich die Kartoffeln nach euch Machos«, beschwerte sich Moni. Es war immer noch herrlich warm draußen und sie trug einen kurzen Rock und eine weite Bluse, die er noch nicht kannte. Ihre nackten langen Beine unter der Schürze sahen sexy aus.

»Schick siehst du aus, Moni.«

Sie streckte ihm die Zunge raus.

Brockmann setzte sich zu Thomas auf den harten Fußboden und beide begannen gemeinsam, den flächendeckenden Teppich aus Duplo, Legosteine und anderem Spielzeug in den Karton zwischen ihnen zu laden.

»Sag mal Thomas, auch wenn du Ingenieur bist, aber was tun die eigentlich mit den Brennstäben aus unseren Atomkraftwerken, wenn die alt und verbraucht sind?«

Thomas schaute ihn verblüfft an und zog die Augenbrauen hoch.

»Sag mal Dad, auch wenn du nur Polizist bist, aber welche Art Zeitungen liest du eigentlich den ganzen Tag? Die Presse war voll davon. Gorleben, Wackersdorf, alte Atommeiler, Castorbehälter! Klingelt da irgendetwas?«

»Ich …«, hob Brockmann an, aber der Junior fuhr schon in versöhnlicherem Ton fort: »Die ausgedienten Brennstäbe aus den deutschen Atomkraftwerken wurden jahrzehntelang in den Wiederaufbereitungsanlagen in Frankreich und England eingelagert und dort für eine Endlagerung vorbereitet. Man nennt das Konditionieren.«

Thomas hievte eine Ladung Legosteine in die Kiste, die unter ohrenbetäubendem Lärm auf die bereits darin befindlichen Plastiksteine und Metallautos fielen.

»Und dieser aufbereitete, nukleare Abfall kommt dann in diesen Castorbehältern wieder zu uns zurück, denn seit Anfang des Jahrtausends ist es den Atomkraftwerksbetreibern nicht mehr gestattet, die Wiederaufbereitungsanlagen als Zwischenlager zu benutzen.«

Eine weitere Ladung Lego wurde lautstark in dem Karton abgeladen.

»Also gehen die abgebrannten Brennstäbe aus deutschen Kernkraftwerken nach Frankreich, werden dort ...«

»Nee, Dad, seit einiger Zeit dürfen die das eben nicht mehr. Seitdem türmen sich die alten Brennstäbe in den Abklingbecken der deutschen Atommeiler und warten hier in Deutschland auf ihr Endlager«, unterbrach Thomas seinen Vater.

»Aber dann wird das ja immer voller dort, in den Atomkraftwerken, meine ich«, folgerte Brockmann. »Und wohin bringen die das, wenn es da *ganz* voll ist?«

»Eine gute Frage. Stelle die doch mal deinen Polizeipräsidenten bei eurer nächsten Einsatzplanung für die Begleitung der Castortransporte.«

Thomas Augen glühten ihn an.

»Ich bin bei der Kriminalpolizei, Thomas, das ist eine andere Sparte«, entschuldigte sich Brockmann.

Das Verhältnis zu seinem älteren Sohn war immer schon schwierig gewesen, aber nach Monis Trennung von Brockmann war es vollends zerbrochen und erst nach ihrer Rückkehr zu ihm dank des mütterlichen Geschicks in diese einigermaßen haltbare Form gekommen. Seitdem waren alle Seiten bemüht, das fragile Beziehungsgebäude nicht übermäßig zu belasten.

Brockmann griff in den Karton und wühlte in den Legosteinen. Er fand nach kurzer Zeit, was er suchte und platzierte eine Handvoll großer Duplosteine auf dem Fußboden.

»Also nur mal zu Illustration für mich: Das sind die Atomkraftwerke in Deutschland, und die produzieren, oder korrekter: produzierten ...«, wobei er wieder in die Kiste griff und eine weitere Handvoll, dieses Mal sehr kleiner, Legosteine herausfingerte, »… diese kleinen Einer-Steine, die jetzt mal die abgebrannten Brennstäbe darstellen.«

Die kleinen Steine streute er neben die Duplosteine, eine Handvoll neben jeden großen rechteckigen Stein.

»Über die Jahre kamen da ja einige zusammen. Die wurden also nach Frankreich geschafft ...«

»Nach La Hague, um ganz genau zu sein«, unterbrach Thomas.

»Genau, nach Den Haag also ....«

»Nicht *'Den Haag'*, Dad. Das ist die Regierungsstadt in den Niederlanden.« Thomas rollte mit den Augen. »LA AAG! Das liegt in Frankreich auf der Halbinsel Cotentin in der Normandie in der Nähe des Ärmelkanals. Da kamen die Dinger hin!« Dabei zog er eine rechteckige, dünne, graue Legoplatte aus dem Karton, die den Kindern immer als Fundament für ihre gigantischen Gebäude gedient hatte, und verteilte die Duplosteine auf der einen Seite der großen Platte und schob einen Teil der kleinen Steine an den entgegengesetzten Rand der Platte.

»Die Platte symbolisiert jetzt mal das europäische Festland. Daneben liegt England. Hier!« Er zeigte mit dem Finger neben die Platte. »Der Rest ist Nordsee, also Wasser.«

Der Haufen der kleinen Legosteine am Rand des europäischen Festlandes war beachtlich.

»In La Hague werden Brennelemente aufbereitet. Aber dann kommen die wieder zurück.« Er schob die Steine wieder zurück auf die Seite mit den Atomkraft-Duplosteinen. »Die Menge wird etwas kleiner, weil der Abfall zusammengeschmolzen wird. Aber dadurch wird der nur noch strahlender!«

Brockmann musterte die Legosteine auf der Platte. »Und das Ganze geht dann nach Gorleben ins Endlager.« Er schob die kleinen Legosteine zusammen und alle gemeinsam in eine andere Ecke der Platte. »Hierhin!« konstatierte er, »und dann ist das weg!«

Thomas schaute ihn ungläubig an.

»Dad, wo hast du eigentlich die letzten zehn Jahre gelebt? Hier in Deutschland zumindest nicht. Das mit dem Endlager ist doch genau das Problem! Gorleben ist nur ein *Zwischenlager*. Unsere Steinchen werden auch dort nur zwischengeparkt, genauso wie in den Abklingbecken in den Atomkraftwerken. In den Wasserbecken können sie zwar gefahrlos lagern, weil Wasser sehr gut abschirmt, aber die Menge wird sozusagen täglich größer, weil ja weiter Atomstrom produziert wird, und irgendwann ist der Lagerplatz eben voll.«

»Hmmm«, knurrte Brockmann. »Und warum schmeißen die das dann nicht einfach ins Meer, wenn das Wasser doch so gut abschirmt?« Er zeigte dabei auf den Rand der Europa-Legoplatte. »Hier! In die Nordsee!«

Thomas zuckte zusammen.

»Vadder! Das ist jetzt nicht dein Ernst, oder? Das Zeug ist stark radioaktiv, das kann man nicht einfach wegwerfen!« Er rollte zum wiederholten Male mit seinen Augen und seufzte laut.

»Hat man aber leider in der Tat gemacht, deine bescheuerte Idee ist also nicht einmal neu. Bis Anfang der Achtziger Jahre haben die Fässer mit nuklearem Abfall wirklich einfach in der Nordsee verklappt. Liegen heute noch da. Aber irgendwann werden die durchgerostet sein und dann wird der Inhalt mit der Strömung in der Nordsee verteilt.«

»Wieso geht denn nicht schon heute Strahlung davon aus?« fragte Brockmann.

»Weil Wasser, wie bereits gesagt, eine stark abschirmende Wirkung hat und radioaktive Strahlung zurückhält. Du kannst zum Beispiel gefahrlos am offenen Reaktorbehälter stehen, wenn die Brennstäbe während einer Kraftwerksrevision ausgebaut werden. Da kommt keine Reststrahlung raus, weil das Wasser diese zurückhält. Infolge der Strahlung schimmert es bläulich. Sieht eigentlich sogar ganz schön aus. Man nennt das den Tscherenkow-Effekt«, schloss Thomas.

»Im Wasser kann die Strahlung also keinen Schaden anrichten?«, wollte Brockmann wissen.

»Genau. Warum das der Fall ist, weiß ich nicht, da müsstest du einen Physiker fragen. Ich bin ja nur Ingenieur!«, frotzelte sein Sohn. »Nur: wenn die Fässer durchrosten, wird der feste Inhalt natürlich herausgespült und mit dem Meerwasser verteilt. Besondere Gefahr geht dabei von sogenannten Nukliden aus ...«

»... wie zum Beispiel Strontium und Cäsium einhundertirgend'was ...«, hakte Brockmann ein.

»Wow! Woher weißt du das denn?« Thomas schaute seinen Vater sichtlich erstaunt an und sein Blick wurde milder. »Ich bin beeindruckt! Genau diese beiden speziellen Nuklide sind sogenannte Gammastrahler, und Gammastrahlung zerstört Gewebe und verändert Genmaterial über größere Entfernung als alle anderen Isotopen. Diese Nuklide werden also von der Meeresströmung aus den kaputten Fässern gespült und im Wasser verteilt, dann von Fischen und Muscheln aufgenommen oder im Sediment auf dem Meeresboden abgelagert, das dann wiederum von Würmern und anderen Organismen verdaut wird. Diese werden gefressen, die Fische von Menschen gefangen und gegessen. So gelangt das radioaktive Zeug in die Nahrungskette.«

Thomas atmete hörbar aus. Während seines kleinen Vortrages hatte er viele kleine Legosteine aus dem Karton genommen und weitflächig entlang des Randes der Europa-Legoplatte verteilt. Rote, gelbe und schwarze Steine lagen auf dem Fußboden herum. Auch die graue Platte war vollgeladen mit einigen großen und sehr vielen kleinen Steinen.

Eine Pause entstand.

»Sagt mal Männer, ihr wolltet doch aufräumen? Habt ihr überhaupt schon angefangen?« Moni stand drohend über ihnen und blickte die beiden aus stechenden Augen empört an. »Wir wollen in fünf Minuten essen, aber momentan sieht es ja schlimmer als vorher, als Elias und Fritz hier gespielt haben!«

Brockmann betrachtet die graue Legoplatte, dann wanderte sein Blick zu Thomas. Beide grinsten.

»Danke für die Lehrstunde, Herr Ingenieur«, sagte Brockmann zu seinem Sohn. Dann schaute er nach oben zu Moni. »Vater-Sohn-Gespräch, Moni. Wir beeilen uns schon.«

Es roch wunderbar nach Essen. In Windeseile sammelten sie die 'Atomkraftwerke' und ihre 'Brennelemente' zusammen und schütteten sie geräuschvoll wieder in den großen Karton.

Das sind eine Menge Brennelemente von den wenigen Atomkraftwerken, dachte Brockmann. *Aber wo zum Teufel bleiben die, wenn es immer noch kein Endlager gibt?*

24

In seiner ellenlangen Liste der ungelesenen Mails fand Brockmann am nächsten Morgen auch Jack Grishams Bitte um ein unverzügliches Video-Treffen. ‚*Very Important!*‘ stand in der Kopfzeile der elektronischen Nachricht.

Der Schotte war aufgrund der Zeitverschiebung zwischen Schottland und dem Kontinent sogar bereits eine Stunde früher ins Büro gefahren, nur, um seine Kollegen in Holland und Hamburg so früh wie möglich sprechen zu können.

Kaum, dass einige Minuten später alle Gesichter auf den Bildschirmen erschienen waren, ergriff Grisham, sichtlich aufgeregt und mit gerötetem Gesicht, das Wort.

»Ihr habt ja meine E-Mail gelesen, die ich euch gestern geschickt hatte. Wegen der kleinen Brösel, meine ich«, begann er hibbelig. »Ich selber hatte diese Dinger völlig vergessen. Und noch einmal zusammengefasst für alle ist das Ergebnis von Richards Untersuchung, also von meinem Freund an der Uni, ganz eindeutig: diese kleinen Stückchen entstammen einem Schmelzprozess, wurden von Menschenhand gefertigt und sind stark radioaktiv!«

Dann rückte er sich in seinem Sitz zurecht und holte tief Luft.

»Aber jetzt kommt es! Richard hatte sich diese glasartigen Stücke gestern wohl noch einmal genauer angesehen und eine Isotopenuntersuchung an dem Material gemacht. Also eine Methode, mit der man die chemische Zusammensetzung bestimmen kann. Und wisst ihr, was dabei herauskam?«

Stille, keiner bewegte sich.

Grisham rückte dichter an die Kamera seines Videosystems heran, sodass seine Nase noch größer erschien als sie ohnehin schon war.

»Hauptbestandteil dieser Brösel ist Borosilikat, eine Art

Glas, das aber in *dieser* Zusammensetzung in der Natur nicht vorkommt. Eingebettet in dieses Glas fand er Oxide von Uran, Plutonium und Thorium, sowie Cäsium und insbesondere Kobalt. Kobalt sechzig, um ganz genau zu sein. Und das ist insofern besonders, weil dies ein synthetisches Isotop ist, das ebenfalls in der Natur nicht vorkommen.«

Ein Raunen ging durch alle Mikrofone der Videokonferenz. Und mit den Worten *‚Und jetzt kommt der absolute Hammer'*, meldete Grisham sein Finale an. »Da fragt mich Richard doch gerade heraus, aus welcher Wiederaufbereitungsanlage wir denn dieses Zeug geklaut hätten!«

Die darauffolgende Stille war erdrückend. Sie dämpfte alle Geräusche in jedem der Räume, die hunderte von Kilometern voneinander entfernt lagen.

»Sollte das ein Witz sein?«, murmelte Brockmann wohl eher zu sich selber.

»Richard fragte mich so etwas Ähnliches auch. Er fragte, ob ich ihn verschaukeln wolle mit der Untersuchung. Diese Probe sei absolut eindeutig das Produkt einer Verschmelzung hochradioaktiven Mülls in einem Glasgefäß, technisch ‚Glaskokille' genannt. Alle Elemente darin sind künstlich hergestellt und entstehen nur in dem Schmelzprozess einer Wiederaufbereitungsanlage.«

Der Schotte schaute einige Sekunden erwartungsvoll ins Bild und fuhr dann langsamer fort: »Es ist damit eindeutig, was es ist, und es ist auch eindeutig, woher es kommt!«

Die anderen drei hörten ihn bei diesen Worten auf seiner Tastatur herumklackern, und Sekunden später kam für alle sichtbar eine Google-Karte als kleines Fenster auf die Bildschirme.

»Hier sind zwei Sterne auf der Karte: die Wiederaufbereitungsanlagen von La Hague in Frankreich oder Sellafield an der englischen Westküste. Da kommt das Zeug her. Ohne

Zweifel, sagte Richard!«

»Das glaube ich jetzt nicht«, raunte Janssen auf seiner Seite der Videokonferenz in sein Mikrofon. »Das bedeutet also, dass die mit dem Schiff radioaktives Material aus einer Wiederaufbereitungsanlage transportiert haben, welches der Matrose Sergej Brunisewicz dann, aus welchem Grund auch immer, angefasst hat. Was auch seine Verstrahlung erklärt.«

Eine kurze Pause entstand, in der alle das Gesagte verdauen mussten.

In diese Stille meldete sich Heinz zu Wort: »Das passt mit dem Ergebnis meiner Recherche über der Fahrtroute zusammen, welche die *Winterstar Pusher* Ende April wirklich gemacht hat, als sie angeblich vor Rotterdam auf Reede lag.«

Schnell lud er noch einmal die Karte auf die Bildschirme, die er vor einer Woche bereits gezeigt hatte.

»Ihr erinnert euch an diese Karte. Unsere Trackingdaten der *Winterstar Pusher* sind ja sehr unvollständig und lückenhaft, wie wir ja schon letzte Woche diskutiert haben, weil das *AIS*-Signal eben immer wieder ausgeschaltet wurde. Aber vor dem Hintergrund, den der Mineraloge jetzt geliefert hat, macht der Abstecher nach Süden Sinn«, schlussfolgerte Heinz triumphierend, »weil es deutlich wird, dass die nach La Hague in der Normandie gefahren sind. Dort haben sie das radioaktive Zeug abgeholt!«

Stille vor den Bildschirmen. Janssen in Den Haag und John Grisham in Schottland betrachteten zeitgleich die bunte Seekarte, die Heinz ihnen auf ihre Computer übertragen hatte.

»Also haben die es transportiert!«, folgerte Janssen noch einmal.

»… und der Matrose hatte es angefasst!«, fügte Brockmann dazu.

Eine Pause entstand.

»Und wo ist die Ladung jetzt?«, fragte Janssen. »Das Foto des Schiffes, das dieser *Ship-Spotter* vor den Inseln da oben gemacht hat, zeigt doch deutlich, dass das Deck leer ist. Da stand nichts drauf!«

»Sehr sicher transportieren die das in einer Luke irgendwo unter Deck.«

Brockmann richtete sich in seinem Stuhl auf. »Dieses radioaktive Material, das Sergej angefasst hat und das ihn verstrahlte, hat möglicherweise Spuren auf dem Schiff hinterlassen, egal wo und wie sie es transportiert haben. Vage Möglichkeit, aber vielleicht können wir das Schiff noch einmal aufsuchen, unter einem Vorwand raufgehen und einen Geigerzähler mitnehmen. Moderne Geräte sind klein, die kann man in eine Jackentasche stecken. Das gäbe uns die Gewissheit, dass wir wenigstens mit der Vermutung richtigliegen und mit diesem Schiff wirklich eine radioaktiv strahlende Fracht transportiert wurde. Aber das Hauptproblem, welches wir ja immer noch haben, bleibt, nämlich, dass wir nicht beweisen können, dass Sergej auch wirklich auf dem Schiff war.«

»Wir brauchen also einen Grund, um auf das Schiff zu kommen, irgendetwas, was man dem Kapitän erzählen kann, um an Bord gehen und ein bisschen herumschnüffeln zu dürfen. Vielleicht können wir dann sogar die Kabine des Matrosen untersuchen und mit Glück eine DNA-fähige Probe finden. Hat jemand irgendeine Idee?«

Janssen rutschte verlegen vor seinem Bildschirm herum. Dann presste er fast unwillig heraus: »Ist ok, ich übernehme das! Ich kann da etwas organisieren. So einen Geigenzähler brauche ich noch, aber das kann ja nicht so schwierig sein.«

»Bei jedem Elektrohändler, denke ich ‘mal, oder im Internet«, warf Brockmann ein.

25
RÜCKBLICK:
Einige Jahre Zuvor

Alexandre Dumas lehnte sich langsam in dem schwarzen Konferenzsessel zurück, um auf die Reaktion der fünf Herren zu warten, die vor ihm um den schlichtschwarzen Tisch verteilt saßen. Die Luft in dem kleinen Nebenraum seiner Hotelsuite war stickig, es roch nach Männerschweiß und Rauch aus ungezählten Zigaretten, deren Reste in überfüllten Aschenbechern von einer bereits langen Gesprächsrunde zeugten, und selbst der rötliche Schimmer des späten Tageslichts, welches müde durch breite Glasfenster in das zweckmäßig eingerichtete Zimmer fiel, konnte nicht über die angespannte Atmosphäre der Runde hinwegtäuschen.

Es war still in dem kleinen Raum, nur das leise Summen eines Beamers war zu hören, in dessen hellen Lichtkegel winzige Staubflocken hektisch umhertanzten.

Vier von Dumas fünf Gästen an dem runden Tisch waren die Topmanager der Energiekonzerne, die Atomkraftwerke in Deutschland betrieben. Links von ihm saß, hochgewachsen und mit aufgekrempelten Hemdsärmeln, Philipp Werkeling von FREON-ENERGIE, Chef des größten deutschen Energieversorgers, rechts neben Dumas hatte Dr. Georg Dürr, Vorstand des Stromriesen PUC-STROM, Platz genommen, dessen gewaltiger Bauch selbst das Jackett darüber noch spannte. Dumas gegenüber saßen Hans-Jörg Schellis von dem vergleichsweise kleinen AKW-Betreiber SÜDWEST-ENERGIE sowie Sven Skjölberg, Chef des schwedischen Energieriesen WASSERFLUSS, die ebenfalls Atomkraftwerke in Deutschland betrieben. Skjölbergs Hemd zeigte unter den Achseln schon große dunkle Schweißflecken, obwohl er die oberen Knöpfe geöffnet und die Krawatte bereits vor einigen

Stunden schon neben sich über die Armlehne seines Stuhls gehängt hatte.

Der fünfte Teilnehmer in der Runde war ein eher unscheinbarer, gedrungener Mann in einem schlechtsitzenden dunklen Anzug, der seine wenigen Haare akkurat von einer Seite seines rundlichen Kopfes über seine Glatze gezogen hatte. Er schwitze sehbar und rutschte unruhig auf dem für ihn viel zu großen Stuhl herum, während seine kleinen wässrigen Augen immer wieder gehetzt von einem Teilnehmer zum anderen wanderten. Martin Weisskorn war als Staatssekretär des deutschen Wirtschaftsministers eingeladen worden und unter einem großen Hut verborgen durch den Hintereingang des Hotels zu dieser Runde gestoßen. Vor ihm auf dem Tisch lag ein abhörsicheres Mobiltelefon, welches seinem Minister die indirekte Teilnahme an diesem Gespräch gewährleistete.

Dumas selber war der Chef der Wiederaufbereitungsfabrik für nukleare Abfälle im französischen La Hague, und saß, großgewachsen, sonnengebräunt und mit vollem, graumeliertem Haar, diesem Kreis quasi vor.

Die an dem Tisch unter seiner Ägide versammelte Männerrunde war seit Stunden schon konzentriert auf der Suche nach einer Lösung, denn alle vier Energiekonzerne trieb ein ausgewachsenes, gemeinsames Problem: Jahrzehntelang hatten sie goldene Zeiten durchlebt und traumhafte Gewinne mit der Erzeugung von Strom aus Atomkraft erzielt, aber seit geraumer Zeit verdunkelten schwere schwarze Wolken die gewinnbringenden Aussichten dieses Geschäftsbereiches, weil sich das *Wegschaffen* der ausgedienten, radioaktiv strahlenden Brennstäbe immer mehr zu einem Hemmnis für ihr einträgliches Stromgeschäft verdichtet hatte.

Das war zu Beginn der kommerziellen Atom-Ära Anfang der siebziger Jahre deutlich anders und einfacher gewesen.

Damals transportierten die Stromkonzerne, in Ermangelung eines Endlagers in Deutschland, die ausgedienten Brennstäbe aus den Atomkraftwerke einfach in das französische La Hague in die Normandie oder nach Sellafield in England, wo die radioaktiven Stäbe zwar für die Wiederverwendung aufbereitet oder für eine Endlagerung konditioniert werden konnten, aber eben auch, und das war der eigentliche Vorteil, zeitlich unbefristet zwischengelagert werden durften. Dafür mussten die Energieriesen zwar Miete zahlen, wussten sich aber ihres strahlenden Mülls erst einmal entledigt.

Folgerichtig unterstützten die Betreiber der deutschen Atomkraftwerke eine von der Politik angemahnte technische Lösung für die endgültige Lagerung des radioaktiven Abfalls jahrzehntelang auch nur sehr halbherzig.

Aber diese Leichtigkeit ihres Seins begann seit Jahren immer schwerer zu werden, weil es den Stromproduzenten seit Beginn des Jahrtausends durch ein Atomgesetz untersagt worden war, ausgediente Brennstäbe nach Frankreich oder Großbritannien zu transportieren, sodass sich seither der nukleare Abfall in den Abklingbecken ihrer Atomkraftwerke in Deutschland selber aufzutürmen begann. Und der Berg wuchs nicht nur täglich weiter, sondern zu den existierenden Brennstäben kamen in unregelmäßiger Folge auch noch die hinzu, die per *Castor*-Transporten aus La Hague und Sellafield zurückgeholt werden mussten. Ohnmächtig konnten die Stromriesen daher nur zusehen, wie sich die Zwischenlager ihrer Atomkraftwerke ungebremst füllten, während die politische Debatte über ein tragfähiges Konzept zur Endlagerung nur vergleichsweise träge dahinsiechte.

Und genau aus diesem Grund saß dieser subversive Kreis von Atommanagern um Alexandre Dumas hier in dem kleinen Raum zusammen, denn es wurde für sie mit jedem Tag wichtiger, schnell eine praktikable Lösung zu finden.

Auch für den Franzosen Dumas mit seiner Wiederaufbereitungsanlage hatten sich das einst glänzende und überaus einträgliche Geschäfte mit dem Aufarbeiten alter Brennstäbe aus deutschen Atomkraftwerken ebenfalls zu verändern begonnen. Frankreich trieb den Ausbau der Kernenergie, auch nach dem Unglück von Fukushima, weiter stark voran, und Dumas ahnte deshalb bereits, dass von den französischen Atommeilern zukünftig vermehrt ausgediente Brennstäbe kommen würden, für die er in absehbarer Zeit mehr Lagerkapazitäten in La Hague brauchte. Er stand deswegen auch unter starkem politischem Druck: nationaler nuklearer Abfall sollte Vorfahrt haben, und deshalb mussten die ‚Mieter' in den Abklingbecken der Wiederaufbereitungsanlage weg, insbesondere, und zuerst, die aus dem Ausland.

Aus diesem Grund hatte Dumas dem versammelten Kreis schon im vergangenen Jahr, und zuletzt vor einem Monat, unmissverständlich klargemacht, dass die Läger in seiner Fabrik in La Hague geleert werden müssen.

Und auch in dieser Sitzung hatte der Franzose sein Konzept zur Lösung des Abfallproblems wiederholt, nur an diesem Tag war es weniger ein *Vorschlag* gewesen, den die Herren noch einmal diskutieren und nochmals abwägen konnten, sondern vielmehr ein *Ultimatum*: Dumas hatte nämlich sehr deutlich gemacht, dass er für den Fall, dass jemand seinen Vorschlag ablehnen würde, diesen Widersacher verpflichten wollte, seinen Atommüll mehr oder weniger per sofort aus La Hague zurückzunehmen.

Und der Druck auf die Manager war auch von anderer Seite beträchtlich, denn die deutschen Atomkraftbetreiber standen zwar in politischen Verhandlungen mit dem Bund, um sich mit Geld aus der Endlagerungsproblematik freizukaufen, aber die hochstrahlenden, gefährlichen Reste der Brennstäbe würden auch danach noch für lange Zeit in ihren

Kraftwerken lagern und vorerst nicht wirklich weniger werden, sodass für zusätzliche Fracht aus Frankreich einfach keine Kapazität vorhanden war.

Es musste also dringend eine Lösung gefunden werden.

»Meine Herren!«, hatte Dumas deshalb abschließend noch einmal an alle appelliert. »Das vorgestellte Konzept ist technisch durchdacht und ohne Risiken durchführbar. Wir haben Firmen ausgewählt, die uns zuarbeiten werden, und jeder von denen macht nur einen Teil der Logistik, keiner kennt das ganze Puzzle. Allen ist gemein, dass sie klein und auf unsere Aufträge angewiesen sind.« Dabei hatte er jedem der anwesenden Herren noch einmal eindringlich in die Augen geblickt und sich dann ruhig und selbstsicher in seinem Konferenzsessel zurückgelehnt, während seine Worte noch in dem kleinen Raum nachhallten.

Seine Gäste dagegen waren angespannt und nervös - es ging um viel, und nicht nur um viel Geld. Skjölberg nestelte unaufhörlich an seinem offenen Hemdkragen herum und Philipp Werkeling krempelte mit Akribie die Ärmel seines weißen Hemds hoch, während Georg Dürr zum wiederholten Mal umständlich die Asche seiner Zigarette abstreifte. Sie hatten Dumas ‚Vorschlag' verstanden, und seine abschließende Frage war deutlich gewesen. Ihre Antwort musste eindeutig sein. Ein ‚vielleicht', wie in der Vergangenheit, würde er nicht mehr akzeptieren.

Außer dem monotonen Summen des Beamers war kein Laut zu hören.

»Aber es ist illegal!«

Der Staatssekretär war der Erste aus der Runde, der die Worte fand. Fast erschrocken drehten sich alle anderen nahezu gleichzeitig zu dem kleinen Mann hin, der das vor ihm liegende Handy nervös im Kreis herumschob und dabei fortwährend auf die Tischplatte schaute.

Die vier Strommanager hatten sich über ihre PDAs schon während Dumas‘ letzten Worten abgestimmt. Philipp Werkeling wandte sich daher in seinem Sessel noch ein Stück weiter in Weisskorns Richtung, beugte sich leicht vor und sagte dann bedächtig auf Deutsch:

»Martin, du hast es auf den Punkt gebracht. Und genau deshalb sitzen du und dein Wirtschaftsminister», und dabei deutete er auf das vor Weisskorn liegende Handy, «als unsere Rückversicherung mit in dieser Runde. Von heute an habt ihr alle Zeit der Welt, um in Ruhe noch Jahre weiter zu diskutieren, wo ihr unseren Abfall vergraben und wen ihr dazu befragen wollt und vor allem, *wann* ihr das zu tun gedenkt.«

Er machte eine kurze Pause.

»In der Zwischenzeit«, fuhr er dann fort und blickte bei seinen Worten in Dumas‘ Richtung, »kümmern wir fünf uns um unsere eigene Endlagerungslösung im Sinne von Alexandres Vorschlag!«

Dabei schaute Werkeling noch einmal rückversichernd in die Runde. Seine drei Managerkollegen nickten wortlos zustimmend.

26
NIEDERLANDE
Den Haag

Berit saß Willem Janssen gegenüber und blickte ihn erwartungsvoll an. Die Kantine bei Europol war groß und ungemütlich, Schritte hallten laut in dem weiten Raum von denen, die hektisch einen Imbiss aus den bereitstehenden Automaten suchten, die Decke war turmhoch, der Tisch zwischen ihnen schmucklos weiß und steril. Aber Janssen hatte auf die Schnelle keinen besseren Ort gefunden.

Sie sieht umwerfend aus, dachte er, als er sie aus dem Augenwinkel ansah.

Ihr beiges Trägerkleid, das sicherlich eine Nummer zu klein war, zeigte ihr wunderschönes Dekolleté, abgesetzt mit feiner weißer Spitze, und das gedämpfte Licht, welches durch die abgedunkelt bodentiefen Fenster eindrang, umspielte die Haare und den Körper der Frau in betörender Art und Weise. Krampfhaft versuchte Janssen, seinen Blick auf ihrem Gesicht zu halten.

Es war eine Scheißidee, mich mit ihr zu treffen, fluchte er in sich hinein und kämpfte dabei vergeblich dagegen an, sich gegen das Angenehme ihrer Nähe zu wehren.

Als ob sie seine Gedanken gehört hatte, setzte sich Berit in dem Stuhl gerade hin und streckte dabei ihre Brüste noch etwas weiter vor.

»Na, Willem, jetzt komm schon raus damit!«, sagte sie amüsiert, nachdem sie eine Zeitlang ihre Kaffeetasse über den Tisch hin- und hergeschoben hatte.

»Ich brauche dich, …. ähm …, ich meine: Ich brauche deine Hilfe!«, stotterte Janssen.

Sie schaute ihn erwartungsvoll an. »Na, dann schieß mal los! Was brauchst du denn von mir?«, fragte sie weiblich provozierend und legte den Kopf dabei etwas schief.

»Berit, hör auf damit, du machst mich total nervös!«

Was redete ich da nur für einen Unsinn?

»Ach ja?«, fragte sie unschuldig, und irgendwie hatte sie dabei das Kleid noch ein kleines Stückchen weiter runtergezogen, fand Janssen, denn der Ausschnitt saß doch jetzt tiefer als noch vor einer Minute!

Die Frau genoss es sichtlich. Ihr Gesichtsausdruck war entspannt, ein leichtes Lächeln huschte über ihr Gesicht. Ihren ehemaligen Liebhaber zu provozieren, bereitete ihr offenkundig große Freude.

»Roderick hat mir erzählt, dass du meintest, zu alt für mich zu sein«, sagte sie unvermittelt während er spürte, wie ihre Augen dabei über sein Gesicht glitten. Dann setzte sie diesen weiblichen Unschuldsblick auf, den Frauen benutzen, wenn sie eine Aussage schon im Vorwege entschuldigen wollen, und fügte noch hinzu: »Er ist zwar sehr viel jünger als du, Willem, aber er ist eben auch ungestüm und sehr unerfahren,« wobei sie das *‚sehr‘* deutlich betonte.

Mein Gott, Berit, nicht weiter, bitte, flehte Janssen. Sie sah sehr sexy aus, ihre brünetten Haare waren akkurat gekämmt und fielen in feinen Strähnen auf ihre nackten Schultern. Er erinnerte sich, wie wunderbar ihr Haare gerochen hatten, wenn sie auf sein Gesicht fielen. Jetzt rahmten die Strähnen ein leicht gebräuntes Gesicht ein und führten die Blicke des Betrachters unweigerlich weiter zu dem wunderbaren, weiblichen Gesamtbild.

»Ich mache dir einen Vorschlag, Willem. Es ist fast fünf, wir gehen jetzt in unser Café und trinken uns erst mal Mut an, damit du mich dann fragen kannst, was immer du fragen wolltest.«

Dabei blickte sie ihn fragend und mit hochgezogenen Augenbrauen an, was ihre Augen noch größer erscheinen ließ.

Er schaute in zwei Abgründe.

Eine kurze Bedenkpause später erhob sie sich umständlich, beugte sich tief gebückt vor, um den Stuhl langsam nach hinten wegzuschieben und verharrte in dieser Haltung einen Augenblick zu lange, um es einen Zufall zu nennen. Wie ferngesteuert stand auch Janssen auf, nickte ihr verträumt zu und konnte dann nur noch ein gestammeltes *Ich-hole-nur-noch-meine-Jacke-warte-vor-der-Tür* als Antwort herausbringen. Dadurch schaffte sie es, vor ihm um den Tisch herumzugehen und schlenderte dem Kantinenausgang entgegen, wobei sich ihr Kleid bei jeder Bewegung wundervoll um ihre Hüften legte. Irgendwie wunderte es Janssen nicht, dass sich kein Kleidungsstück darunter abzeichnete.

Männermörderin!

Als sie sich zwei Stunden später in dem kleinen Café gegenübersaßen, kicherten beide aufgekratzt und kommentierten den verwuschelten Sitz von Berits Haaren und ihr verlaufenes Make-up.

»Postkoitale Frisur, sitzt aber noch fast perfekt«, amüsierte sich Janssen und strich mit seinem Finger sanft einige Haare aus ihrem Gesicht.

»Mit deinem dickeren Finger gefiel mir das sehr viel besser«, grinste sie verschmitzt.

»Berit, du bist unmöglich!«

»Danke Willem, du warst auch wunderbar«, entgegnete sie, wobei sie sich lasziv in dem breiten Stuhl zurücklehnte. »Du kannst das immer noch weltmeisterlich, das muss ich schon sagen. Wenn du mal wieder eine Frage hast, melde dich. Jederzeit!« Dabei reckte sie noch einmal ihre Brüste vor und schaute ohne Hemmung darauf, so als wollte sie kontrollieren, dass es auch so wirkte, wie sie sich das vorstellte.

»Apropos Frage: Was wolltest du mich eigentlich fragen? Jetzt, wo wir schon ‘mal hier zusammensitzen!«

Janssen musste laut und herzhaft lachen, sodass die Leute an den Nebentischen herüberschauten. »Habe ich vergessen, lass‘ uns noch mal zurückgehen!«, brachte er nur glucksend heraus.

»Gute Idee, komm‘!«, grinste Berit und war dabei im Begriff, sie sich erheben.

»Nee, Berit, ich kann nicht mehr. Und morgen Abend kommt dein Sportler zurück, dafür musst du fit sein.«

Es entstand eine unangenehme Pause.

»Das war jetzt nicht nett, Willem, ehrlich!«, antwortete sie nach einer Weile traurig.

»Tut mir leid, es sollte ein Scherz sein!«

Aber ihr Blick war nüchtern geworden, das Weiche in ihrem Gesicht war etwas Geschäftsmäßigem gewichen.

»Also, was wolltest du von mir?«

Unvermittelt stand Janssen auf, ging um den Tisch herum und küsste sie. »Tut mir leid für den Spruch. Ich bin einfach auf seine Jugendlichkeit eifersüchtig.«

Ernst und durchdringend schaute sie ihn an.

»Hör‘ zu, Willem«, entgegnete sie sachlich, »ich habe zwei Männer mit unterschiedlichen Fähigkeiten. Du brauchst dir darüber nicht *meinen* Kopf zu zerbrechen. Du warst wunderbar, so wie du bist, und deine Fähigkeiten sind perfekt. Mache dir über den Rest einfach keine Gedanken, ok?«

Es entstand erneut eine kurze Pause, in der Janssen um Meter wuchs. Dann fragte Berit noch einmal: »Also, was wolltest du *eigentlich* von mir?«

»Ich wollte dich um Amtshilfe bitten, damit wir ein Schiff offiziell nach Drogen untersuchen können, das wir im Verdacht haben, illegal radioaktives Material zu transportieren und wahrscheinlich irgendwo im Atlantik zu versenken.«

Daraufhin erzählte Janssen ihr die Geschichte von dem Fall, der mit dem Toten in Schottland begann, und als er in der Gegenwart ankam, war es dunkel geworden, auf den Tischen standen mittlerweile Kerzen und die Kellnerin hatte zum wiederholten Mal die Rotweingläser nachgefüllt.

»Wir müssen auf dieses Schiff, um mit dem Geigerzähler zu messen und belegen zu können, dass die wirklich radioaktives Material transportiert haben. Und wenn du eine offizielle Drogendurchsuchung durchführen könntest, aufgrund der Tatsache, dass die häufig im Ausland sind oder so etwas Ähnliches, dann könnten wir uns unter euch mischen und da in der Zwischenzeit ein bisschen schnüffeln.«

»Es kann nur nicht sofort sein, weil wir abwarten müssen, bis das Schiff in Rotterdam ist. Aber das kann ich herausfinden, und würde dir dann Bescheid geben.«

Berits Augen waren schon kleiner, ihr Blick etwas glasig geworden.

»Willem, nach diesem lebensverändernden Sex und diesem wunderbaren Abend mit deiner wunderbaren, radioaktiven Geschichte kann ich dir nichts mehr ausschlagen. Ich kümmere mich morgen darum, aber jetzt muss ich ins Bett.«

Er zahlte und half ihr dann auf die Beine. Der Rotwein hatte seine Wirkung getan.

»Ich bringe dich nach Hause«, sagte er liebevoll und bereute seine Worte schon, bevor sie in Berits Gehirn ankamen.

***

Reuters, Rotterdam, Dienstag, 17.6., 14.34 MESZ

In einer großangelegten Aktion hatten heute Morgen der niederlän-

dische Zoll und die europäische Kriminalpolizei EUROPOL mehrere Schiffe im Rotterdamer Hafen durchsucht, darunter auch zwei Hochseeversorger. Zum Einsatz kamen neben Spürhunden neuartige elektronische Messgeräte zum Auffinden synthetischer Drogen. Der Sprecher von Europol, Sjef Janssen, sagte zum Erfolg der Aktion, dass zwar nichts gefunden wurden, betonte aber, dass derartige, routinemäßige Aktionen kriminelle Banden nachweislich verunsichern würden und daher auch der Prävention dienten.
Hintergrund der Durchsuchungen im Hafen war der gestiegene Schmuggel durch Hochseeschiffe, die in neuerer Zeit Drogenlieferungen schon auf hoher See an kleinere Küstenschiffe übergaben, um so Kontrollen durch den Zoll zu umgehen.

Der Geigerzähler in Janssens Hand knisterte leise aber deutlich, als er ihn dicht über das Achterdeck der *Winterstar Pusher* strich.

Tick-tick-tick-tick

»Also doch!«, konstatierte er und seine Laune stieg. »Wir hatten also Recht! Radioaktives Material wurde wirklich mit diesem Schiff transportiert!«

Er bückte sich unauffällig und nahm einen vorbereiteten, breiten Streifen *Tesa*-Band und klebte ihn einige Sekunden auf das Deck an der Stelle, wo der Geigerzähler am stärksten getickt hatte. Vielleicht konnte der Mineraloge in Schottland diese Probe mit dem Brösel-Material der Wasserleiche vergleichen.

Einen Aufenthalt von Sergej Brunisewicz auf dem Schiff konnte Janssen aber nicht direkt beweisen, weil beide Kabinen, die für Besatzungsmitglieder zur Verfügung standen, auffällig sauber und überraschend frei von irgendwelchen Dingen waren, die an vormalige Bewohner erinnerten. Nur in einem Mülleimer der Mannschaftstoilette fand er einen alten, eingetrockneten Einmalrasierer, der für einen DNA-Abgleich genügend Genmaterial haben sollte. Vielleicht hatte sie ja Glück und der Rasierer stammte von Sergej.

Als Janssen etwas später das Schiff zusammen mit Berits

Drogenfahndern verließ, war der leichte Nieselregen in einen starken Sommerregen übergegangen. Er zwängte sich deshalb schnell durch den Spalt der halbgeöffneten Fahrertür seines Autos, um sich ermattet in den Sitz zu werfen. Auf der Frontscheibe verbanden sich bereits die Regentropfen zu kleinen Rinnsalen, und je mehr davon die Scheibe herunterliefen, desto diffuser und verschwommener wurde der Blick auf das erleuchtete Schiff. Müde fummelte Janssen eine zerdrückte Zigarettenpackung aus der Jackentasche und steckte sich eine an. Der blaue Rauch verteilte sich von innen an der Autoscheibe und vernebelte den Blick nach draußen.

»Und was zum Teufel habe die mit dem radioaktiven Material gemacht?», fragte er sich laut.

***

Nachdem Cees van Berg das Telefonat mit dem Kapitän der *Winterstar Pusher* beendet hatte, begannen sich kleine Schweißperlen unter dem Haaransatz zu bilden. Die Zoll- und Drogenkontrolle des Schiffes war nur möglich gewesen, weil der versoffene Vollidiot entgegen seiner Anweisung doch wieder den Hafen angelaufen hatte. *Von wegen defekter Motor! In den Puff wollte der gehen, der geile Bock*, grollte er.

Mit der Innenseite seiner Hand wischte van Berg einen Tropfen von seiner Stirn.

»Scheiße!«, entfuhr es ihm noch einmal.

Das Geschäft mit dem Franzosen war bisher bestens gelaufen und alles war glattgegangen, bis auf den Unfall vor zwei Monaten, bei dem dieser Matrose von Bord gefallen und ertrunken war. Zugegeben, sinnierte er, es war schon eine seltsame Fracht, dieses merkwürdige Gestell, das sie schleppten. Aber es war ihm egal, denn das Geld stimmte und die Seereisen gingen immer in abgelegene Seegebiete, wo kein Schiffsverkehr herrschte. Und das einzige vorsätzliche Vergehen bei den Unternehmungen war, dass sie immer ohne das *AIS* fahren sollten.

Van Berg setzte sich an seinen Schreibtisch, holte ein kleines Mobiltelefon aus der Innenseite seines Jacketts und tippte eine SMS an die einzige, namenlose Nummer in dem Adressbuch:

Hatten die Pest an Bord

Danach schob er es in die Tasche zurück, schaltete das Licht aus und verließ das Büro. Er würde zuhause auf eine Antwort warten.

Eine Stunde später lag er immer noch auf dem Sofa und schaute gelangweilt in den riesigen Fernseher, der seit einigen Wochen an der gegenüberliegenden Wand hing. Das größte Modell, das es zurzeit gab. Es hatte gewaltigen Eindruck auf seine Freunden gemacht, und immer mehr von denen kamen jetzt, um bei ihm Fußball zu sehen oder Autorennen. Dann gab es erst Bier, Drinks, Fernsehen und Fingerfood, und am Abend kamen in der Regel noch Frauen dazu. Einige Male hatte es mit denen zwar zu später Stunde schon einmal Streit gegeben darüber, was man mit ihnen alles machen konnte und was nicht, aber am Ende halfen große Scheine immer, die erhitzten Gemüter zu beruhigen - und am darauffolgenden Wochenende waren sie dann in der Regel doch wieder dabei. Oder auch nicht. Es fiel van Berg nicht schwer, Mädchen kennenzulernen, wenn er irgendwo in seinem schwarzen Audi TT oder dem mattroten Porsche-Cabriolet vorfuhr.

Sein Handy summte leise und signalisierte ihm eine eingegangene SMS. Er schaute auf das Display und erkannte die Zahlenkolonnen sofort.

18.6., 2300 UTM, 49°44'58"N 01°47'30"W

Die Koordinaten für einen neuen Auftrag von dem mysteriösen Franzosen. Eine neue Lieferung! Er las sie noch einmal. Aber das war ja schon morgen Abend! Ziemlich unüblich, dachte er so für sich, eine so kurze Vorlaufzeit hatte es noch nie gegeben. Er musste das Schiff also noch heute Abend losschicken.

Kurz darauf summte das Handy zum zweiten Mal:

Überprüfung war nur Routineübung!

Wunderbar! Offensichtlich brauchte er sich keine Sorgen zu machen. Der Reeder atmete tief und hörbar aus. Entwarnung, und eine simple Erklärung. Er drückte die SMS weg und rief den Kapitän der *Winterstar Pusher* noch einmal an, um ihm die Koordinaten und den Befehl zu übermitteln, noch heute Nacht auszulaufen. Dann warf er das Handy auf den Glastisch zurück und reckte sich auf seinem Sofa.

Dieser mysteriöse Franzose! *Bon!* Van Bergs Laune war schlagartig besser geworden. Das Geschäft brachte wieder Bargeld in die Kasse, die schon Anflüge von Ebbe zeigte.

Als seine Begleitung auf langen Beinen aus dem Badezimmer kam, das Badehandtuch nur notdürftig provozierend um die schmalen Hüften geschlungen, wurde ihm die schöne Seite seines Lebens schlagartig wieder bewusst.

«Komm her, Baby. Du wirst es mir jetzt noch mal richtig gut besorgen. Und wenn ich zufrieden bin, gehen wir zusammen ins ‚*The Blender*' und ich stelle dich ein paar Freunden vor.»

Das Gesicht der langhaarigen Schönheit hellte sich augenblicklich auf, und als sie das Badehandtuch vor ihm fallen ließ und sich kniend über ihn beugte, flanierte sie in Gedanken bereits in Rotterdams angesagtestem Edelclub herum.

***

Zeitgleich erreichte auch Ronald Veenstra von TepCo Oil eine kurze SMS in dessen Penthouse im zwanzigsten Stock des schönsten Hochhauses in Den Haags Innenstadt.

Lieferung an Tepco123 22.6. 0100 UTM

Eigentlich hatte er eine Nachricht von seinem Freund erwartet, weil sie sich zum abendlichen Golf verabreden wollten. Jetzt sah er die Kurzmitteilung und las die Nachricht, die seit Monaten immer von dem gleichen Handy kam.

Desinteressiert legte er das Mobiltelefon beiseite und schaute weiter durch sein Fernrohr, mit dem er von hoch oben problemlos in die Fenster der umliegenden Häuser blicken konnte. Er verbrachte Stunden hinter dem Gerät, schaute Paaren beim Sex zu, wenn sie sich vermeintlich unbeobachtet fühlten, konnte Familien beim Essen zusehen und die Verzweiflung der Eltern über die Manieren ihrer Kinder fast bis zu ihm herauf hören. Er sah Hundebesitzer, welche die Kothaufen ihrer geliebten Vierbeiner in andere Vorgärten warfen, beobachtete Einbrecher beim hastigen Durchsuchen von Häusern und Wohnungen oder konnte sich mit Kunstliebhabern freuen, die minutenlang regungslos den Anblick eines Gemäldes genossen. Veenstra fühlte die Ruhe, wenn er ältere Paare sah, die in vertrauter Zweisamkeit am kleinen Tisch ihren Nachmittagstee nahmen ohne erkennbar ein Wort zu wechseln, oder kleine Kinder, die in ihr Spielzeug vertieft auf dem Boden saßen während der Hund an ihrer statt in dem Bett lag und schlief.

Noch einmal blickte er genervt auf das Mobiltelefon. Morgen früh würde er anrufen, damit die Bohrinsel sich auf die Lieferung vorbereiten konnte. Das würde reichen. Jetzt wollte er mit seinem Freund Golf spielen, später vielleicht zusammen Essen gehen und sich danach mit ihm amüsieren. Seiner Frau hatte er gesagt, dass er einen auswärtigen Termin in Rotterdam mit einem Geschäftsfreund hätte. Was ja auch nicht *ganz* falsch war.

***

Kapitän van Welde legte den Telefonhörer in die vorgesehene Aussparung in dem Steuerpult der Schiffsbrücke und schüttelte nur den Kopf, während er seinen neuen Matrosen anknurrte: «Mach‘ die Leinen los, wir legen ab!» Und als der ihn fragend ansah, blaffte er nur kurz zurück: «Ich weiß auch nicht warum jetzt gleich, aber wir müssen uns beeilen.»

Nachdem die *Winterstar Pusher* von der Kaimauer weggedreht und Kurs aus dem Hafen heraus nach Süden in den Ärmelkanal genommen hatte, verschluckte ein dichter Nebel geräuschlos den dunklen Rumpf, und Minuten später zeugte nur noch eine Spur von Blasen und kleinen Wellen im Wasser davon, dass dort ein Schiff gefahren war.

27
FRANKREICH

Dumas lehnte sich langsam in seinem schwarzen Ledersessel zurück und wischte auf dem Display des Telefons zu der SMS, die vor wenigen Minuten eingegangen war.

Hatten die Pest an Bord. Von dem Reeder.

Feine Sorgenfalten zeichneten sich auf seinem ansonsten ausdruckslosen Gesicht ab, während er aus der Seitentasche seines Jacketts das abhörsichere Mobiltelefon herauszog, das ihn der französische Innenminister nach der NSA-Spionageaffäre zu benutzen aufgetragen hatte.

Nach zweimaligem Tuten antwortete der Minster: »*Qui*?«

»Wir haben einen etwas aufdringlichen Schnüffler von Europol in Den Haag, der sich scheinbar für unser Geschäft interessiert«, meldete sich Dumas grußlos und mit besorgtem Unterton in der Stimme.

»Hat das etwas mit dem toten Seemann zu tun, den der holländische Kapitän in Schottland verloren hat?«

»Keine Ahnung«, entgegnete Dumas, »aber dieser Polizist hat in Rotterdam das Schiff untersucht und war einige Tage vorher schon bei dem Chef unserer Bohrfirma in Den Haag. Könnte schon sein!«

Eine kurze Pause entstand.

»Muss der Polizist weg?«

»Ich glaube nicht, dass er wirklich etwas weiß«, sagte Dumas.

»*Monsieur*, glauben heißt nicht wissen. Wir haben eine wichtige nationale Aufgabe zu erledigen. Da ist kein Platz für Eventualitäten, irgendwelche Unsicherheiten oder Glaube. Ich werde mich selber darum kümmern.«

28
NIEDERLANDE
Rotterdam

Die schwarz gekleidete Gestalt schlich behände und lautlos das unbeleuchtete Treppenhaus in dem Rotterdamer Hochhaus hinauf, blickte sich kurz nach allen Seiten um und öffnete dann geräuschlos die Eingangstür zu Sergejs Apartment, um im Dunkel des Wohnungsflurs zu verschwinden.

Nur Sekunden später gab Janssens Mobiltelefon einen lauten Signalton ab und das Display blinkte hell auf. Der Kommissar schreckte aus dem Tiefschlaf hoch mit dem verwirrten Gefühl, dass etwas Ungewöhnliches geschehen war. Verschlafen blickte er auf sein Telefon und es dauerte eine Weile, bis er realisierte, was das Signal bedeutete: sein kleiner elektronischer Wächter im Flur von Sergejs Wohnung hatte Alarm gegeben. Sein Herz tat einen unangenehmen Schlag und er begann augenblicklich, leicht zu schwitzen.

»Was ist denn los?«, fragte seine Frau von der anderen Seite des Betts schläfrig.

»Ein Einsatz, Schatz. Ein Notfall. Ich muss los!«, antwortete Janssen mit beruhigender Stimme.

»Jetzt, Mitten in der Nacht? Das war ja schon lange nicht mehr der Fall!«

»Aber jetzt ist es wieder soweit«, entgegnete er barsch während er eilig seine Hose anzog und einen Pulli überstreifte.

Vor der Haustür empfing ihn die Nacht mit einem angenehm kühlen Wind und dem salzigen Geruch nach Meer. Es war still um ihn herum, als er zu seinem Auto ging. Die hektische Unruhe der Großstadt schlief, sie war der Benommenheit der späten Nacht gewichen, aber noch ein paar Stunden, dann würde die Metropole Den Haag wieder aufwachen und laut werden und hektisch.

Als Janssen eine halbe Stunde später vor dem Hochhaus in Rotterdam sein Auto parkte, wusste er eigentlich nicht, was er tun sollte. Er schaute erneut auf das Display seines Mobiltelefons: 2 Uhr 56 war der erste Alarm eingegangen, und drei Mal war der elektronische Wächter in der Zwischenzeit angesprungen, zuletzt vor fünf Minuten. Ein Fehlalarm war also ausgeschlossen.

Unsicher verließ er sein Auto, ging dann langsam zu der Eingangstür des Hauses herüber, zog den Schlüssel heraus, den Sergejs Freundin ihm gegeben hatte, und fragte sich, was oben auf ihn warten würde. *Drei Stockwerke hoch,* dachte er, *sechs Treppen, und dann?* Er griff sich gewohnheitsmäßig an die Hüfte, nur um festzustellen, dass er seine Waffe vergessen hatte.

»Scheiße!«, fluchte er leise.

Vorsichtig schlich er die Treppen hoch. Er hatte kein Licht gemacht und lauschte bei jedem seiner Schritte in die Dunkelheit hinein nach Geräuschen. Als er vor Sergejs Wohnungstür ankam, spürte er seinen Herzschlag fast bis zum Hals, nicht nur wegen des Treppensteigens. Er tastete sich an der Wand entlang, den Wohnungseingang im Auge, und streckte dann vorsichtig eine Hand vor in Richtung auf die Türe, um zu testen, ob sie offenstand.

Sie war zu. Er drückte noch einmal etwas stärker dagegen, aber sie blieb geschlossen.

Vorsichtig bückte sich Janssen vor der Tür und schob den Haustürschlüssel bedächtig und geräuschlos in das Schloss. Er glitt problemlos hinein.

Also nicht aufgebrochen worden, wunderte er sich. Den Knauf leicht zu sich heranziehend, drehte er leise den Schlüssel und drückte sanft und bedächtig die Haustüre auf, während er regungslos davor wartete.

Kein Licht, kein Geräusch in der Wohnung.

Er tastete um die Ecke nach dem Lichtschalter im Flur, fand ihn, und mit einem Klick erhellte sich der Wohnungsflur.

Stille.

Vorsichtig setzte er einen Fuß in die Wohnung, schlich bis zum Wohnzimmer, aber es war niemand da. Hörbar und laut atmete er aus. Als sein Blick durch den kleinen Wohnungsflur zurück auf die Haustür fiel, registrierte er erst beim zweiten Mal, dass etwas anders war: sein kleiner elektronischer Wächter über der Eingangstür fehlte.

Jemand hatte ihn entfernt.

Vorsichtig drehte er sich wieder um und blickte in das dunkle Wohnzimmer.

Der Schlag traf in mitten ins Gesicht.

Sein Kopf schlug mit einem dumpfen Knall gegen das Türblatt der Zimmertüre, dann sackte Janssen benommen auf den Boden. Aus dem Augenwinkel ahnte er aber noch die dunkle Gestalt, die sich bereits über ihn gebeugt hatte und zu einem neuerlichen Hieb ausholen wollte, sodass er sich instinktiv wegdrehen konnte und deshalb die Faust des Mannes nur neben ihm auf dem harten Fliesenboden einschlug. Der Einbrecher heulte vor Schmerz auf und Janssen hatte diese zwei Sekunden, um seine Hände zu koordinieren, sie um den Hals des Mannes zu bekommen und dessen Kopf mit aller Kraft, die ihm verblieb, zu sich heran und auf seine Brust zuziehen.

Schwer nach Luft ringend versuchte der Angreifer, sich aus dem Klammergriff zu befreien, aber mit nur einer gesunden Hand fiel es ihm zunehmend schwerer, sich hochzudrücken und von Janssen zu befreien.

Janssens Griff um den Hals des Mannes war fest, denn Kraft hatte er in den Fingern durch das Segeln. Tastend suchte er bereits mit einem der Daumen nach dem Kehlkopf, obwohl sein Kopf höllisch schmerzte und er auf dem einen Auge nichts mehr sehen konnte.

Aber urplötzlich verschwand das Gewicht des Angreifers auf seinem Körper.

Mit dem gesunden Auge sah er eine weitere schwarze Gestalt über sich stehen, die den ersten Mann hochgezogen hatte und ihn jetzt stützte.

Dann folgte ein weiterer Schlag gegen Janssens Kopf.

Dann war Dunkelheit.

»Mensch Willem, weißt Du wie spät es ist?« Brockmann blinzelte verschlafen auf seinen Wecker.

»Peter, irgendjemand war in Sergejs Wohnung! Mein kleiner elektronischer Wächter hatte mich heute Nacht geweckt und ich bin hingefahren«, kam die Stimme seines holländischen Kollegen müde und kraftlos aus dem Telefon.

Brockmann schreckte aus dem Bett hoch und war in Sekunden hellwach.

»Ist alles ok bei dir, Willem?«

»Ich war dort, ich meine in der Wohnung, aber sie haben mich überrascht und zusammengeschlagen und sind dann abgehauen. Es waren zwei!«

»Bist du verletzt?«

»Meine Nase ist gebrochen und mein rechtes Auge sieht schlimm aus, aber sonst ist alles ok.« Er lachte kurz. »Das Schloss der Wohnungstür war völlig unbeschädigt, verstehst du? Kein Kratzer, Sergejs Originalschlüssel glitt problemlos hinein.«

»Was zum Teufel haben die denn dort gesucht?«

»Keine Ahnung, Peter« Sein Blick schweifte gedankenverloren aus dem Fenster seines Krankenhauszimmers auf die roten Hausdächer vor ihm, die von der aufgehenden

Sonne angestrahlt wurden. »Habe ich mich auch schon gefragt. Erst war ich bei dieser Schrottfirma in Vlissingen«, resümierte er nachdenklich, »dann sind wir beide zusammen in Rotterdam im Hafen gewesen und danach war ich bei dem Veenstra in dieser Bohrfirma. Und jetzt kommen Einbrecher in Sergejs Wohnung, die eigentlich gar keiner finden kann, weil weder er noch Jorien dort offiziell registriert sind.«

Brockmann hörte einen kurzen Schmerzseufzer.

»Haben wir jemanden nervös gemacht?«

»Wegen einer Wasserleiche?«

»Naja, immerhin eine *radioaktive* Wasserleiche«, entgegnete Janssen. »Vielleicht deshalb? Ich werde Sergejs Freundin in den kommenden Tagen bitten, in die Wohnung zu fahren, vielleicht bemerkt sie eine Veränderung, vielleicht fehlt etwas Wichtiges.«

Dann hörte Brockmann, wie die Tür zu Janssens Krankenzimmer geöffnet wurde und eine weibliche Stimme in niederländischer Sprache mit einem zornigen Unterton etwas zu dem Kommissar sagte.

»Ich muss Schluss machen. Ich melde mich bei dir, Peter!«

29
FRANKREICH
Paris

»Der holländische Kommissar wusste, dass jemand in die Wohnung kommen würde und hatte einen elektronischen Wächter im Eingangsbereich angebracht, der ein Signal an sein Telefon gesendet hatte.«

Der Innenminister hob fragend die Augenbrauen.

»Keine Sorge, *Monsieur le Ministre*«, fuhr der Geheimagent fort, »unsere Männer konnten entkommen und haben keine Spuren hinterlassen. Es war nichts in der Wohnung des Matrosen, was auf seine Arbeit auf dem Schiff schließen ließ. Das war nur ein Liebesnest, oder so etwas Ähnliches.

Dann fuhr er fort: »Meine Leute haben die Verbindung dieses elektronischen Wächters gecheckt und die E-Mail-Adresse dieses holländischen Kommissars überprüft und gehackt. Der Holländer arbeitet mit zwei weiteren Polizisten zusammen an dem Fall einer Wasserleiche in Nordschottland, nämlich einem Kommissar aus Schottland, ein ...«, er blickte kurz auf seine Unterlagen, »... *Schaag Grieschäm*, von der Polizei in Inverness, und einem Deutschen, *Petär Brookmon*, aus Hamburg.«

Er las die Namen langsam und buchstabenweise von seiner Liste ab. Nicht-französische Namen waren für Franzosen unaussprechbar, schon aus Prinzip.

Der Minister nickte dem Beamten zu.

»*Merci, Monsieur le Commissaire.*«

Nachdem der Mann den Raum verlassen hatte, griff er zum Telefon.

»*Monsieur* Dumas? Der neugierige Kommissar von Europol arbeitet mit zwei anderen Kommissaren zusammen. Ich werde meine Männer den E-Mailverkehr überwachen lassen, damit wir wissen, was die wissen und was sie planen.«

»*Compris*,« entgegnete Dumas.

»Geht es mit den Arbeiten sonst wie geplant voran?«

»Ja. Das Schiff wird heute Nacht die letzte Ladung aufnehmen, dann sind wir mit unserer Tätigkeit fertig. Sie können die Putzfrauen wie geplant zum Schiff schicken.«

»Sehr gut. Wir werden die drei Kommissare vorläufig aber nur überwachen. Die Putzfrauen nützen bei denen nicht viel, das gäbe zu viel Aufmerksamkeit. Ich werde stattdessen Druck auf meine Kollegen in Holland, Deutschland und Schottland machen, damit die Schnüffler aus dem Weg geräumt werden«, fasste der Innenminister zusammen. »Danach können wir immer noch tätig werden und saubermachen, wenn die keine Ruhe geben sollten.«

30
WINTERSTAR PUSHER
Nordsee

Nach fast vierundzwanzigstündiger Fahrt zog die *Winterstar Pusher* nun langsam und gurgelnd durch das schwarze Wasser vor der Küste der Normandie, die sich in der einsetzenden Dunkelheit durch unzählige kleine Lichter am fernen Horizont darstellte. Der Mond stand milchig und trübe über der wellenlosen See.

Ein kurzer prüfender Blick über die Wasserfläche, dann ließ Kapitän van Welde die Motoren kraftvoll rückwärtslaufen, um das Schiff abzubremsen. Hier würde er warten, so wie er es unzählige Male vorher getan hatten. Aufmerksam schaute er in alle Richtungen und dann auf den grünlich schimmernden Radarschirm vor sich. Es war kein Schiff zu erkennen. Die Übernahme konnte zeitgerecht beginnen.

Die See war glatt und ruhig.

Das schwarze Schlauchboot, welches geräuschlos in geringer Entfernung zu dem Versorger durch das Wasser glitt, konnte van Welde auf seinem Radarschirm nicht sehen und er konnte es auch nicht hören, denn nur ein leises Murmeln und Blubbern am Heck des kleinen Bootes verriet, dass es sich überhaupt fortbewegte. Der Mann, der es steuerte, schaute durch ein Nachtsichtgerät auf das Wasser vor ihm. Zu beiden Seiten von ihm saßen Froschmänner, deren mattschwarze Neoprenanzüge keine Lichtreflexionen zuließen.

Vorsichtig glitt das kleine Boot an die erleuchtete Silhouette der „*Winterstar Pusher*“ heran, dann gab der Steuermann den Tauchern ein Zeichen, worauf diese lautlos in dem dunklen Wasser vor dem riesigen Schiffskörper verschwanden. Er selber hielt das Schlauchboot im Schutze der Dunkelheit und in sicherer Entfernung von dem Versorger und wartete geduldig.

Nach einiger Zeit erforschte er mit seinem Nachtsichtgerät die umliegende Wasseroberfläche, und als er die Köpfe der aufgetauchten Froschmänner durch das Spezialgerät sah, glitt er mit seinem Boot darauf zu, nahm sie schnell und sicher auf und entfernte sich danach in die Dunkelheit so geräuschlos, wie er gekommen war.

Kapitän van Welde hörte lange vor seinem Matrosen das ihm schon bekannte, klopfende Hämmern der Rotorblätter, welches stetig näherkam. Routinemäßig nahm er das Fernglas und beide Männer begannen, die Wasseroberfläche abzusuchen.

Nach einer Weile deutete der Matrose mit seinem Finger nach vorne. «Dort Blinker!», rief er freudig aus.

«Du meinst ‚Blinklicht'!», knurrte van Welde unwirsch zurück.

In der Tat hatte er es auch schon gesehen. Ein kleines grelles Licht, das rhythmisch blinkend im Gleichtakt der Wellen sanft auf- und abtanzte, schwamm in einiger Entfernung vor dem Schiff im Wasser. Van Welde nahm das Steuerruder des Versorgers in die Hand, schob den Fahrtregler für den Motor etwas nach vorne und beschleunigte das große Schiff mit ungeahnter Leichtigkeit in Richtung auf das kleine Licht. Der Matrose war in der Zwischenzeit auf dem Achterdeck angelangt und hatte den langen Haken in der Hand, mit dem er den großen roten Ball zusammen mit dem blinkenden Licht an Bord ziehen wollte. Unter dem Ball würde der große schwere Eisenring hängen, der am oberen Ende eines Stahlseiles angebracht war. In diesen Eisenring musste er dann nur die starke Schlepptrosse des Versorgers einhängen. Das war alles, was er tun sollte.

Nachdem die Schleppverbindung hergestellt war, schob

van Welde den Motorenregler langsam nach vorne, um wieder Fahrt aufzunehmen. Dann griff er nach seinem Kaffeebecher, ließ fluchend etwas von dem heißen Getränk seine Kehle verbrennen und füllte das Trinkgefäß mit dem Rum aus der Flasche im Bücherregal wieder auf. Mit einem Blick über den Becherrand auf die Seekarte vor ihm vergewisserte er sich, was er aus vielen Fahrten vorher wusste: Sonntag wäre die Übergabe, dann drei Tage von dort zurück bis nach Rotterdam, sodass er Mitte der kommenden Woche bei Barbie, oder Carmen, oder so, sein konnte.

Und wie immer würde er hinter dem Ärmelkanal, auf der Nordsee, weit weg von der englischen Küste, das *AIS*-System wieder ausschalten. Von dem Augenblick an konnte niemand mehr seine Position sehen.

Nur wenige Kilometer Luftlinie entfernt, wo die *Winterstar Pusher* ihre Ladung aufgenommen hatte, summte Dumas' Telefon mit einer kurzen SMS:

Der Floh ist im Fell

31
HAMBURG

Das Kommissar-Trio hatte sich erneut vor ihren Bildschirmen versammelt, weil Willem Janssen alle zusammengerufen hatte. In seinem weißen T-Shirt unter dem weißen Haupthaar wirkte er vor der hellen Wand seines Krankenzimmers farblos und bleich. Sein rechtes Auge war tiefblau, ein Pflaster klebte auf der Augenbraue und man hatte ihm mit einer Mullbinde einen Kopfverband gemacht, der ihn aussehen ließ wie Dieter Hoeneß beim Pokalfinale vor 35 Jahren. Seine Augen, die sonst aufmerksam die Umgebung beobachteten, blickten trübe und unkonzentriert über die Kamera hinweg nach draußen.

Die Kollegen starrten ihn mit schreckgeweiteten Augen an.

»*My God, Willem, what happened?*«, rief Grisham als Erster entsetzt aus.

Janssens Blick fiel müde und von ganz weit weg kommend auf den Bildschirm.

»Wir haben zwei neue Probleme bei unserem Fall«, begann er. »Erstens ist gestern Nacht in Sergejs Wohnung eingebrochen worden, wo ich die Täter überrascht habe. Deshalb mein etwas lädiertes Aussehen und das Krankenbett.«

Er erzählte in aller Kürze von dem Ereignis in der vorletzten Nacht.

»Und woher wusstest du, *dass* dort eingebrochen wurde?«, fragte der Schotte.

»Ich hatte einen kleinen elektronischen Wächter in der Wohnung angebracht, als Peter und ich vor ein paar Wochen dort waren.« Janssen räusperte sich. »Ist nicht ganz legal, ich weiß, aber genau dafür war dieses Hilfsmittel gedacht, nämlich mitzubekommen, wenn jemand unbefugt bei Sergej in die Wohnung eindringt.«

»Dieser Einbruch war zudem äußerst professionell gemacht worden. Keine Einbruchsspuren am Türschloss, keine Gewalt gegen die Tür. Und deshalb ergibt sich für mich ‚A' die Frage, wen wir da mit unseren Untersuchungen aufgeschreckt haben und ‚B', woher die von der Wohnung wissen konnten.«

»Aber was ist an einer Wasserleiche so interessant, dass man seine Truppen in dieser Mannstärke aufführt?«, fragte Grisham.

»Keine Ahnung«, entgegnete der Holländer müde. »Das hatte ich mich auch schon gefragt. Und sie haben auch diesen kleinen Wächter mitgenommen. Es war ihnen also ziemlich ernst.«

»Fehlt sonst etwas in der Wohnung?«, wollte Grisham noch wissen.

»Ein Kollege wird morgen mit Sergejs Freundin hinfahren«

»Und was ist das zweite neue Problem?«, fragte Brockmann, der diesen Teil ja schon kannte.

»Die *Winterstar Pusher* ist weg!«, murmelte Janssen.

Kurze Stille.

»Was heißt: Die ist weg?«, fragte Brockmann nach.

»Ich habe gestern Nachmittag das Ergebnis unseres Labors bekommen, das einen DNA-Abgleich dieser alten Rasierklinge aus dem Papierkorb der *Winterstar Pusher* mit Haarproben von Sergej gemacht hat. Es gab eine hundertprozentige Übereinstimmung, sodass wir jetzt beweisen können, dass Sergej wirklich an Bord war. Daraufhin hatte ich heute Morgen gleich einen Kollegen in den Hafen geschickt mit einem Durchsuchungsbeschluss für das Schiff und eine Vorladung für den Kapitän, weil ich selber ja nicht so präsentabel bin. Aber der Dampfer war weg.«

Er gähnte.

»Als der Kollege kurze darauf die Leute von *ShipsTrack Europoort* in Rotterdam nach dem Verbleib des Schiffes fragte, sagten die zuerst nur lapidar, dass die *Winterstar Pusher* vorgestern, gleich nachdem wir mit unserem Drogenkommando an Bord waren, aus dem Hafen gefahren war und *wahrscheinlich* wieder auf Reede läge. Aber nachdem ich da dann selber ein bisschen herumgenervt hatte, dass ich das genau wissen müsse, weil es wichtig sei und ich in einem Mordfall ermittle und einen Durchsuchungsbeschluss hätte, haben die etwas intensiver herumgesucht und quasi *nachgeschaut* und dabei festgestellt, dass das Schiff gar nicht auf der angegebenen Position ankert.«

»Die sind also einfach weg?«, fragte Brockmann noch einmal und warf sich in seinem Stuhl zurück.

Stille, keiner sagte ein Wort.

Nur Heinz klackerte laut auf seiner Tastatur herum.

»Aber vielleicht möchtet ihr ja wissen, *wo* das Schiff gerade ist«, unterbrach er mit einem süffisanten Unterton die quälende Ruhe. »Ich habe den *Vessel Tracker* angeworfen und die Schiffskennung der *Winterstar Pusher* eingegeben, und jetzt kann ich sehen, dass sie zurzeit gerade vor der Ostküste Englands ist!«

»Die sind *wo*?«, kreischte Janssen. Das Mikrofon konnte den Ausbruch des stimmgewaltigen Holländers nur noch verzerrt wiedergeben.

»Die fahren an der Küste Englands entlang mit Kurs Nord«, wiederholte Heinz mit ruhiger Stimme.

»Scheiße, die hatten es aber eilig nach unserem Besuch!« Janssen war immer noch außer sich.

»Und *wo* fahren die hin?«, fragte Brockmann jetzt auch neugierig.

Heinz rollte mit den Augen.

»Peter, das steht da nicht dran! Der *Vessel Tracker* zeigt

nur, wo sich das Schiff jetzt gerade befindet.«

Aber alle drei konnten hektisches Tippen auf einer Computertastatur hören, und kurze Zeit darauf kam Heinz Stimme wieder aus dem Off:

»Ich *chatte* gerade mit dem Techniker bei der Trackingfirma hier in Hamburg. Ich hatte ihn gebeten, mir die Positionen der *Winterstar Pusher* der letzten vierundzwanzig Stunden zu geben. Es sollte gleich kommen, in … drei-zwei-eins Sekunden!«

»Und *voilà*: Hier ist die Route, die sie gefahren sind.«

Heinz Stimme überschlug sich vor Freude. Er schaltete das Fenster seines Bildschirmes für alle anderen frei. Zu sehen war eine rote Linie, welche die Fahrtroute der *Winterstar Pusher* zeigte: sie ging mit Unterbrechungen, wo das *AIS* ausgeschaltet worden war, von Rotterdam aus bis vor die Küste der Normandie. Dort gab es einen kleinen Punkt, der fast aussah wie das Knäuel eines Bindfadens, von dem sich deutlich eine weitere, durchgehende rote Linie in entgegengesetzte Richtung nach Norden bis hinter den Ärmelkanal entfernte. Dann verschwand die rote Spur wieder abrupt, tauchte aber an der Nordküste Schottlands unvermittelt wieder auf.

Das war in der Nähe von dem Punkt, wo der *Ship-Spotter* den Versorger gesehen hatte.

»Die fahren zu der Bohrinsel!«, rief Janssen laut in den Bildschirm.

»Genauuu«, imitierte Heinz den Uhrenverkäufer aus der Sesamstraße. »Und die ist zurzeit wo?«, fragte er nach einer kurzen Pause sarkastisch, wissend, dass natürlich keiner die Position aus dem Kopf kannte.

Er wartete deshalb auch erst gar keine Antwort ab.

»Die ist hier!«, sagte er triumphierend und zeigte dabei mit dem Mauszeiger auf einen roten Punkt in der blauen

Wasserfläche. Das Festland von Schottland war aus dem Fenster verschwunden, am äußersten rechten Rand war nur noch die Küstenlinie der Orkney-Inseln zu erkennen.

»Aber das liegt ja zig Kilometern von der Küste entfernt im Wasser!«, meinte Grisham entsetzt.

»Das haben Bohrinseln so an sich«, amüsierte sich Heinz hörbar.

Angespannte Stille herrschte vor dem Bildschirm in Brockmanns Büro, nur die Klimaanlage und die beiden Computer gaben ein rauschendes Summen ab. Leise und genussvoll zeigte Brockmann Heinz den erhobenen Daumen zum Zeichen ihres Triumphes. Es sah so aus, dass sie nach monatelanger Durststrecke jetzt auf der Siegerstrecke waren.

Die kleinen WINDOWS-Fenster der Bildschirme zeigten, dass die beiden anderen Kommissare ebenfalls nachdenklich vor den Kameras in ihren Büros saßen: Grisham in Schottland, aufrecht, steif, ordentlich, und offensichtlich bei kaltem Wetter, denn er trug einen roten Pullunder über dem bis oben zugeknöpften Hemd, und Janssen in Den Haag, der in seinem Krankenhausbett liegend ziellos ins Bild blickte.

Grisham fand als Erster die Worte wieder. »Die bringen das Zeug zur Bohrinsel!« entfuhr es ihm fast unterbewusst.

Ruckartig setzte sich Janssen auf.

»Wenn wir unserer Theorie folgen, dann fahren unsere Beweise dort gerade auf eine Bohrinsel im Atlantik zu.«

Im Hintergrund hörten alle, wie emsig auf einer Tastatur herumgetippt wurde. Nach einer Weile sagte Brockmann mit ruhiger Stimme: »Wenn die *Winterstar Pusher* mit dieser Geschwindigkeit weiterfährt …«, es klackerte noch einmal auf der Tastatur, »… wird sie um Mitternacht bei der Bohrinsel sein.«

»Und damit verschwinden unsere Beweise also gegen

Mitternacht auf eine uns nicht bekannte Art im Atlantik. Verstehe ich das richtig?«, fragte Grisham dumpf.

Eine Pause trat ein.

»Wir müssen zu dem Schiff!«, rief Janssen.

»Sehr witzig!«, entgegnete Grisham. »Und wie willst du da hinkommen? Von Holland aus?«

»Niederlande!«, grummelte Janssen in den Bildschirm. »Es heißt: ‚*Die Niederlande*'!«

»Niederlande oder Holland, von beiden kommen wir nicht dahin!«, beschwichtigte Brockmann. »Jack, ich befürchte für dich, dass du der *Einzigste* bist, der jetzt etwas tun kann! Das Schiff fährt in schottischen Hoheitsgewässern und nur du kannst dort hoheitsrechtliche Polizeiaufgaben übernehmen. Ihr habt doch bestimmt eine Küstenwache, die du mobilisieren kannst. Von denen hörte man doch immer wieder aus eurem Kabeljaukrieg mit den Isländern.«

»Hmm. Und auf welcher Basis? Was soll ich denen denn sagen?«, fragte Grisham. »Dass wir einen vagen Verdacht haben, dass die radioaktives Material transportieren könnten? Ohne Beweise?«

»Es ist jetzt fast fünf Uhr nachmittags, Männer, uns *muss* etwas einfallen!«, rief Brockmann entschieden dazwischen.

»Scheiße!«, rief Heinz plötzlich unvermittelt aus, »die Sausäcke haben das *AIS*-System wieder ausgeschaltet! So ein Mist!«

Ungläubig starrte alle vier auf das kleine Fenster auf ihren jeweiligen Bildschirmen, wo bis vor einer Minute der Punkt mit der Kennung der *Winterstar Pusher* jedes Mal vorgeschoben wurde, wenn der Bildschirm neu aufgebaut wurde, nachdem eine neue Position hereinkam. Jetzt verschob sich nichts mehr.

Janssen und Grisham warfen sich frustriert in ihren Sitzen nach hinten und rauften sich fast gleichzeitig die Haare.

Nur Brockmann blieb nachdenklich vor seinem Bildschirm sitzen.

»Kommt Jungs, das ist es doch! *Das* ist unser Argument für die Küstenwache, Jack. Du erzählst denen, dass da ein Frachter ohne *AIS* herumfährt und dass die den deshalb kontrollieren sollen. Das geht ohne Bürokratie, der Beweis ist da. Und dabei können sie uns dann ein Bild von der Ladung auf dem Schiff geben! Und wenn da etwas verdächtig ist, haben wir einen Grund und nehmen sie fest!«

Brockmanns Idee bewirkte, dass ein Ruck durch die müden Reihen ging.

»Ok!«, kam es von Grisham zurück, jetzt nicht mehr ganz so widerwillig. »Wir haben eine Basis der Küstenwache in *Scapa*, das ist auf den Orkney-Inseln. Ich werde dort ein Schiff der Küstenwache anfragen. Aber das kann etwas dauern!«

»Na, dann los! Und viel Erfolg, Jack!«

***

Zwei Stunden später schob sich eine dunkelgraue Fregatte der schottischen Küstenwache langsam auf die *Winterstar Pusher* zu. Das Meer war ruhig, nur das sanfte Rauschen und Blubbern des eleganten Schiffsrumpfes war zu hören. Die Sonne stand schon tief am Horizont und hauchte den beiden Schiffen im Atlantik ihre warmen Rottöne auf.

Die Kommissare saßen gespannt vor ihren Bildschirmen und Lautsprechern.

»Wir können das Schiff deutlich erkennen«, knarrte die Stimme des Kapitäns aus dem Lautsprecher. »Wir sehen zwei Mann auf dem Achterdeck, die an der Winde arbeiten. Ich übermittle ihnen ein Foto.«

Qualvoll langsam zog sich auf den Bildschirmen in Den

Haag, Hamburg und Inverness das Foto streifenweise von oben nach unten auf.

Und mit jedem Streifen auf dem Monitor weiteten sich Brockmanns Augen in Panik.

»Das Schiff ist ja leer! Da steht ja gar nichts auf dem Deck!«

»Bestätige!«, meldete der Kapitän. »Ich habe gerade mit dem Kapitän der *Winterstar Pusher* telefoniert. Sie hatten einen Stromausfall auf dem Schiff, deshalb war auch der *AIS* Transponder ausgefallen. War eine Folge von Reparaturarbeiten an der Winde.«

Brockmann schaute sich noch einmal mit großen, ungläubigen Augen das Foto an. Da war wirklich nichts! Das Foto zeigte es überdeutlich und gestochen scharf: das Deck war leer! Nur hinten am Schiff verschwand ein dickes Drahtseil von der Windentrommel über die Heckkante im Wasser.

»Da ist sonst wirklich nichts auf dem Deck, Kapitän? Haben die keine Ladeluken?«

Ein lautes Lachen dröhnte aus dem Lautsprecher.

»Meine Herren von der Landpolizei! Versorger haben keinen Frachtraum!« Dann fuhr er ruhig fort: »Ich habe den Kapitän der *Winterstar Pusher* nach seinem Kurs und seinem Ziel gefragt. Er will zur Bohrinsel Tepco123, etwa noch drei Stunde Fahrzeit von hier. Er fährt leer hin, wie sie ja sehen, und soll dort Müll und Gesteinsreste von der Bohrinsel übernehmen und nach Rotterdam zur Entsorgung verbringen.«

»Er sagte auch, dass sie das Problem mit der Stromversorgung in der Zwischenzeit hinbekommen haben und das *AIS* anschalten werden, sobald sie wieder Fahrt aufgenommen haben.«

Die Kommissare blickten hilflos in die Kameras.

»Sorry, meine Herren, dass ich Ihnen nichts anderes melden kann. Unsere Mission ist hiermit beendet. Wir melden uns ab und werden zurückdampfen.«

»Verstanden. Vielen Dank für ihre Unterstützung«, sagte Grisham.

»Hat noch jemand eine zündende Idee?«, fragte Brockmann frustriert in den virtuellen Raum ihrer Videokonferenz.

Es war jetzt kurz vor acht Uhr abends.

Sie hatten die Ziellinie verfehlt.

32
RÜCKBLICK:
Nordsee, Ende April

Es war typisches Aprilwetter auf dem Atlantik. Ein böiger Nordwestwind heulte durch die rostigen Stahlstreben des kirchturmhohen Bohrturms der Bohrinsel TepCo 123, der sich vor Jan-Ole Hansen in die tiefhängenden Wolken erhob. Pyramidenförmig lief die gewaltige Eisenkonstruktion nach oben zusammen, aus deren Spitze dicke Stahlseile herunterhing, an denen ein gewaltiger, mannshoher Haken baumelte. Dieser hielt eine Abfolge rostig-brauner, schenkeldicker Stahlrohre fest, die wie zusammengesteckte Strohalme zu einer langen Rohrschlange zusammengeschraubt waren. Schmutziges, öliges Wasser tropfte und leckte aus den Schraubverbindungen, während die Stahlrohrschlange langsam Meter für Meter in einer schmalen Öffnung im Fußboden des Bohrturms verschwand.

‚Bohren in die Erde ist wie das Bohren in eine Wand mit einer Bohrmaschine‘, hatte ein Vorarbeiter vor fast zehn Jahren dem damals noch jungen Jan-Ole an dessen ersten Arbeitstag auf einer Bohrinsel gesagt. *‚Wenn du ein Loch in deine Zimmerwand bohrst, dann rieselt rotes oder graues Zeug aus dem Loch in der Wand, und das ist der kleingemahlene Mauerstein, durch den du das Loch treibst. Der einzige Unterschied zwischen dem hier‘*, wobei er mit einer ausschweifenden Armbewegung auf das hohe Ungetüm vor ihnen gedeutet hatte, *‚und deiner Bohrmaschine zu Hause ist nur die Größe der Maschine und die Tatsache, dass wir senkrecht nach unten bohren und nicht waagerecht in die Hauswand.‘*

‚Und natürlich die Tiefe des Loches, das wir bohren‘,

hatte der Bohrmeister noch hinzugefügte, *,und deshalb schrauben wir hier eine Verlängerung nach er anderen immer dann an den Bohrer, wenn wir quasi mit der Spitze der Bohrmaschine an die Hauswand anstoßen. Diese Verlängerungen nennt man bei uns Bohrgestänge'.* Dabei hatte er auf eine Seite des Bohrturms gezeigt, wo eine Unzahl braun-rostiger, mehr als zehn Meter langer, dickwandiger Rohre stand, in die oben und unten mächtige Drehgewinde eingeschnitten waren. *,Diese Rohre werden dort auf dem sogenannten Bohrtisch zusammengeschraubt, und zwar immer dann, wenn die Spitze deiner Bohrmaschine an die Wand stößt. Dadurch verlängern sie den Bohrer, oder Meißel, wie wir sagen, damit er tiefer in die Erde reicht. So wie zusammengesteckte Strohhalme.'*

Und dann schob der Vorarbeiter den jungen Jan-Ole zu seinem neuen Arbeitsplatz, wo das Bohrgestänge schmierig und langsam rotierend in einem Loch im Boden verschwand.

,Da unten, tief unten, am Ende dieses Bohrgestänges, ist der Bohrmeißel angeschraubt', erzählte der Mann weiter, *,und wenn wir das Gestänge drehen, drehen wir auch den Meißel und können so das Gestein zermahlen und damit immer tiefer in die Wand, also in unserem Falle in die Erde unter uns, bohren.'*

Seitdem war Jan-Oles Arbeit auf dem Drehtisch des Bohrturms zur endlosen Routine geworden. Beim Tieferbohren musste immer dann, wenn ein etwas zehn Meter langes Stahlrohr fast bis zum Ende in dem Loch im Drehtisch verschwunden war, ein neues Stahlrohr oben aufgeschraubt werden, wobei die Männer tonnenschwere Haken, Zangen und Klemmen mit den Händen bewegen mussten. Bei tausenden von Metern Bohrgestänge waren das viele Rohre, die in stundenlanger Arbeit verschraubt werden mussten. Und wenn der Bohrer nach tagelangem Kratzen auf dem hartem

Gestein abgenutzt war, wurden diese tausende von Metern Bohrgestänge wieder ausgebaut, indem jedes Rohr aus dem Bohrloch gezogen, am unteren Ende mit Hilfe von Stahlklauen festgeklemmt, abgeschraubt und dann weggeschoben wurde, um daraufhin das darunterliegenden Rohr wieder mit dem Zughaken zu verbinden, weiter zu ziehen, bis es ebenfalls ganz über den Bohrtisch gehoben worden war und abgeschraubt werden konnte. Eine quälende, stundenlange Routine auf glitschigem Boden bei eisiger Kälte oder infernalischer Hitze.

Er hatte miterlebt, wie Männer von schweren Rohren erschlagen wurden oder sich ihre Finger in den zusammendrehenden Gewinden der Stahlrohre eingequetscht hatten. Der Boden auf dem Bohrtisch war immer nass und rutschig, die Stiefel der Männer schwer und aufgeweicht und die Sicht in der Enge dieses Raumes, wo sie arbeiteten, eingeschränkt. Mehrfach war er selber nur knapp einem Unfall entgangen.

Zeit auf einer Bohrinsel ist, bei bis zu einer halben Million Dollar am Tag, die eine derartige Maschine kostet, sehr kostbar und daher knapp, sodass anfallende Arbeiten immer unter Zeitdruck erledigt werden mussten.

Jetzt stand Jan-Ole im Aprilregen auf der Bohrinsel Tepco123 im Nordatlantik und fror. Seine Schicht hatte begonnen.

Das gesamte Deck der Bohrinsel, in dessen Mitte der Bohrturm stand, wurde von riesigen Scheinwerfern erhellt, durch die sich feine Regenschwaden abzeichneten, welche der Wind über die kalte See herangefegte. Die Bohrinsel schwankte stark in dem aufgewühlten Meer und er konnte die Brecher der Wellen hören, die zwanzig Meter unter dem Bohrdeck gegen die mächtigen Stahlfüße krachten und die ganze Konstruktion immer wieder erschütterten. Sein Blick ging hoch bis zur Spitze des Bohrturms, aber die schwarze Nacht verschlang sogar die kleinen roten Warnlampen an dessen Spitze. Wasserrinnsale krochen ihm schon nach wenigen Minuten auf dem Deck in den Kragen seiner gelben Regenjacke und verstärkten noch das Gefühl von Kälte und Unbehagen. Der Helm auf seinem Kopf bot wenig Schutz vor der Nässe, im Gegenteil, denn seine schmalen Ränder ließen das Wasser fast passgenau in den Kragen seiner Jacke tropfen.

»Scheißwetter!«, hörte er seinen Kollegen neben sich gegen den Wind anbrüllen. Doch die Männer hier waren schlechtes Wetter gewöhnt und beschwerten sich selten, denn am Ende eines Monats stimmte der Lohn jeden gnädig für die Quälerei bei der anstrengenden Arbeit und den Unbill mit dem Wetter. Sie konnten damit ihre Familien gut ernähren und die Mieten bezahlen.

Jan-Ole hatte zwar weder Frau noch Kinder, aber nach zwei Wochen Arbeit auf der Bohrinsel folgten zwei Wochen Urlaub oder *off*, wie es unter den Bohrleuten genannt wurde, und dafür bekam er eine Stange Geld ausgezahlt, die er nach Herzenslust für Mädchen und Urlaubsfreuden ausgeben konnte. Nach zwei abgebrochenen Lehren und einer Menge Ärger mit der Justiz in jungen Jahren war das Angebot, auf einer Bohrinsel zu arbeiten, für Jan-Ole Hansen so etwas wie die zweite Chance gewesen, und dafür akzeptierte er klaglos den harten Alltag in engen Unterkünften und die unwirtlichen Arbeitsbedingungen mit raubeinigen Vorgesetzten, für die nur das Erreichen des Bohrzieles in tausenden von Metern Tiefe unter der Erde in der kürzest möglichen Zeit zählte.

Hinzu kam der Lärm auf diesem Stahlkoloss, der ohrenbetäubend und nervtötend war, denn das Schlagen und Hämmern der Bohrschlamm-Pumpen und das Schreien der

Bremse, die das Bohrgestänge festhielt, waren durch die gesamte Metallkonstruktion zu hören und machte ruhiges Schlafen und sanftes Träumen unmöglich. Deshalb freute sich jeder Arbeiter während der tristen Zeit knochenharter Maloche vor allem auf die Ruhe im Urlaub.

»Sagt mal Jungs, wollt ihr hier Wurzeln schlagen?«, riss der Bohrmeister Jan-Ole aus seinen Gedanken, als der plötzlich neben ihm auftauchte.

Die Mannschaft der TepCo Bohrinsel lag hinter dem erwarteten Zeitplan zurück, weshalb trotz schlechten Wetters weitergebohrt wurde, wenngleich das Risiko erheblich war. Aber ihr Ziel tief unten in der Erde musste morgen erreicht werden, denn für den darauffolgenden Tag stand der routinemäßigen Wechsel der Bohrmannschaft an, für den die Hubschrauber bereits gebucht waren.

Für Jan-Ole und seine Kollegen unsichtbar pflügte in diesem Aprilwetter weit draußen vor der Bohrinsel die *Winterstar Pusher* langsam durch die aufgewühlte See auf den hell erleuchteten Turm zu. Immer wieder tauchte der Bug des Schiffes in den Wellentälern tief in die See ein und trieb dann gischtweißes Wasser zu beiden Seiten auseinander, bevor sich der Schiffsrumpf erneut aufbäumte und auf der folgenden Welle steil nach oben zeigte. Bei jeder Bewegung des Schiffes knarrte das Holz der Brücke der fast fünfzigjährigen Schiffsdame, ächzten die Scharniere in den Rahmen der Türen und Fenster.

Aber Kapitän van Welde konnte die Geräusche gelassen ignorieren. Das Schiff war robust, seefest und durch unzählige Stürme gereist, wodurch es eine gewisse Gelassenheit von seiner Besatzung einfordern konnte. Und es war der einzige bewohnbare Ort in dieser grau-grünen Wasserwüste, die ansonsten den sicheren Tod bedeuten würde für jeden, der selbst zu dieser frühsommerlichen Jahreszeit hineinfiele.

Er hatte die Bohrinsel fast erreicht, wollte aber bis zum folgenden Abend noch in sicherer Entfernung bleiben für den Fall, dass dort oben widererwarten doch jemand Zeit haben sollte, auf das Meer zu schauen.

Er wollte unsichtbar bleiben.

Die Mission war geheim.

Erst am nächsten Abend näherte er sich mit dem Schiff, nachdem er hoch über sich das Motorgeräusch des letzten Helikopters vernommen hatte, der die Bohrmannschaft zurück auf das Festland fliegen würde. Der Wind hatte weiter zugenommen und der Versorger wirkte wie ein kleines Spielzeugschiff neben der riesigen, stahlgrauen Bohrplattform. In den meterhohen Wellen des Atlantiks wurde die *Winterstar Pusher* wie eine Nussschale hin und hergeworfen, als sie sich dem Stahlungetüm näherte, das auf riesigen Standfüssen ruhte. Aber ruhig und sicher brachte der Kapitän den Versorger längsseits an eine Position unter einem Kranausleger, der sich nun drohend über dem Schiff gegen den schon dunklen Abendhimmel abzeichnete.

Auf dem Deck der Bohrplattform war jetzt nur noch Jan-Ole Hansen und wartete in dem Kran auf sie. Er war der Einzige von der Bohrmannschaft, der in das Projekt eingeweiht und deshalb dortgeblieben war.

»Sergej!«, rief van Welde über das Walky-Talky seinen Matrosen an und schaute dabei aus dem rückwärtigen Fenster der Brücke auf die Ladefläche des Versorgers. Er sah, dass Sergej bereits an der Reling neben der Stahltrosse stand, die von der übermannshohen Winde hinter der Brücke über die gesamte Länge des Decks lief und hinter dem Schiff im Wasser verschwand.

»Versenke jetzt den Sender im Wasser!«, rief er und deutete dabei mit seiner freien Hand in Zeichensprache an, was der Matrose tun sollte. Sergej hob ein konservendosengroßes Gerät vom Boden auf und ließ es außerhalb der Bordwand an einem Kabel langsam ins Wasser gleiten. Nach einigen Minuten stoppte er, befestigte das Kabel an der Reling und verband zwei Stecker miteinander. Dann ging sein Daumen in Richtung Brücke hoch.

Als van Welde das Zeichen sah, drückte er auf den roten Knopf einer kleinen, unscheinbaren Konsole, die vor ihm auf dem Fensterbrett stand. Nach einigen Sekunden leuchtete ein kleines grünes Licht auf dem Apparat auf.

»Sergej, hiev langsam an!«, sprach van Welde ruhig ins Mikrofon.

Der Matrose setzte per Fernbedienung, die er vor seinem Bauch hielt, die Winde mit der Trosse in Gang. Ein anfänglich leises Quietschen und Knarren begann, und ganz langsam wurde die Trosse glattgezogen, bis schließlich Spannung auf das Stahlseil kam. Dann schob er den kleinen Hebel auf seiner Fernbedienung weiter nach vorne, wodurch sich die Winde schneller zu drehen begann und die rostige Stahltrosse knarrend und ächzend weiter anzog.

Van Weldes Anspannung nahm mit jeder Umdrehung der Winde zu. Über sein Walky-Talky rief er Jan-Ole oben auf dem Kran an.

»Kran hört«, knarrte es etwas kratzig aus dem kleinen Lautsprecher des Funkgerätes.

»Wir sind gleich so weit. Lass‘ schon ‘mal den Haken runter!«

Es vergingen weitere Minuten, in denen Sergej auf dem Deck des Versorgers vom Auf und Ab der Wellen hin- und hergeschüttelt wurde, während die Trosse Umdrehung für Umdrehung über das Schiffsdeck auf die Winde gezogen wurde. Er kannte die Prozedur und beobachtete stoisch das wassertriefende, schwarze Stahlseil, das langsam und stetig an ihm vorbeilief und auf die Winde gerollt wurde. Dann, nach einer endlosen Zeit des Wartens, tauchten aus dem Wasser zuerst vier schmutziggelbe, ballförmige Schwimmkörper auf, und Sekunden später erkannte Sergej das ihm bekannte, riesige, würfelförmige Gestell, welches sich langsam unter der Wasseroberfläche abzeichnete.

Sergej hob eine lange Holzstange vom Boden auf und blickte dann nach oben zu dem Kran. Jan-Ole hatte den Haken bis auf wenige Meter über die Wasseroberfläche abgesenkt und wartete auf Anweisung. Geschickt drückte Sergej mit der Stange trotz des Wellengangs den Haken des Krans in eine Metallöse in der Mitte des schwimmenden Gestells, bis ihm ein metallisches Klicken signalisierte, dass dieser eingerastet war und die Konstruktion jetzt von dem Kranseil im Wasser festgehalten wurde. Erneut hob er den Daumen hoch. Van Welde drückte noch einmal einen Knopf auf der vor ihm liegenden Konsole.

»Trosse gelöst«, rief er ins Mikrofon des Walky-Talky.

Die Stahltrosse des Schiffs war abgeschäkelt, das Gestell hing frei am Kran. »Kran hiev an, Ladung fest und gesichert!«

Sergej trat etwas von der hinteren Reling zurück und beobachtete, wie sich das Kranseil langsam spannte und das würfelförmige Gestell triefend und tropfend aus dem Wasser zog. Mit jedem Meter, den dies aus dem Wasser freikam, wurde eine Unzahl großkalibriger, meterlanger Rohre sichtbar, die in dem Gestell eingebaut waren.

Aber noch während er bemüht war, mit der langen Holzstange das herumpendelnde Gestell auf Abstand zu halten, sackte das Heck des Schiffes in einem Tal zwischen zwei Wellenbergen plötzlich abrupt abwärts und wurde Sekunden später durch die Strömung unter das schwebende Gestell gedrückt. Ein nachfolgender Wellenberg hob es aber genauso unvermittelt wieder an, wodurch das Achterdeck des Versorgers mit voller Wucht von unten gegen das nunmehr über ihm baumelnde Gestell geschmettert wurde. Sergej konnte sich nur mit einem beherzten Sprung zur Seite retten, während das immer noch am Kranhaken hängende Gestell quietschend und ächzend vom Deck weggezogen wurde, nachdem der Schiffsrumpf in einem neuerlichen Wellental wieder abgesackt war.

»Verdammte Scheiße! Kran, gib‘ ganz schnell Leine, sonst zerschmetterst du mir das ganze Schiff, du Idiot«, brüllte van Welde verzweifelt ins Mikrofon.

Jan-Ole oben im Kranstand drückte den Hebel, mit dem er das Seil ausfahren konnte, ruckartig nach vorne. Er hatte keine Sicht auf das Deck, als das Gestell noch einmal mit voller Wucht auf das Deck schlug.

Dann lag es still.

Nach einer Schrecksekunde kroch Sergej unter der schützenden Umrandung der Reling hervor. Das Schiff schwankte weiter stark, aber das Gestell stand jetzt fest auf dem Deck. Es war zwar stark verbogen und Wasser triefte aus tausend Löchern und Nähten der übermannshohen Konstruktion, aber es stand. Allerdings waren viele der großen, silbriggrauen Rohre in seinem Inneren verbeult und verbogen, einige waren aufgerissen.

Vorsichtig näherte sich Sergej der Konstruktion. Der Seegang hob das Schiff immer wieder heftig an. Van Welde war von der Brücke gehastet und stand jetzt neben ihm. Beide betrachteten das Gestell und die Rohre.

»Was ist das?«, fragte Sergej und deute auf größere Glasbrocken und Splitterstücke, die auf dem Deck verteilt lagen. Sie waren offensichtlich infolge des Aufpralls aus den aufgerissenen Rohren herausgeschleudert worden. Bei jedem

Schlingern des Schiffes spuckten die geborstenen Behälter weiter Teile ihres bröseligen, glasigen Inhalts auf das Deck.

Van Welde wich unsicher einen Schritt zurück.

»Du klebst zuerst mit Panzerband die großen Risse an den Rohren zu, damit nicht noch mehr davon rausfällt, hörst du?« Dabei machte er eine Handbewegung, die seine Anweisung optisch untermauerte. »Und danach sammelst du diese Brösel auf und schmeißt die über Bord. Verstanden?«

Sergej nickte.

Und ins Walky-Talky brüllte van Welde: »Und du da oben im Kran wartest, bis ich dir ein Zeichen geben, klar?«

Mit einem klackenden Piep-Zeichen im Walky-Talky signalisierte Jan-Ole, dass er verstanden hatte.

Nachdem Sergej die Rohre mühselig mit dem Klebeband abgedichtet hatte, griff er hektisch nach den Glasbrocken und größeren Splittern unter dem Fluchen und Antreiben des Kapitäns. Zuerst nahm er nur einzelne Stücke auf, denen er nachjagen musste, weil sie bei jeder Schiffsbewegung wild auf dem Deck umherrollten, um sie dann über Bord zu werfen, aber das dauerte dem Kapitän zu lange, sodass er Sergej nach kurzer Zeit aufforderte, die Stücke zuerst in den Taschen seines Overalls zu sammeln und dann über die Reling ins Wasser zu werfen. Seine Arbeitshandschuhe hatte er zwischenzeitlich weggeworfen, weil sie völlig durchnässt waren und ihm kein Gefühl für die vielen kleinen, spitzkantigen Steine gaben, die auf dem Deck herumrollten.

Es dauerte eine gefühlte Ewigkeit, bis der größte Teil der Glasbrocken eingesammelt und entsorgt worden war.

»Kran, hiev‘ jetzt langsam an bis du Zug auf das Seil bekommst, und dann siehst du zu, dass du das Ding hier schnell wegziehst, hörst du?«

»Aye, aye, Sir!«, krächzte es aus dem Mikrofon zurück.

»Setz‘ es auf dem Bohrdeck ab und dann bringst du den

Korb, damit Sergej schnell zu dir rauf kommt. Verstanden?«

Erneut ein klackendes Piepsen.

Einzelne Wellen leckten noch gegen das Gestell, als dieses schlingernd und polternd zuerst vom Schiffsdeck gezogen wurde und dann schnell und geräuschlos im mittlerweile nachtschwarzen Himmel über dem Schiff verschwand.

Als Jan-Ole etwas später den Transportkorb mit Sergej darin ebenfalls auf dem Deck der Bohrinsel absetzte, mussten die zwei Männer sich schon beeilen, weil sie durch den Zwischenfall weit hinter ihrem Zeitplan zurücklagen. Das Gestell war völlig verbogen, und die länglichen Rohre ließen sich mit dem Kranhaken nicht mehr ohne weiteres herausziehen. Sergej begann daher schnell und konzentriert, mit eilig herbeigeholten Akkuschraubern und Schraubenschlüsseln die Haltebolzen der Rohre an dem Gestell zu lösen, mit denen jedes an dem Rahmen festgeschraubt war. Geschickt löste er Mutter für Mutter, während Jan-Ole mit seinem Kranhaken das jeweilige Rohr hielt, bis auch den letzten Bolzen entfernt war. Dann zog er es aus dem Sitz heraus, schwenkte die Fracht die wenigen Meter bis zu einem trichterförmigen Aufsatz, der auf dem offenen Ende des Bohrlochs saß, und ließ dann Zylinder für Zylinder über den Rand des Trichters in das Loch rutschen, wo sie rumpelnd in der Tiefe verschwanden.

Eine Stunde später hatten die beiden Männer schon fast alle Rohre aus dem Gestell im Bohrloch versenkt, als der Kapitän sich über das Walky-Talky meldete.

»Hei, seid ihr da eingeschlafen? Die Zeit wird knapp!«

»Eh, hör‘ mal, das Ding war total verbogen und die Bolzen gingen nicht raus, aber wir sind fast fertig. Sergej wird sich am Gestell festhalten, wenn ich es runterlasse, das geht schneller und erspart uns eine Fahrt.«

»Ok, aber beeilt euch! Wir müssen weg, in einer Stunde

wird es dämmern und dann kommen die Hubschrauber auch bald!«, brüllte van Welde zurück ins Mikrofon.

Nachdem sie alles auf- und weggeräumt hatten, umklammerte Sergej mit beiden Händen den kalten Stahlrahmen des nunmehr leeren Gestells, um sich von Jan-Ole mit Hilfe des Krans auf den Versorger zurückbringen zu lassen. Mit einem leichten Ruck wurde er und schwebte dann langsam über das Deck der Bohrinsel hinweg, bis unter ihm nur noch das tiefe Schwarz des Wassers war. Schemenhaft erkannte er das Grauweiß der Wellenkämme, die tief unter ihm gegen die Stahlfüße der Plattform schlugen. Von hoch oben blickte er direkt auf das erleuchtete Deck des Versorgers unter ihm.

Zuerst wunderte sich Sergej nur darüber, dass sich der Stahl des Gestells nicht so kalt anfühlte, wie er es erwartet hatte, und dann bemerkte er zu seiner Verwunderung, dass sich seine Hände sogar komischerweise heiß anfühlten. Und nur Sekunden danach setzte ein ungeheurer Schmerz ein: er begann von den Handflächen nach außen zu ziehen und fühlte sich an, als würde jemand eine heiße Flamme unter seine Hände halten und gleichzeitig kochendes Wasser von oben darüber schütten. Die Schmerzen waren bereits übermächtig, als der kräftige Mann langsam aber stetig den klammernden Griff seiner Hände um das Gestell löste.

Er konnte sich nicht mehr festhalten.

»Verdammte Scheiße!«, fluchte van Welde, als er Sergejs Absturz aus großer Höhe ins Wasser beobachtete.

Er rannte verzweifelt zum Heck des Schiffes und sammelte mit klammen kalten Fingern die lange Holzstange mit dem Haken vom Deck auf, während seine Augen nach dem Matrosen suchten. Aber in der aufgewühlten schwarzen See, wo weiße Schaumkronen kamen und gingen und blubberten und zischten, konnte er ihn nirgends mehr ausmachen.

Ein knarzendes Geräusch hinter ihm ließ den Kapitän abrupt herumfahren. Das Gestell an dem Kranseil schwebte nur wenige Meter über seinem Kopf und schaukelte bedrohlich hin und her und drohte, gegen die Brückenaufbauten zu schlagen. Aus dem Walky-Talky, das er in der Hektik zu Boden geworfen hatte, fragte Jan-Oles knarrende Stimme, wie denn der Stand sei.

Panisch hechtete van Welde zu dem Sprechfunkgerät.

»Lass schnell runter, wenn ich dir das Signal gebe«, brüllte er ins Mikrofon, und nachdem er den Rhythmus der Wellen erkannt hatte, schaffte er es, dass der Kranfahrer das Gestell auf dem Deck abstellen konnte. Später würde van Welde es im Atlantik entsorgen, wie sie es immer hinterher gemacht hatten.

Nach einer Weile sah Jan-Ole von seinem Sitz im Kran der Bohrplattform, wie sich der Versorger langsam von der Bohrplattform entfernte und die grünen und roten Positionslichter der Brücke kleiner wurden, um dann in der Dunkelheit zu verschwinden.

Von Sergejs Unfall hatte er nichts bemerkt.

33
WINTERSTAR PUSHER
Nordsee

Acht Wochen nach dem Unglück war das Meer ruhig und glatt und Kapitän van Welde legte die *Winterstar Pusher* problemlos und mit gekonnter Gelassenheit längsseits neben die Bohrinsel. Dieses Mal hatte er viel Glück gehabt bei dem Transport. Zufällig hatte er die Fregatte der schottischen Küstenwache dank des guten Wetters schon lange genug vorher erkannt, sodass er Zeit hatte, sich an ihr eingeübtes ‚Schauspiel' für den Fall einer derartigen Kontrolle zu halten: er hatte das Zugseil hinter seinem Schiff so weit abgesenkt, dass die Trosse für die Zeit, in der das Schiff sich nicht bewegte, schlaff hinter dem Achterdeck ins Wasser abfiel. Dann hatte van Welde noch den Hauptstromkreislauf unterbrochen, sodass alles wie ein Kurzschluss aussah.

Und die Küstenwache hatte es gekauft!

Ohne weitere Überprüfung war er danach zur Bohrinsel weitergedampft. Jetzt überwachte der Kapitän routiniert die sanften Schwenkbewegungen des Krans hoch über ihm auf dem Arbeitsdeck der Bohrplattform.

Alles war ruhig, die Wetteraussichten für den Ostatlantik waren gut. Totenstille lag über der ruhigen See.

Auf dem Arbeitsdeck oben auf der Bohrinsel steuerte Jan-Ole den Kran zum wiederholten Male sicher über das Gestell, und mit einem hörbar dumpfen Klacken hakte sich jedes Mal der Magnet des Krans an einen der Stahlzylinder, die in den langen Rohren in dem Gestell steckten. Einer um den anderen verschwand in dem Trichter über dem Bohrloch, und landeten ratternd und rumpelnd tausend Meter tiefer auf dem Boden des Bohrloches.

Vergessen war die nächtliche Maloche in der Sturmnacht, als der Versorger ihm dieses verbogene Gestell gebracht hatte und er und der andere Matrose, dieser Hüne, jedes einzelne Rohr mit der Hand abbauen mussten.

Gerade wollte Jan-Ole den Kran in seine Parkposition bringen, als das Walky-Talky klackte.

»Wie weit seid ihr? Wir müssen weg!« knarrte die Stimme des Kapitäns.

»Wir sind fertig. Noch fünf Minuten!«

»Du sollst ja mit uns zurückfahren», krächzte es wieder aus dem Gerät, «also vergiss deine Sachen nicht!«

Jan-Ole hatte am Vortag schon eine SMS von Ronald Veenstra selber erhalten, dass er sich für einen neuen Einsatz vorbereiten und dafür erst einmal ein paar Tage Urlaub nehmen durfte.

»Kein Problem!« funkte er zum Kapitän zurück.

Eine halbe Stunde später entfernte sich der schwere Versorger langsam und behäbig von der Bohrinsel und verschwand spurlos im Dunkel der späten Nacht.

Die dumpfe Explosion, die eine Stunde später den Ostatlantik erschütterte, war nur auf den Sonarbojen der U-Boot Abwehr der britischen Navy registriert worden und wurde in den Logbüchern des strategischen Marinekommandos für diese Nacht als *‚unbekannte Erschütterung der Stärke 3‘* vermerkt. *‚Wahrscheinliche Ursache: untermeerisches Beben‘*, stand dort weiter zu lesen.

Ein Schiffsunglück, so der karge Eintrag in der Rubrik *‚Bemerkungen‘*, schied als Ursache aus, weil kein Schiff in dem Seegebiet als vermisst gemeldet wurde.

34
HAMBURG

Brockmann saß zurückgelehnt in seinem Bürostuhl und blickte verträumt an dem Computerbildschirm vorbei auf die unter ihm liegenden, leuchtend roten Dächer der doppelstöckigen Häuser vor dem Polizeipräsidium. Draußen flimmerte die Hitze in der Stadt, schoben sich die Autos träge durch die Straßen, und ein wolkenloser blauer Himmel hatte schon um zehn Uhr morgens versprochen, dass die Temperaturen steigen würden.

Hamburg war im Begriff, in eine unbefristete Sommersiesta zu verfallen. Die Elbstrände mit ihren Cafés und Bars würden volllaufen mit Menschen, die diese wenigen Sommertage in Hamburg ausnutzten, um dem ansonsten vorherrschenden grauen Wetter der Großstadt für eine Zeit zu entfliehen.

Auch Brockmann wollte den Tag genießen. Es war ihr Hochzeitstag. Er würde Moni heute Abend in ein kleines Restaurant an der Elbe entführen und sie bitten, das dünne rote Sommerkleid anzuziehen. In seinen träumerischen Gedanken stellte er sich gerade vor, wie sexy sie dann aussähe, wenn sie unschuldig ihren Salat essen würde und er sie dabei sehnsüchtig und schmachtend ansehen durfte.

»Nur ansehen«, hatte sie das letzte Mal provozierend geschmunzelt, »und vergiss dein Essen nicht!« Und dabei würde sie verschmitzt lächeln und weiteressen, ohne ihn eines Blickes zu würdigen. Das war ihr Spiel geworden, nach langen Zeiten emotionslosen Nebeneinanderherlebens.

Er seufzte tief und behaglich, während sein Blick von der aufmunternden Ansicht draußen vor den Fenstern zu den Pinnwänden, die immer noch in seinem Büro standen, und dem Bild auf seinem Monitor wanderte.

Das dort waren keine guten Aussichten gewesen.

Und sie hatten verloren.

Freitag letzter Woche hatte alles noch greifbar vor ihnen gelegen, aber nach der Untersuchung des Schiffes durch die schottische Küstenwache war nichts von ihrer Theorie geblieben und ihr ‚Fall' mit dem radioaktiven Abfall war für Brockmann und seine Kollegen soweit weggerutscht wie der blaue Horizont auf dem Foto der *Winterstar Pusher*, welches die Fregatte übermittelt hatte und das jetzt träge auf dem Bildschirm seines PC flimmerte.

Das Deck des Versorgers war leer gewesen, die Küstenwache hatte es bestätigt und sogar fotografiert.

Brockmanns Blick glitt vom PC herüber zu den Fotos von der *Winterstar Pusher*, die auf der Pinnwand aufgereiht hingen. Gedankenverloren blieben seine Augen bei dem Foto von dem *Ship-Spotter* hängen. Es war aus größerer Entfernung aufgenommen worden als das, welches die Fregatte gemacht hatte, aber es war scharf genug, um Details gut zu erkennen. Träge erhob er sich und ging dichter an das Foto auf der Pinnwand heran.

Das Deck war gleichfalls leer.

Er kratzte sich gedankenvertieft am Kopf. Deutlich sichtbar verlief aber auf dem Foto ein Seil über das Achterdeck und verschwand im Wasser hinter dem Schiff. Er schaute noch einmal hin. Dann drehte er sich langsam zu dem Bildschirm seines Computers um, wo das Foto flimmerte, welches die Küstenwache aufgenommen hatte. Genau wie am Freitagabend, schoss es ihm durch den Kopf: das Seil hing deutlich sichtbar hinter dem Schiff im Wasser.

‚Radioaktiver Abfall strahlt Wärme ab und muss deshalb beim Transport gekühlt werden!' Die Worte seines Sohnes hallten in Brockmanns Kopf nach. Und wie hatte der es noch erklärt: *‚Wasser schirmt die Strahlung sehr gut ab, sodass*

man gefahrlos neben dem geöffneten Reaktorkern stehen kann.'

»Man sind wir Idioten!«, rief er entsetzt aus. »Natürlich! Sie transportieren es nicht *auf* dem Schiff, sondern ziehen es *hinter* dem Schiff her!«

Heinz blickte ihn erschrocken von der gegenüberliegenden Seite des Schreibtisches an.

»Was ziehen sie hinter sich her?«

»Unsere Beweise!«, fluchte Brockmann, als er um den Schreibtisch herumstürmte und sich hinter Heinz aufbaute. »Wo ist die *Winterstar Pusher* jetzt, Heinz?«

Heinz brachte das Fenster mit der Schiffsroute des Versorgers auf den Bildschirm. Dann drückte er auf dem Computerkeyboard die Taste ‚*F5*' zur Aktualisierung des Bildes.

»Von dem Schiff ist kein Signal mehr eingegangen seit Freitagabend um …?«

»Zwei Uhr zwanzig. Steht da an dem letzten Symbol«, kommentierte Brockmann ungeduldig das Internetbild. »Und wo sind die jetzt?«

»Keine Ahnung!« Heinz zog die Schultern hoch. »Kein Signal, kein Tracking!«

»Die sind einfach weg?«

»Ja, Peter, wie es aussieht, sind die vor zwei Tagen von der Oberfläche verschwunden.«

Brockmann fuhr herum und zog sein Telefon energisch zu sich heran. Wenige Sekunden später hatte er Janssen am Ohr.

»Willem, ich habe mir gerade die Fotos von der *Winterstar Pusher* noch einmal angesehen. Die hatten die Ladung mit dem radioaktiven Material hinter dem Schiff hergeschleppt, deshalb war das Deck leer. Das Foto von dem *ShipSpotter* zeigt nämlich das gleiche Phänomen wie das Foto von der Küstenwache: das Seil hängt hinter dem Schiff herunter ins Wasser! Und was immer die mit der Ladung dann bei der Bohrinsel gemacht haben, in jedem Fall ist der Dampfer jetzt wohl auf dem Rückweg nach Rotterdam, so wie der Kapitän es ja immer danach gemacht hat.«

Brockmann musste einmal durchatmen.

»Leider kann Heinz sie auf dem Schiff-Tracking-Portal momentan nicht sehen, was möglicherweise bedeutet, dass die wieder ohne *AIS* fahren. Aber irgendwann werden die ja wieder in Rotterdam im Hafen auftauchen. Und dann musst du sie dort erwarten«, rief Brockmann in den Hörer, »um deine Vorladung des Kapitäns durchzusetzen und das Schiff zu durchsuchen aufgrund der positiven DNA-Probe.«

»Aber das wird noch ein paar Tage dauern, bis die wieder zurück sind«, bemerkte Janssen.

»Dann rücke in der Zwischenzeit dem Schiffsbesitzer, diesem aalglatten Reeder, auf die Pelle und setze ihn unter Druck. Vielleicht kannst Du ihn auch erst einmal verhaften, weil er falsche Angaben über den Kurs eines seiner Schiffe gemacht hat. Das kannst Du sogar mit Heinz Daten beweisen. Ich bin sicher, dass er das schwächste Glied in der Kette ist.«

»Ja genau!« Jetzt war auch Janssen überzeugt. »Ich werde die Unterlagen für den Richter zusammenstellen – vielleicht reicht es ja wenigstens erst einmal für ein paar Tage Untersuchungshaft.«

35
NIEDERLANDE
Rotterdam

Reuters, Rotterdam, 18.7., 16.14 MESZ
Europol und die niederländische Reichspolizei haben heute Nachmittag im Rotterdamer Stadtteil Feijenoord den Unternehmer Cees van Berg verhaftet. Dabei wurden auch sein Wohnhaus und die Büros der Firma ‚Noordzee Berging' durchsucht. Wie ein Sprecher mitteilte, wird dem Unternehmer vorgeworfen, illegale Transporte mit Schiffen seiner Reederei durchgeführt zu haben.
Bei der Durchsuchung der Firmenräume des Unternehmers seien die Ermittler außerdem auf Hinweise zu Schwarzkonten und illegalen Geldtransfers gestoßen.
Van Berg wurde dem Haftrichter vorgeführt und ins Untersuchungsgefängnis ‚*Penitentiaire Inrichting*' in Rotterdam überführt.

Das Verhörzimmer im Präsidium der Rotterdamer Kriminalpolizei war wenig einladend. Janssen saß an einem schlichten weißen Tisch in einem hell erleuchteten Raum, vor sich das Mikrofon und ein Bandgerät. Ihm gegenüber hockte der Reeder Cees van Berg auf dem Stuhl wie ein Häufchen Elend und kaute nervös auf seinen Fingernägeln. Die schmucklosen Wände des Verhörraumes wurden nur von zwei dunklen, undurchsichtige Glasflächen unterbrochen, durch die der deutsche Kommissar Brockmann in den Raum hineinschauen konnte. Eine Übersetzerin von Europol half ihm, das auf Niederländisch geführte Gespräch zu verfolgen.

»*Mijnheer* van Berg«, wiederholte Janssen noch einmal langsam und mit Nachdruck, »wir können dieses Verhör stundenlang weiterführen, mit dem Unterschied, dass ich danach nach Hause gehen kann, um den Abend zu genießen, während sie zurück in ihr Zelle gehen müssen. Und dort werden sie die Gesellschaft von Freunden erfahren, die sie vorher gar nicht kannten und die sie eigentlich auch nicht wirklich kennen wollen.«

Er lehnte sich zurück.

»Also noch einmal: Wo ist ihr Schiff, die *Winterstar Pusher*? Ich habe ihnen gezeigt, dass wir das Schiff über Tracking-Portale bis in die Nähe der Bohrinsel verfolgt haben.« Dabei tippte er mit dem Finger auf ein Blatt Papier auf den Tisch. »Sehen Sie selber. Aber dann verschwindet das Signal. Das war vor jetzt vier Tagen. Solange braucht man mit dem Schiff nicht, um zurück nach Rotterdam zu kommen. Also: wo ist es?«

»Ich weiß es nicht, wirklich nicht!«

»Sie wollen mir erzählen, dass sie keine Ahnung haben, wo sich das einzige Schiff ihrer Firma befindet? Schwachsinn!«

Janssen beugte sich über den Tisch nach vorne, ganz dicht vor das Gesicht des Reeders, und flüsterte fast: »Mann, van Berg, wir haben sie am Arsch! Scheiß auf das Schiff. Wir haben sie wegen Steuerhinterziehung und Geldwäsche am Haken. Und das bedeutet definitiv Gefängnis. Und apropos *‚am Arsch'*: Haben Sie eine Ahnung wie es ist, wenn sie mit dem Arsch an der Wand der Männerdusche entlangschleichen müssten? Denn ich kann ja ‘mal im Knast lancieren, dass Sie ein Kinderschänder mit viel Geld auf dem Konto sind.«

Er schaute dem Reeder in die Augen.

»Und dann gibt es keine langbeinigen Schönheiten mehr«, fügte er noch leise hinzu und deutete dabei auf das Foto von der Freundin, das ebenfalls auf dem Tisch lag.

Van Berg wurde blass. »Aber ich weiß wirklich nicht, wo das Schiff ist. Ich habe keine Ahnung. Wir sollten immer mal wieder etwas abholen, in Frankreich, und es zu verschiedenen Punkten in der Nordsee oder im Ostatlantik bringen, je nachdem. Das ist alles.«

»Und dafür haben sie einfach so Geld bekommen? Auf ein Konto auf Curaçao? Mann, für blöd halten sie uns eigentlich?«

Janssen schüttelte ungläubig den Kopf.

»Von wem kamen die Aufträge?«, fragte er noch einmal.

»Über ein Handy.«

»Dieses Handy?«

Janssen legte das Mobiltelefon, das in einer Plastiktüte steckte, auf den Tisch. »Da sind nur ihre Fingerabdrücke drauf. Hat also kein anderer in den Händen gehabt. «Er schob es zu van Berg herüber. »Und was finden wir darauf, wenn wir es knacken? Und wir werden es knacken, verlassen sie sich darauf! Also: Der Name des Auftraggebers!«

Keine Reaktion von dem Reeder.

Janssen erhob sich langsam, schob seinen Stuhl behutsam unter den Tisch und verließ den Raum, ohne sich nach van Berg umzusehen. Er wusste, dass er ihn hatte.

Draußen vor der Tür erwartete ihn bereits Brockmann mit einem breiten Grinsen.

»Gut gemacht, Willem, super Arbeit!«

»Wir lassen ihn jetzt schmoren. Morgen wird er auspacken, wer ihm das Geld gegeben hat, wer der Auftraggeber war. Und dann erfahren wir, was mit der radioaktiven Fracht geschehen ist«, entgegnete Janssen mit Stolz in der Stimme. Sie waren wieder auf der Siegerstraße.

Beide Kommissare gaben sich anerkennend die Hand. Männeremotionen eben.

36

Fast fünfhundert Kilometer südlich von Rotterdam setzte sich Alexandre Dumas gerade an den gedeckten Abendbrottisch, als sein Mobiltelefon summte. Genervt schaute er auf das Display. Seine Frau hatte gekocht und bereits einen sehr guten Wein eingeschenkt.

»*Qui?*«, fragte er abwesend.

»Die holländische Polizei hat ihren Transporteur verhaftet. Sie haben Unterlagen über Schwarzgeldkonten gefunden und sind dabei, ihn zu verhören. Kann das für uns gefährlich werden, *Monsieur*?«

Dumas wurde bleich.

»Ist alles ok mit dem Essen, *Cherie*?«, fragte seine Frau besorgt.

Wortlos erhob er sich und ging in sein Arbeitszimmer, um das Telefonat ungestört fortsetzen zu können.

»Sind sie noch dran, Dumas?«, fragte der Innenminister.

»Der Mann muss sofort weg, *Monsieur le Ministre*. Er kann uns sehr gefährlich werden. Ich werde mich um den zweiten Holländer selber kümmern, Sie wissen schon, den Bohrturmbesitzer. Mit ihrer Unterstützung, das wäre wichtig!«

»Bekommen Sie, aber beeilen Sie sich! Ich werde mich um das erste Problem kümmern.«

37

Der Tod kommt manchmal schnell und unvermittelt.

Im Falle von Cees van Berg kam er in der Form eines zusammengedrehten Betttuchs, das ihm vier flinke Hände zu mitternächtlicher Stunde geschickt und schnell über den Kopf schoben, als er auf seiner Gefängnispritsche schlief. Und in der Sekunde, als er aufwachte, wurde der Strang bereits zu-gezogen und das andere Ende an dem halb geöffneten Kipp-fenster befestigt.

Als sich die Tür seiner Zelle lautlos wieder schloss, war

der Reeder schon tot. Selbstmord, notierte der morgens herbeigerufene Arzt gelangweilt auf dem Totenschein. Alles passte zu einem Untersuchungshäftling, der keinen anderen Ausweg mehr kannte.

Oder der Tod kommt in Raten.

In Den Haag saß Ronald Veenstra mit durchgedrücktem Rücken an dem Tisch, die Arme lagen rechtwinklig auf der Platte, seine Hände hielt er artig gefaltet. Das Büro war ruhig, die Mitarbeiter waren längst gegangen, nur draußen rauschten gelegentlich noch Autos über die regennasse Aerssenstraat.

Es war fast dunkel in dem geräumigen Zimmer. Kunstvoll geschwungene Wandlampen gaben ein warmes, unaufdringliches Licht ab und beleuchteten dezent einige Familienfotos der Veenstras, die artig aufgereiht eine lange Wand aus getäfeltem dunklem Holz zierten. Der helle Eichentisch, an dem er mit Dumas saß, war leer und lag wie eine Insel im Meer auf dem dunklen Teppichboden.

Veenstra blickte Dumas verständnislos in die Augen.

»Aber das können Sie doch nicht einfach so machen«, stammelte er sichtlich erregt.

Dumas blickte ihn ruhig und gelassen an.

»Wir müssen es machen«, und der Franzose betonte das Wort ‚müssen' deutlich, »denn unsere Aufgabe ist erfüllt, und damit auch Ihre Aufgabe. Und jetzt sollten wir vorsichtig aufräumen und uns dann mit Bedacht zurückziehen.«

Veenstra konnte es nicht fassen. Noch heute Morgen, bevor er Dumas Anruf mit der Aufforderung zu dieser abendlichen Besprechung erhielt, hatte er seiner Frau Skizzen und Entwürfe für ihr neues Haus in Wassenaar gezeigt, diese Villa, die er vor Wochenfrist in Den Haags teuersten Wohnviertel erworben hatte. Und dort wurden Häuser nicht verkauft, sondern an handverlesene Klientel ‚weitergegeben'. Wer dort wohnte, hinter langen, kiesgeschütteten Auffahrten und hohen viktorianischen Häuserfronten, der hatte es geschafft. Weitläufige, parkähnliche Gärten wurden von Gärtnern in grünen Uniformen gepflegt, welche besorgt die üppigen Blumenbuketts vor den Jaguars und Edel-SUVs der Hausherren zu schützen versuchten.

Das Objekt hatte Millionen gekostet, den Umbau noch nicht gerechnet. Und jetzt sollte Schluss mit Chef sein?

»Aber wir haben Verpflichtungen, besonders den Behörden gegenüber«, argumentierte Veenstra verzweifelt.

Dumas beugte sich vor und rückte etwas näher zu ihm heran.

»Ich kenne jede einzelne dieser ‚Verpflichtungen', Herr Veenstra. Und TepCo Oil wird auch jede davon erfüllen, um kein Aufsehen zu erregen. Das wird vielleicht noch etwa drei Monate dauern. Die Bohranlage haben wir gestern nach China verkauft, Lieferung und Übernahme dafür wird in der kommenden Woche sein. Der Vertrag ist bereits unterzeichnet.«

»Wir haben Mitarbeiter!«

»Sehr gut beobachtet!«, entgegnete der Franzose zynisch. »Deshalb werden Sie denen kündigen. Die Geschäftstätigkeit dieser Firma wird wegen anhaltender Erfolglosigkeit eingestellt.«

Veenstra schluckte hörbar.

»Ich habe Verpflichtungen«, fügte er aufgebracht hinzu. Seine Handflächen waren feucht geworden und hinterließen einen dunklen Fleck auf dem teuren Holz. Er begann, am ganzen Körper zu schwitzen. »Aus denen komme ich nicht so ohne weiteres heraus.«

Seine Augen suchten einen festen Punkt hinter Dumas,

damit er nicht fahrig wirkte mit dem, was er sagte. »Und ich glaube, dass ich es nicht verdiene, so einfach rausgesetzt zu werden, nach dem, was ich hier getan habe.«

Dumas schaute ihn fragend an.

»Und ich weiß, was wir getan haben. Dieses Wissen sollte nicht irgendwohin gehen.«

»Verstehe ich Sie richtig, dass Sie mich damit erpressen wollen?«

Veenstra lehnte sich langsam in seinem Stuhl zurück, zufrieden damit, das gesagt zu haben. Sein Oberkörper straffte sich. Er fühlte sich wieder stark.

Dumas rückte bedächtig seinen Stuhl zurück und erhob sich ruhig. Langsam ging er um den Tisch herum und stellte sich vor Veenstras Schreibtisch, auf dem neben dem Telefon eine Galerie von Fotos seiner drei Kinder ordentlich nebeneinander aufgereiht stand. Dumas nahm scheinbar wahllos eines heraus, betrachtet das niedliche Gesicht der Sechsjährigen, die mit Sommersprossen auf der Nase und windzerzausten blonden Haaren aus dem Foto lachte, und stellte es bedächtig neben Veenstra auf den Eichentisch. Unsicher schaute dieser auf das Bild seiner Lieblingstochter.

»Es ist wichtig, Herr Veenstra, dass wir uns immer richtig verstehen. Für alle Zeiten!«

Veenstra schaute irritiert von dem Foto in das Gesicht des Franzosen, und wieder zurück auf das Foto.

Und dann sah er plötzlich den kleinen roten Lichtpunkt über den Eichentisch huschen. Zuerst vorne auf der Kante des Möbels, dann berührte er seine Hände und begann von dort langsam auf das Foto zuzuwandern, bis er auf der Stirn des Mädchens kleben blieb. Veenstra erschrak gewaltig und wollte aufspringen, aber Dumas stand plötzlich unvermittelt neben ihm und drückte ihn an der Schulter in den Stuhl. Der Holländer wollte in Panik zu dem Fenster in seinem Rücken schauen, aber der Franzose hielt ihn fest.

»Sie brauchen keine Sorge zu haben, Mijnheer Veenstra. Sie verhalten sich konform, wickeln die Firma ab, erhalten am Ende des Jahres eine sehr, sehr gute Abfindung, mehr, als es in ihrer Branche üblich ist, und zu Beginn des kommenden Jahres suchen Sie sich einfach einen neuen Job.«

Damit ließ er Veenstras Schulter langsam los und trat von ihm weg.

»Und dann vergessen sie einfach alles, was geschehen ist. Das wäre am sichersten. Für alle!«

Der rote Punkt flammte plötzlich wie aus dem Nichts wieder auf der Stirn des Mädchens auf.

»Haben wir uns da jetzt richtig verstanden?«

Veenstra nickte. Er fühlte, wie Schweißperlen seinen Rücken langsam herunterkrochen, seine Achseln waren nassgeschwitzt. Dumas klopfte ihm väterlich auf die Schulter, dann nahm der Franzose seinen Mantel, der ordentlich zusammengelegt auf einem Stuhl lag, und griff nach dem Regenschirm.

»Machen Sie sich bitte keine Mühe, ich finde alleine heraus!«

38
DIE ABMACHUNG

Das Forum der europäischen Wirtschafts- und Finanzminister war die perfekte Tarnung für ein letztes konspiratives Treffen, welches Dumas zu organisieren hatte. Und Davos bot eine wunderbare, winterliche Kulisse vor den schneebedeckten Gipfel der Schweizer Alpen, damit die Weltpresse, die ansonsten wie neugierige Aasgeier jede Bewegung von Politikern verfolgte, nicht argwöhnen würde, wenn sich Wirtschaftsminister mit ranghohen Vertretern der Atomlobby treffen würden.

Der große fensterlose Raum des mondänen Tagungshotels war zweckdienlich hergerichtet worden für eine wichtige Besprechung, war ausgestattet worden mit Beamern und Projektionsflächen an den Seitenwänden und mehreren Reihen von Sitzgelegenheiten um einen riesigen, ovalen Tisch herum. In der ersten Reihe standen Ledersessel, in der zweiten Reihe dahinter die eher kärglichen Stühle für das diplomatische Fußvolk.

Das Neonlicht fiel hart und weiß von der hohen Decke und gab dem Raum eine kühle und sterile Atmosphäre, die selbst die üppigen Blumenbuketts in den Ecken nicht aufheitern konnten.

Aber nichts von dem Interieur wurde benutzt. Die Beamer schwiegen und die Leinwände blieben weiß, denn die Handvoll Herren hatten sich in eine Ecke des Raumes zurückgezogen und dort ungezwungen einige Stühle zusammengeschoben.

Dumas saß an der Stirnseite dieses unsymmetrischen Stuhlkreises, rechts neben ihm hatte sich der korpulente deutsche Wirtschaftsminister in einen Sitz gepresst, daneben saß sein Innenministerkollege aus Berlin. Links von Dumas hatten die Minister von Wirtschaft und Innerem aus den Niederlanden und Schottlands Platz genommen.

Die vier Männer waren jung, ein Trend in der Politik, der aus den USA nach Europa herübergeschwappt war. Jugendlichkeit sollte Dynamik symbolisieren. Und so sahen die vier Minister allesamt smart aus in ihren modern sitzenden Anzügen, über die man vor einem Jahrzehnt noch gesagt hätte, dass sie wohl einmal als Konfirmationsanzug gekauft wurden, weil sie deutlich zu kurz und definitiv eine Nummer zu klein waren. Aber eben Top modisch, und das war wichtig für ihr Auftreten in der Öffentlichkeit, signalisierte es doch unstillbaren Karrieredrang.

Um jeden Preis.

Und die beiden schottischen Minister waren außerdem stolz und mit breiter Brust aufgetreten, weil sie erst seit der Unabhängigkeit ihres Landes von England vor einem Jahr im Amt waren und mit einem süffisanten Grinsen die sprudelnden Gewinne aus der Ölförderung vor ihrer Küste dankend für eine noch junge Staatskasse annahmen.

»Sie wollen mir erzählen, *Monsieur* Dumas, dass Sie, beziehungsweise Ihre Firma, sich eine Endlagerlösung ausgedacht haben, in dem sie den radioaktiven Abfall aus La Hague tausend Meter tief in die Erde eingebohrt haben?« fragte der deutsche Wirtschaftsminister mit seiner markanten Bassstimme.

Dumas lächelte ihn vielsagend an und nickte kenntnisreich.

»Und wie viel war es?«, fragte der Deutsche nach einer kurzen Pause weiter.

»Insgesamt etwa viertausendzweihundertfünfzig Tonnen«, antwortete Dumas. »Das entspricht ungefähr zwanzig CASTOR-Transporten von Frankreich nach Gorleben in Deutschland.«

Ein Raunen ging durch die Gruppe der Zuhörer. Die Runde murmelte aufgeregt und einige rutschte nervös auf ihren Stühlen herum. Nur der deutsche Wirtschaftsminister schien unbeeindruckt.

»Und warum erzählen Sie uns das so freimütig?«, fragte einer der beiden Schotten. »Sie wissen, dass es illegal war, und wir könnten sie dafür anklagen und verhaften lassen.«

»Sehr richtig!«, rief der niederländische Innenminister entrüstet dazwischen. »Und doch erzählen sie es uns freimütig und ohne Reue!«

Dumas grinste fein.

»Bitte, meine Herren, beruhigen Sie sich.«

Er wartete ab, bis sich wieder Ordnung einstellte. »Wenn Sie Beweise hätten, sicherlich ja, dann könnten sie uns anklagen.«

Bei diesen Worten stand er langsam auf und ging zu vier leeren Stühlen in dem Kreis, die bis zu diesem Moment keiner richtig wahrgenommen hatte.

»Die erste Frage wäre: Wen wollten sie verhaften und anklagen, und weswegen?« Er deutete auf die vier leeren Stühle.

»Ist irgendwo etwas gestohlen worden? Fehlt irgendwo etwas? Und was genau ist das Delikt? Und viel mehr noch: Können Sie irgendetwas beweisen?« Er lächelte sanft. »Ich gehe, *wir* gehen, davon aus«, und dabei tippte er mit seinen Händen auf die leeren Stühle, »dass ihnen genau das schwerfallen wird, dass es sehr langwierig würde, etwas zu beweisen, vielleicht sogar unmöglich.«

Selbstsicher begann er, hinter der Stuhlreihe herumzuwandern.

»Und deshalb habe ich Sie hergebeten, meine Herren Minister, weil ich mir dachte, dass wir uns zusammen die *Vorteile* ansehen können, die unser Projekt für sie *alle* hat, und uns dann vielleicht darüber verständigen, wie wir alle«, und dabei schwenkte er mit der Hand über den Kreis der Teilnehmer, »damit einvernehmlich umgehen sollten.«

Die Unruhe im Stuhlkreis nahm wieder zu.

Während seiner letzten Worte war er zwischen zwei Stühlen hindurchgetreten und stand jetzt frei im Innenraum des Kreises, breitete beruhigend seine Hände aus und bewegte sie langsam hoch und runter zum Zeichen, dass er erneut um Ruhe bat.

»Ich glaube«, konnte er deshalb erst nach einer Pause fortfahren, »dass es zwei Möglichkeiten gibt, mit dem Problem umzugehen: im ersten Fall genießen sie den Vorteil, nämlich dass wir ihnen das Problem weggeschafft und ihnen dadurch sehr, sehr viel Geld für die Lagerung erspart haben«, wobei er nachdrücklich auf die deutsche Delegation schaute, »und einer Reihe von Firmen in ihren Ländern ein einträgliches Auskommen bescheren konnten!« Bei den Worten blickte in Richtung der Niederländer.

»Das wäre der erste Fall. Im zweiten Fall hängen sie es an die große Glocke und prangern die Umweltsünden an und zeigen mit ihren Fingern auf uns.« Dumas ging zu dem schottischen Innenminister herüber, legte ihm eine Hand auf die Schulter und fuhr dann etwas leiser fort: »In diesem zweiten Falle bekommen wir, die Atomindustrie, den schwarzen Peter und zudem sehr viel Ärger, keine Frage! Aber ich stelle mir gerade vor, wie sie, meine jungen Herren Minister, einer Öffentlichkeit in Schottland dann zu erklären versuchen, wie es dazu kommen konnte, dass deutsche Atomenergiekonzerne mit der Hilfe von zwei niederländischen Firmen Atommüll aus französischen Aufbereitungsanlagen in tausend Metern Tiefe auf dem schottischen Kontinentalschelf entsorgt haben, ohne dass auch nur eine ihrer respektablen Behörden davon etwas mitbekam.«

Stille.

Er ließ die Worte einige Sekunden einsickern und fuhr dann fort: »Und wenn das öffentliche Geschrei dann verebbt ist, wenn es überhaupt verebben wird, wie wollen sie den Müll dort wieder herausholen?«

Er blickte in die Runde, sah jedem der Anwesenden in die Augen.

»Ich sage es Ihnen: gar nicht! Es geht nicht mehr. Er ist einbetoniert. Ein solider, über tausend Meter langer Betonstab, steinhart und gut vierzig Zentimeter dick. Den kann man nicht mehr herausziehen oder ausgraben. Und zu ihren innenpolitischen Problemen, angefangen bei mangelnder Behördenaufsicht und Kontrolle bis zu Massendemonstrationen zum Umweltschutz, bekommen sie noch eine gewaltige außenpolitische Diskussion über Müllentsorgung in ihren Hoheitsgewässern durch fremde Länder.«

Er schaute dabei die beiden Schotten an. Panik erfüllte die Gesichter der aufstrebenden Karriereminister. Dumas drehte sich noch weiter zu ihnen hin und hob seinen Zeigefinger. »Bei dieser Alternative hätten sie zwar einen Schuldigen, nämlich uns, aber es würde auch einen nie dagewesenen *shitstorm* auslösen, dessen Ende *sie* sicherlich nicht erleben würden!«

Wieder grinste er vielsagend.

»Und dann haben sie da noch ein klitzekleines rechtliches Problem«, fuhr er genüsslich fort. »Sie können es uns nicht beweisen. Es gibt keine Spuren, keine Reste an der Oberfläche, ja, sie kennen nicht einmal die genauen Orte, wo der Abfall verbohrt wurde.«

Wieder machte er eine Kunstpause. Es war immer noch kein Laut zu hören. Nur von draußen drang entferntes Stimmengewirr durch die geschlossenen Flügeltüren.

»Wie viel ist jetzt noch in ihrem Zwischenlager?«, fragte

der deutsche Wirtschaftsminister.

Dumas schaute ihn mit einem freundlichen Blick direkt an.

»Nichts mehr, es ist leer! Wir haben alles entsorgt.«

»Und was bringt uns die für uns vorteilhafte Lösung, die erste ihrer beiden Möglichkeiten?«, wollte der Niederländer wissen. Er betonte das Wort ‚vorteilhaft‘ und ihm war sichtlich unkomfortabel bei dem Gedanken, dass sein Land in die Schlagzeilen geraten würde, weil sie deutschen Firmen aus Geldgier bei der illegalen Entsorgung ihres Atommülls geholfen hatten.

Dumas drehte sich um und blickte die Runde an.

»Bei der für sie vorteilhaften Variante haben sie die Lösung für ihr radioaktives Abfallproblem und sie lassen ihn einfach dort, wo er jetzt ist, fassen ihn nicht mehr an und freuen sich einfach darüber, dass wir ihnen das Problem abgenommen haben und viele Leute viel Geld verdient haben.«

»Der Müll liegt dort unten sicherer als in ihren Salzbergwerken und er ist tiefer versenkt und sicherer gelagert als dort, denn wir haben geologische Erkenntnisse über Öllagerstätten benutzt, um zu gewährleisten, dass der Müll dort auch sicher bleibt. Wir haben geologische Strukturen im Untergrund angebohrt, die nach oben absolut wasserdicht sind, und das schon seit Jahrmillionen, weil das Wasser, das sich unter der Deckschicht angesammelt hat, seit Äonen von Jahren nicht entweichen konnte. Also kann auch der radioaktive Müll nicht entweichen!«

Er ging langsam zu seinem Stuhl zurück.

»Mit wenigen Worten zusammengefasst: Mit dieser Lösung bräuchten sie sich keine Gedanken mehr über halbgare Zwischenlösungen zu machen. Unser Vorgehen ersparte ihnen riesige Mengen ihres kostbaren Geldes und politische Auseinandersetzungen mit einer protestierenden Öffentlichkeit. Und der schottischen Delegation darf ich von unserem staatlichen französischen Ölkonzern mitteilen, dass sie Pläne verfolgen, in ihren, dem schottischen Sektor der Nordsee, verstärkt zu investieren und vermehrt nach Öl und Gas zu suchen.«

»Und der Preis dafür?«, fragte der Schotte skeptisch, aber schon halb überzeugt.

Dumas grinste. »Alle Beteiligten haben ihre Entlohnung bereits erhalten, der geschäftliche Teil ist also abgewickelt, die Rechnungen sind beglichen.«

Die Runde lehnte sich kollektiv zurück. Das klang nach einem guten Geschäft.

»Nur eine Kleinigkeit müssten sie noch veranlassen«, fügte Dumas nach einer Kunstpause hinzu, »so quasi als Dank dafür, dass wir ihnen diese Lösung geschaffen haben und wir niemanden in Schwierigkeiten bringen.«

»Wir würden erwarten, dass sie drei Kommissare in ihren Ländern zurückpfeifen, die uns in den vergangenen Monaten etwas genervt haben, weil es bei einer der Transportfahrten unglücklicherweise einen Toten gegeben hatte. Ein Matrose wurde bei einem Sturm über Bord gespült, leider, aber es war ein bedauerlicher Unfall. Aber wenn die Herren Kommissare weiter in diesem Unfallhergang herumstochern, bringen sie möglicherweise das gesamte Kartenhaus, unter dem insbesondere *sie* sitzen, gefährlich ins Wanken.«

»Sie erpressen uns mit ihren eigenen Straftaten? Das ist wohl die Höhe!«, rief der niederländische Innenminister, aber sein Kollege vom Wirtschaftsressort knuffte ihn mit einem bösen Seitenblick unsanft in die Seite als Zeichen dafür, besser einzulenken.

»Wir halten das für einen fairen Deal. Wir haben eine endgültige Lagerung ermöglicht, die niemandem schadet und ihnen Geld spart und politische Unruhen verhindert«, wiederholte Dumas und setzte sich mit diesen Worten gelassen in seinen Stuhl.

Die Minister schauten sich gegenseitig forschend an und eine kurze Pause entstand.

»Ich werde jetzt hinausgehen«, sagte der Franzose verständnisvoll, »und in fünf Minuten zurückkommen. So lange braucht ein Mann für sein privates, kleines Geschäft. Und dann bin ich sicher, dass sie zu einer Lösung gekommen sind.«

Lächelnd erhob er sich und ging ruhig zu der gewaltigen Flügeltüre am entgegengesetzten Ende des Raumes, öffnete knarrend eine Seite und suchte dann die Toilette am Ende des langgestreckten Flurs auf.

Minuten später war er gerade dabei, sich die Hände zu waschen, als der beleibte deutsche Wirtschaftsminister neben ihn ans Waschbecken trat. Dumas schaute ihn fragend im Spiegel an, während er sich die Hände abtrocknete.

»Und?«

»Meine Kollegen stimmen zu, die Sache so wie besprochen auf sich beruhen zu lassen«, antwortete dieser kurz mit seiner sonoren Bassstimme. »Und die Kommissare kommen weg.«

Epilog
Einen Monat Später

»Grisham!«, rief der Chief Superintendent verärgert aus. »Ich hatte ihnen mehrfach gesagt, dass die Wasserleiche von Thurso in ihrer Abteilung ‚*Kapitalverbrechen*' nichts zu suchen hat, weil der Mann, Gott hab ihn selig, nachweislich ertrunken ist. Und ich hatte den Fall offiziell zu den Akten gelegt. Deshalb weise ich Sie hiermit noch einmal und nachdrücklich an, ihre, wie auch immer gearteten, Ermittlungen einzustellen.«

Der Kopf des Superintendenten war rot vor Aufregung und sein stechender Blick unmissverständlich.

»Haben wir uns da klar verstanden?«

Grisham schaute ihn ungläubig an, aber bevor er etwas zu seiner Verteidigung sagen konnte, fuhr der Chief schon mit fester Stimme fort: »Wir haben wenig Leute und müssen uns damit auf die Fälle konzentrieren, die etwas mit Mord zu tun haben.«

Daraufhin klappte er unvermittelt seine Unterschriftenmappe auf zum Zeichen, dass das Gespräch beendet war. Grisham wollte gerade noch einmal anheben und sammelte schon Spuke in seinem trockenen Mund.

»Ist noch etwas *anderes*?«, fragte der Chief.

Grisham schüttelte den Kopf.

***

Zeitgleich verließ Willem Janssen ungläubig das Büro seines Chefs im Europolgebäude in Den Haag und schüttelte ebenfalls seinen Kopf. Versetzt in die Abteilung für Ausländerdelikte in der Sonderabteilung ‚*Osten*'.

Per sofort.

Auf seine Nachfrage, was aus dem ungeklärten Tod des Reeders Cees van Berg im Rotterdamer Untersuchungsgefängnis geworden ist, hatte sein Chef nur mit Achsenzucken reagiert. »Selbstmord, ohne Zweifel!«

Minuten später schob Janssen deshalb das Kündigungsschreiben bedächtig in den Umschlag, leckte dann umständlich den gummierten Rand und klebte den Brief so vorsichtig zu, als vertrage der Inhalt keine raue Behandlung.

Er hatte am Freitag mit Berit endgültig Schluss gemacht, hatte sie stehen lassen mit ihrem sehnsüchtigen Blick nach körperlicher Verbindung und war zu seiner Frau gefahren mit dem sicheren Gefühl einer über fast dreißig Jahre gereiften, partnerschaftlichen Beziehung.

»Ihr könnt‘ mich alle ‘mal«, sagte er zu sich, als er das Schreiben in den Briefkasten des Betriebsrates einwarf.

***

Peter Brockmann rief Moni an, nachdem er von seinem Chef zurückgekommen war. Es war kurz vor elf Uhr morgens.

»Hei Schatz, hast du Lust, heute Abend schick im neuen Hafen Essen zu gehen?«

Geräuschvolle Stille am anderen Ende. Dann: »Ist alles ok bei dir?«

»Bei mir ja, hier im Polizeipräsidium irgendwie nicht. Erzähle ich dir beim Essen. Ab heute habe ich viel Zeit und darüber freue ich mich. Also: Hast du Lust?«

»Ja, Peter, sehr!«, und Brockmann konnte ein tiefes, langes Seufzen am Ende der Telefonleitung hören. »Ich freue mich sehr auf dich. Vielleicht finde ich ja nachher noch das richtige Outfit für einen schönen Abend mit dir.«

Der Wind wehte kühl über das schmutzig-braune Wasser

der Elbe, aber die Sonne hatte die Wolken erfolgreich vertrieben, so dass ihr abendliches Licht doch noch wärmte. Brockmann zog Moni unter seine Jacke und drückte sie an sich. Strähnen ihrer rotbraunen Haare schwirrten vor seinen Augen umher und schimmerten intensiv bei dieser Beleuchtung. Sie saßen auf dem Sand, dicht am Wasser, dessen Wellen sich ohne Unterbrechung mit einem zarten, leisen Rauschen an den Strand schoben. Es war ruhig, zu dieser späten Stunde saßen die meisten Familien am Abendbrottisch. Nur auf der Hafenanlage gegenüber kreischten einige Möwen aus der Ferne herüber.

»Weißt du wie lange das her ist, dass wir das letzte Mal hier gesessen haben?« fragte Moni aus dem Versteck unter seiner Jacke heraus.

»Keine Ahnung, du Schöne. Ist wahrscheinlich auch nicht so wichtig, was war, sondern wie es jetzt ist, oder?« Er schaute sie dabei von der Seite an und bemerkte, dass sie mit ihren Augen blinzelte und die Nase leise hochzog.

»Es ist nur so verdammt lange her, dass wir ‚wir' waren. Aber seit einem Jahr sind wir es wieder!«, flüsterte sie verliebt.

Dann rückte sie sich zurecht und setzte sich ein wenig auf, wie immer, wenn sie neugierig war. »Und was genau ist jetzt passiert, dass sie dir deinen Vorruhestand quasi aufgedrängt haben?«

Brockmann holte tief Luft.

»Du weißt ja, dass Willem Janssen und ich an dem Fall dieses toten Matrosen ermittelt haben, der in Schottland an Land gespült worden ist. Wir hatten herausgefunden, dass das Schiff, auf dem er gefahren ist, in eine Art von Schmuggel mit radioaktivem Material verwickelt war. Am Ende konnten wir zwar einen Schiffsunternehmer verhaften lassen, der diesen illegalen Transport zu verantworten hat, aber leider hatte der sich in seiner Zelle das Leben genommen, bevor er uns die Namen seines oder seiner Auftraggeber gegeben hatte. Deshalb tappen wir nach wie vor im Dunkeln, was das Schiff genau transportiert hat, und vor allem, wohin sie es gebracht hatten.«

»Und was hat das alles mit deinem Ruhestand zu tun?«, fragte Moni.

»Das ist eine gute Frage, mein Schatz. Man hatte mir heute Morgen sehr deutlich gemacht, dass diese Untersuchung zu dem Schmuggel und dem Toten aus Schottland abgeschlossen ist. Und dann hatte mein Chef mich darauf hingewiesen, dass ich nach einer brandneuen Verordnung zu dem ersten von einer Reihe von Jahrgängen gehöre, die bei vollen Bezügen in den Vorruhestand gehen können – vorausgesetzt, ich unterschreibe sofort. Andernfalls hätte man keine weitere Verwendung für mich. Und so wollte ich nicht enden!«

Brockmann seufzte.

»Und damit ist diese Untersuchung einfach beendet? Ohne Ergebnis?« Sie schaute ihren Mann fragend von der Seite an.

»Ja, irgendwie schon. Jack Grisham und ich sind von dem Fall abgezogen worden mit der glasklaren Ansage, die Finger davon zu lassen. Dem Kollegen in Schottland hat man mit Nachdruck weitere Untersuchungen untersagt. Der arme Jack hat einen derartigen Einlauf von seinem Chef bekommen, dass er um seine Pension fürchten muss, wenn er noch ein einziges Auge auf den Fall wirft. Und Willem in Holland widerfuhr ähnliches. Der hat aber von sich aus die Reißleine gezogen und heute Morgen seine Kündigung eingereicht, nachdem man ihn in eine völlig unbedeutende Abteilung versetzen wollte. Ohne ihn zu fragen.«

Er seufzte noch einmal tief.

»Und so hat sich heute unsere internationale Ermittlergruppe von einer Stunde auf die andere aufgelöst. Als hätte jemand den Stopfen aus einem Abflussbecken gezogen.«

Nachdenklich schaute er den Schiffen hinterher, die vor ihnen am Elbstrand stromabwärts Richtung Nordsee fuhren. Schiffe aller Größe und Form schoben sich über den breiten Fluss an ihnen vorbei. Brockmann blickte ihnen gedankenverloren nach.

»Und trotzdem frage ich mich, was die wohl mit der Fracht der *Winterstar Pusher* gemacht haben«, murmelte er zu sich.

***

Der Fernseher flimmerte träge hinter dem Tresen einer verräucherten Gastwirtschaft in Gorleben. Die Tagesschau-Nachrichten liefen, aber die zwei Gestalten an der Theke nahmen kaum Notiz davon und tranken stumm ihr Feierabendbier.

„… wird die Erkundung über mögliche Endlager in Deutschland mit großem Bedacht weitergeführt. Bundeswirtschaftsminister Herrmann sagte dazu, dass eine Entscheidung über geeignete Standorte sorgfältig und unter Einbeziehung aller Experten aus den Ländern durchgeführt wird und ein Ergebnis daher in naher Zukunft nicht erwartet werden kann. Stattdessen sollte jetzt sichergestellt werden, dass ein solches Endlager eine wirklich gute und tragfähige Lösung ist ….“.

»Irgendwie hat man von den Castortransporten ja auch schon lange nichts mehr gehört, oder?«, konstatierte der eine von den beiden in breitem Plattdeutsch. Seine dunkelgrüne Bauernkappe hing schon schräg auf seinem Kopf.

»Jo, irgendwie issas hier weer ruhiger wor'n«, antwortete sein Trinkkollege. *»Un' is ja ook beter for ons hier inn*

Wendland. Dann kümm‘ dese Krawallmokers nich mehr nach ons hin und brengen hier oolns durcheinanner.«

»*Jo*«, nickte sein Nebenmann zustimmend und hob sein halbvolles Bierglas zum Anstoßen, »*besser issas!*«

ENDE

Danksagung

Das vorliegende Buch ist mein erstes belletristisches Werk, und ich bin total stolz darauf, es *fertiggestellt* zu haben. Wahrscheinlich ist es schwierig, dieses einzigartige Gefühl zu beschreiben, weil es eher etwas sehr Intimes für den Autor selber ist, und zwar insbesondere deshalb, weil es jedes Mal die Erinnerung an den Moment wachruft, als alles mit einem weißen Stück Papier begann …

Aber ohne die Mitwirkung von vielen guten Freunden wäre dieses Buch nicht möglich gewesen, und deshalb geht mein großer, sehr persönlicher Dank an alle diejenigen, die sich über die vergangenen Jahre die Mühe gegeben habe, frühe Versionen des Manuskriptes zu lesen und mir dann auch noch Feedback zu geben. Ohne euch wäre das niemals so weit gekommen! Danke besonders an Ann-Christin, Birte, Philipp, Tim, Thomas, Susi E., Bernd „Ka“ und Mike „the Man“ Morrison für die viele Zeit. Danke ‚Flipper‘ für deine Anmerkungen und deine Mühe, das auch auf Papier zu tippen.

Mein größter Dank geht aber an meine Schwester, meine härteste Kritikerin. Sie hat sich durch verschiedene Buchfassungen gekämpft und mich immer wieder aufgemuntert. Und ich hatte immer gewusst, dass sie mir die Wahrheit sagt. Danke Katharina!

Zum Schluss möchte ich noch Dr. Jens Dischinger vom Institut für Strahlenschutz an der Kieler Universität für seine Zeit danken, den (strahlungs-)technischen Teil zu lesen und mir in einem Interview Rede und Antwort zu meinen Fragen zu stehen. Das hatte mir sehr geholfen, vielen Dank dafür ins kalte Kiel (das war damals im Januar und es war seeehr kalt!).

Über den Autor

Wolfram von Haugwitz, geboren 1957 in Hamburg, ist promovierter Geologe. Nach dem Abitur absolvierte er in Hamburg eine Ausbildung zum Außenhandelskaufmann und arbeitete nach dem anschließenden Studium der Geowissenschaften weltweit als Geologe auf der Suche nach Öl und Gas.

Angetrieben von der durch die Eltern vererbten Neugierde nach Unbekanntem und Fremdem bereiste er 1980 ein Jahr lang Australien und Neuseeland und lebte später beruflich in Dallas in den USA und in den Niederlanden.

Mit dem Verfassen von Kurzgeschichten begann er schon in der Schülerzeitung des Gymnasiums und veröffentlichte während des Studiums Aufsätze in wissenschaftlichen Büchern. Highlight der populär-wissenschaftlichen Beiträge war 2004 ein Fernsehauftritt in Wolf von Lojewskis ZDF-Sendung *Aus Forschung und Technik* sowie ein Interview im Bayerischen Rundfunk zum Thema *Erdölsuche und Entstehung*.

Darüberhinausgehende Veröffentlichungen waren berufsbezogene Fachartikel und Publikationen in internationalen Magazinen in englischer Sprache sowie Vorträge zu geologischen Themen.

Erst Jahrzehnte (und vier Kinder) später ergaben sich Zeit, Muße und die Idee zu dem vorliegenden Kriminalroman „*Tödliche Nordsee*“.

Der Autor arbeitet und lebt zurzeit in Kassel.

Printed in Poland
by Amazon Fulfillment
Poland Sp. z o.o., Wrocław

52591740R00184